June Herald

PROTECTING

Grenzenlose Hingabe

JH

June Herald

PROTECTING

Grenzenlose Hingabe

Sinnlicher Liebesroman

June Herald
c/o
Papyrus Autoren-Club
R.O.M. Logicware GmbH
Pettenkoferstr. 16-18
10247 Berlin

Korrektorat: Schreib- und Korrekturservice Heinen

E-Mail: June.Herald@t-online.de
www.juneherald.com

Titelbild: Fotolia
#106523786, Sandra Kozintseva

Vorwort

Auch wenn dieser Roman unter einem Pseudonym veröffentlicht ist, bitte ich als Autorin folgende Hinweise zu beachten:

ALLE Personen, die im Roman vorkommen, sind fiktive Charaktere.
Orte oder Szenen können minimal von persönlichen Erlebnissen beeinflusst sein.
Charakterzüge der Protagonisten und weiteren Charakteren sind zum Teil von verschiedenen Personen aus meiner Familie und meinem Freundeskreis inspiriert, jedoch stark abstrahiert.

Der Roman ist keineswegs autobiografisch zu sehen, dann hätte ich offensichtlich schon einiges erlebt. Ich hoffe, dass ihr euch mit den Charakteren identifizieren und mitfiebern könnt. Natürlich freue ich mich über eure Rezensionen und (konstruktive) Kritik.

Viel Spaß beim Lesen!

Eure June

Kapitel 1

Alina

Der Schnee hatte sich über Nacht wie eine kuschelige Decke über die Koppeln gelegt. Meinen Pferden machte das nichts aus, denn sie waren wie immer nachts in ihren gemütlich warmen Boxen. Ruckartig löste ich mich aus meiner Starre, die mich am Fenster aufgehalten hatte, als wären meine nackten Füße mit Sekundenkleber auf dem Parkett angeklebt.

Ohne zuvor etwas zu frühstücken, zog ich mich warm an, schüttete Kaffee in meinen pinkfarbenen Becher mit den weißen Punkten, den ich von meinem Bruder zu Weihnachten bekommen hatte. Obwohl sie normalerweise auch nicht hier wohnten, vermisste ich Aaron und Louisa. Sie waren vor zwei Wochen, direkt nach ihrer Hochzeit an Silvester, in die Flitterwochen aufgebrochen. Auch nach meiner Nichte und meinem Neffen sehnte ich mich, weil sie am Wochenende oft hier waren.

Um mich abzulenken, ging ich zu Reza, dem Rapphengst, den ich vor einigen Wochen als Neuzugang begrüßen durfte. Er war ein Rassepferd, unglaublich elegant und schön. Aber irgendetwas war mit ihm vorgefallen. Bei jedem lauten Geräusch zuckte er zusammen, jede ruckartige Bewegung ließ ihn scheuen. Auf dem Weg durch den Stall griff ich mir etwas Hafer, mit dem ich ihn bestechen wollte. Schon einige Meter vor seiner Box begann ich leise mit ihm zu sprechen, damit er bemerkte, dass ich kam.

Reza rollte mit den Augen, hatte sich aber inzwischen an mich gewöhnt, sodass ich ihm über die Nüstern streichen konnte, während er zaghaft das Getreide aus meiner Hand naschte. Mit der linken Hand legte ich ihm das Halfter an und öffnete die Boxentür, um ihn hinauszulassen.

Wir spazierten über die verschneiten Wiesen, denn noch konnte ich ihn nicht reiten, weil er einfach zu scheu dafür war. Ich sprach beruhigend auf ihn ein, da er heute besonders nervös schien, und lenkte ihn behutsam mit dem losen Zügel. Offenbar hatte er noch nie Schnee gesehen und betrachtete die weiße Masse kritisch, so als ob er mir sagen wollte: »Mach das weg, ich komm nicht an mein Gras heran!«

Als er schreckhaft zurückwich, weil er in einen Schneehaufen geschnaubt hatte, musste ich lachen. Der Hengst legte seinen Kopf schräg und bedachte mich mit einem Blick, der Bände sprach. Ich kicherte in mich hinein und führte ihn zurück zu den Boxen. Fast zwei Stunden waren wir unterwegs gewesen! Wenn ich nicht zu spät kommen wollte, musste ich mich wirklich beeilen.

Glücklicherweise war auf dem Weg in die Stadt nicht viel los, sodass ich noch pünktlich zu meinem Treffen mit Lara kam. Noch an Silvester hatten wir uns vorgenommen, dass wir uns mindestens zwei Mal im Monat treffen mussten, da wir in den Wochen zuvor nicht wirklich viel Zeit miteinander verbracht hatten. Was von ihrer Seite auch völlig verständlich war: Sie hatte ihren Partner gefunden und ich gönnte es ihr aus vollem Herzen.

Nachdem ich meinen Wagen ein paar Straßen weit entfernt abgestellt hatte, weil Parkplätze in der Innenstadt rar waren, stapfte ich über die verschneiten Gehwege zu dem Café. Lara erwartete mich bereits und rührte in ihrem Latte macchiato. In der anderen Hand hielt sie ihr Smartphone und lächelte verträumt vor sich hin.

»Na, was schreibt Dr. Hot?«, fragte ich sie, sodass alle im Umkreis von zehn Metern es hörten.

»Das werde ich sicherlich nicht laut wiederholen!«, erwiderte sie grinsend und stand auf, um mich zu umarmen. Ich drückte sie fest an mich, denn sie war einer der wichtigsten Menschen in meinem Leben und momentan hatte ich eine melancholische Phase. Warum auch immer.

Nachdem ich eine heiße Schokolade, natürlich mit Sahne – man gönnt sich ja sonst nichts – bestellt hatte, fragte ich sie, wie es ihr ging. Wir quatschten über alles Mögliche, Lara schwärmte hauptsächlich von ihrem Traummann, was mich zum Grinsen brachte. Die beiden waren wirklich süß zusammen, vor allem, weil Travis ungefähr doppelt so groß wie meine beste Freundin war.

»Und was habt ihr heute noch vor?«, fragte ich, nachdem ich einen Schluck des wunderbar süßen Getränks getrunken hatte, das mich von innen wärmte.

»Ach, nichts Verrücktes, nur eine kleine Party mit den Jungs«, winkte sie ab, doch ich sah das Glitzern in ihren Augen.

»Den Jungs?«, hakte ich nach.

»Von der Band …« Der Band? Ach die Band!

»Was machen die denn in Deutschland?

Normalerweise leben die doch in New York?« Irritiert sah ich Lara an, die mir zuzwinkerte.

»Ich weiß, woran du denkst, Süße! Oder besser gesagt, an wen«, raunte sie mir zu. Okay, sie hatte recht. Der erste, der vor meinem inneren Auge auftauchte, war der Bassist. Der unfassbar heiße Bassist, der zudem ein Eisklotz war und mir einen Korb gegeben hatte. Was meine beste Freundin aber nicht wusste.

»Ähm … Also was machen sie alle hier?«, fragte ich, um abzulenken. Mir war bewusst, dass es nicht lange funktionieren würde.

»Sie sind hier am erfolgreichsten, also spielen sie ein paar Shows. Es lohnt sich nicht, ständig zu pendeln. Zusätzlich wollen sie ihr nächstes Album in der Stadt aufnehmen.«

»Aha«, sagte ich nur. Das waren ja Neuigkeiten! Lara und ich waren erst vor ein paar Wochen bei einem ihrer Konzerte gewesen. Ihr Freund Travis hatte dort eine unglaublich süße Show abgeliefert, was nur möglich gewesen war, weil Josh, sein Bruder, Gitarrist der Band war. Daher waren die beiden wohl auch zu der Party eingeladen.

Lara bemerkte wohl meine geistige Abwesenheit und legte ihren Kopf schief, bevor sie meinte: »Mehr sagst du nicht dazu?«

»Was soll ich denn sagen?« Ich fühlte mich ertappt und rutschte auf meinem Stuhl herum.

»Erzählst du mir, was beim letzten Konzert passiert ist?« Laras Augen waren zu Schlitzen verengt. Manchmal war es anstrengend, dass sie mich so gut kannte.

»Was soll gewesen sein? Ich wollte ihn, er mich aber nicht. Ende der Geschichte«, sagte ich so gleichgültig wie möglich.

»Na gut, dann bekommst du heute eine zweite Chance!«, freute sich Lara. »Du kommst einfach später mit zu uns und dann gehen wir zusammen auf die Party. Du kannst im Gästezimmer schlafen!«

Zweifelnd sah ich an mir herunter. Ich hatte mich auf Kaffeetrinken eingestellt und nicht auf eine Party, also hatte ich nur einen schwarzen Pullover, eine Jeans und gefütterte Ankle Boots angezogen.

»Süße, du siehst toll aus! Und du kommst mit – keine Ausreden!« Meine Freundin hob warnend den Zeigefinger. Da hatte ich wohl keine andere Wahl.

Shane

Wieder einmal verfluchte ich meine Kumpels, weil sie mich jedes Mal überredeten, mit zu den Partys zu gehen. Wenn ich schon in einem fremden Land war, sollte ich auch mal das Hotel verlassen, meinten sie. Vielleicht hatten sie recht, aber ich hatte keinen Bock, mich hier zu zeigen. Es waren zwar nur ungefähr dreißig Leute eingeladen, dennoch war mir das zu viel. Sofort nachdem Ben mir die Tür geöffnet hatte, ging ich in die Küche, holte eine Flasche Whiskey und ein Glas aus dem Schrank und verzog mich in eine Ecke.

Wenn keiner auf die Idee kam, mich anzusprechen, würde ich meinen Gedanken nachhängen können. Das war einfacher, als das blöde Gelaber der Tussis anzuhören, die sich seit einigen Wochen um uns scharten. Ben hatte zum Glück nur ein paar von den Mädels eingeladen, der Rest der Gäste waren Freunde und Familie der anderen.

Langsam breitete sich das warme Gefühl des Whiskeys in meinem Magen aus. Wieder hob ich das Glas und trank direkt einen Schluck hinterher. So konnte ich den Abend aushalten: in Ruhe, mit einem entspannten Gefühl im Inneren und neuen Ideen, die sich in meinem Kopf sammelten. Immer wieder nahm ich mein Smartphone zur Hand und notierte mir Sachen: neue Texte, Akkorde, verschiedene Titel, Illustrationen.

Zwischenzeitlich zog ich mich auf die Dachterrasse zurück, denn Ben hatte drinnen ein striktes Rauchverbot verhängt. Hört sich komisch an bei einem Rockstar? Ja, schon richtig, aber wir alle verhielten uns nicht ganz normal. Sogar mit dem dicken Kapuzenpullover und der Lederjacke fror ich mir den Arsch ab, also ging ich wieder ins Wohnzimmer. Als ich es mir in meiner Ecke bequem gemacht hatte, hörte ich ein melodisches Lachen. Das Lachen. Ihr Lachen.

Obwohl es schon einige Wochen her war, konnte ich mich ohne den geringsten Zweifel daran erinnern. Die beste Freundin von Travis' Flamme, die er lustigerweise als »Prinzessin« vorgestellt hatte. Alina war ihr Name, doch Prinzessin gefiel mir besser. Denn das beschrieb genau das, was sie war: ein verwöhntes Mädchen aus reichem Hause, das von allen auch so behandelt wurde. Wieder lachte sie über irgendetwas und das ließ ihr ganzes Gesicht erstrahlen. Sie war nicht so aufgetakelt wie beim letzten Mal, als ich sie kennengelernt hatte. Der schwarze Pullover lag eng an und betonte ihre weiblichen Rundungen. Die kastanienbraunen Locken hatte sie zu einem unordentlichen Knoten gebunden, sodass ihr schlanker Hals frei lag. Auch aus der Entfernung sah ich das Blitzen in ihren grünen Augen.

Ich wandte mich wieder den Notizen zu, die ich gerade zu einem neuen Song begonnen hatte, und versuchte, die anderen Gäste auszublenden. Bei den meisten gelang es mir, doch immer wenn ich sie hörte, wurde ich unkonzentriert. Unbewusst spürte ich, dass sie näher gekommen war, und sah auf. Sie stand direkt vor mir.

»Shane«, sagte sie nur. Verdammt, warum konnte sie sich nicht einfach von mir fernhalten?

»Prinzessin«, entgegnete ich und musterte sie. Sie machte keine Anstalten, sich zu setzen oder noch mehr zu sagen. Gut. Langsam zog ich meine schwarze Sonnenbrille aus der Tasche meines Pullovers und setzte sie auf. Alina verstand den Wink und machte auf dem Absatz kehrt. Kurz sah ich ihr noch hinterher, wie sie ihren Hintern in der engen Jeans wieder zu den anderen schwang. Und ich hoffte, dass das die letzte Störung an diesen Abend war.

Alina

»Verdammter Eisklotz«, murmelte ich, als ich wieder neben Lara stand. Travis war in ein Gespräch mit seinem Bruder vertieft und meine Freundin reichte mir mein Getränk.

»Na, kein Glück?«

»Von wegen! Was habe ich bloß getan, dass er noch nicht mal mit mir reden will? Ich will ihn ja nicht gleich heiraten!« Es machte mich wütend, wie er da saß, so arrogant, als ob er der König von England wäre, und mich mit einer einzigen Geste demütigte. Shane hatte offenbar kein Interesse an mir, obwohl ich einfach nur mal wieder Sex haben wollte! Seit über einem Jahr war ich von Max, einem amerikanischen Austauschstudenten, getrennt und hatte danach nur einige One-Night-Stands gehabt. Doch seit sechs Monaten war in meinem Bett gar nichts mehr los. Also überhaupt nichts!

»Shane redet mit ungefähr niemandem, wenn es nicht unbedingt sein muss«, versuchte Lara mich zu trösten, musterte mich dabei aber kritisch.

»Dann soll er mich einfach vögeln, meine Güte!« Verdammt, hoffentlich hatte das keiner gehört. Ich sah mich prüfend um, doch keiner nahm von uns Notiz. Lara lachte leise neben mir.

»Du findest schon den richtigen Bad Boy für dein Bett, Süße!«, sagte sie und grinste mich dabei wissend an. Ja, ich stand auf die düsteren Kerle, am besten mit Tattoos und allem drum und dran. Shane entsprach dem Musterexemplar der Kerle, die mein Beuteschema waren.

Statt zu antworten, grummelte ich vor mich hin und trank einen Schluck Whiskey-Cola. Kurz entschlossen stellte ich das Glas beiseite und verschränkte die Arme vor der Brust.

»Was ist?«, fragte Lara, aufmerksam wie immer.

»Ich denke, ich fahr nach Hause. Irgendwie ist das hier nichts für mich …«

»Aber du wolltest doch bei uns schlafen! Und du hast schon was getrunken!«

»Ja, genau einen Schluck, vorher hab ich nur Cola getrunken. Ich nehme mir ein Taxi zu eurer Wohnung und fahre von dort aus mit meinem Auto heim.« Ich war froh über diesen Plan. Diese Party war nicht das, was ich gerade brauchte. Und Shane hatte sie mir zusätzlich verdorben.

»Fahr vorsichtig!«, flüsterte Lara, als sie mich zum Abschied drückte. Auch Travis musterte mich skeptisch.

»Alina, du musst nicht …«, setzte er an und drückte mich kurz an sich.

»Schon okay, ich bin einfach nicht fit heute. Euch noch viel Spaß!«

Als ich auf der Straße stand, atmete ich erst einmal tief ein. Die Nachtluft war kalt und neue Flocken fielen vom Himmel. Kurz entschlossen marschierte ich los. Bis zu Travis' Wohnung waren es nur ein paar Minuten zu Fuß, also konnte ich auch laufen. Vielleicht würde mir die Bewegung helfen, meinen Frust abzubauen.

Während ich durch die dunklen Straßen ging, ließ ich die letzten Monate Revue passieren. Es war an der

Zeit, endlich zu greifen, was diffus in meinem Hirn herumspukte. Egal, wo ich war, es fühlte sich falsch an. Als ob ich andauernd fehl am Platz war oder durch eine Scheibe von den anderen abgeschottet wäre. Mir fehlte es an nichts. Ich hatte eine Familie, eine Wohnung, die Pferde, ging studieren. Selbst mein Freundeskreis war groß, weil ich ständig neue Kontakte knüpfte. Lara war meine beste Freundin und ich konnte in jeder Situation auf sie zählen. Also was zur Hölle war im Moment los mit mir? Alleine heute Morgen, als ich eine halbe Stunde nur aus dem Fenster gesehen hatte und sonst nichts getan hatte – das war nicht ich. Normalerweise war ich dauernd in Action, hatte immer etwas zu tun. Ich telefonierte, trainierte mit den Pferden oder traf mich mit meinen Freunden und meiner Familie. In den letzten Wochen hatte ich das merklich schleifen lassen. Immer öfter hing ich einfach zu Hause rum, ohne ein bestimmtes Ziel. Ohne etwas zu tun zu haben.

Kurz bevor ich bei meinem Auto ankam, beschloss ich, dass ich das ändern musste. Ich setzte mich hinter das Lenkrad, startete den Motor und drehte die Heizung voll auf. Es war wirklich verflucht kalt!

Kapitel 2

Alina

»Hey, wo bleibst du?«, fragte Selina am Telefon.

»Wo soll ich denn sein?«, erwiderte ich leicht irritiert.

»Wir haben doch heute die Nachmittagsvorlesung in Strafrecht!« Verdammt, das hatte ich völlig vergessen. Eigentlich war ich nur kurz hineingegangen, um meinen iPod zu holen, als mein Handy geklingelt hatte.

»Selina, ich schaffe das nicht mehr, ich komme gerade aus dem Stall! Kann ich mir deine Notizen morgen ausleihen?«

»Klar, wie immer. Ich muss los!« Und schon hatte sie aufgelegt.

Wie immer ... irgendwie bekam ich alles zeittechnisch nicht mehr unter einen Hut. Ich nahm meinen iPod und eine Flasche Wasser und ging wieder hinaus. Schon als ich noch einige Meter entfernt war, sah ich meinen neuen Liebling, mit dem ich jede freie Minute verbrachte. Reza lief auf der Koppel herum und sollte sich an andere Pferde gewöhnen. Verträumt betrachtete ich den jungen Araberhengst, als der Stallmeister neben mich trat.

»Ein wirklich schönes Pferd! Schade, dass er so scheu ist!«, sagte er.

»Das wird schon werden, er ist auf einem guten Weg!«, erwiderte ich optimistisch. Er machte wirklich Fortschritte und ich freute mich wie verrückt darüber.

»Du hast ein Händchen für solche Problemfälle, das war früher schon so!« Paul arbeitete seit Ewigkeiten hier, auch als mein Vater noch gelebt hatte. Er kannte mich quasi mein ganzes Leben lang. Seine Worte berührten mich und machten mir Mut – das war schon immer so gewesen.

»Sollen wir sie wieder hereinbringen?«, fragte ich, statt ihm eine Antwort zu geben.

»Klar, es wird bestimmt kalt heute.«

In einvernehmlichem Schweigen brachten wir die Pferde in ihre Boxen und bereiteten sie für die Nacht vor. Als ich wieder in Richtung Haus ging, war es beinahe stockdunkel, doch das riesige Anwesen zeichnete sich deutlich gegen die Dunkelheit ab. Mit steifen Gliedern stieg ich die große Treppe hinauf in meine Wohnung.

Ich beschloss, mir ein Bad zu gönnen, weil ich den ganzen Tag draußen gearbeitet hatte und komplett durchgefroren war. Im heißen Wasser mit Rosenöl las ich die Nachrichten, die den Tag über eingetrudelt waren. Selina schickte mir die Notizen als Foto und Lara bestätigte mir, dass sie am Samstag Zeit hatte. Unser Zwei-Wochen-Treffen war dran. Zwei Jungs aus meiner Arbeitsgruppe in Zivilrecht fragten, ob ich morgen, also Freitag, mit in eine Bar kommen würde. Spontan sagte ich ihnen zu. Ich musste einfach mal wieder hier raus! Seit der Party bei Ben, von der ich viel zu früh abgehauen war, hatte ich nichts unternommen. Ich war nur in die Uni gegangen (wenn ich es nicht vergaß) und trainierte mit Reza.

Wir verabredeten uns für den kommenden Abend und ich war froh, dass ich mal wieder ausging.

In der Bar war es so dunkel, dass man kaum die Hand vor Augen sah. Joshua und Martin waren schon da und begrüßten mich fröhlich.

»Hey Alina! Alles klar?«, begrüßten mich beide, als sie mir jeweils ein Küsschen auf die Wange drückten.

»Klar, und bei euch?«, fragte ich, während ich mich setzte.

»Alles super«, sagte Joshua und klang dabei betont lässig. »Aber dich sieht man ja relativ selten, deshalb dachten wir, Ausgehen passt dir vielleicht besser in den Kram als die Uni.« Er lehnte sich in seinem Stuhl zurück und beäugte mich kritisch. Ich wiederum musterte ihn, denn ich wusste nicht, was das sollte.

»Ja, wisst ihr … irgendwie stehe ich im Moment mit meiner Motivation auf Kriegsfuß«, versuchte ich zu erklären, obwohl ich nicht einmal selbst wusste, woran es lag.

»Verstehe schon«, schaltete sich nun auch Martin in das Gespräch ein. »Der Abschluss ist für dich ja auch nicht so wichtig.« Nicht wichtig? Was sollte das denn jetzt?

»Bist du bescheuert? Der Abschluss ist unerlässlich! Ich bin clever, ich schaffe das. Vielleicht nicht in der Regelstudienzeit, aber ich hab auch noch andere Sachen zu tun!« Wirklich nett, dass die Scherzkekse erst fragten, ob ich mit ihnen ausgehe, und mich dann dermaßen angingen. Jetzt grinsten sie sich auch noch an, als säße wer weiß wer zwischen ihnen.

»Alina …«, begann Martin jetzt wieder. »Wir wollten dich nur etwas aufziehen, damit du wieder in die Seminare kommst. Wir vermissen dich und deine Sprüche.«

Mein Herz ging ein kleines bisschen auf, denn wenn sie das wirklich erreichen wollten, war es unglaublich süß. Meine Augen verengten sich zu Schlitzen, während ich von einem zum anderen sah, bis sie schallend loslachten.

»Ihr Penner! Ehrlich!« Auch wenn ich sie beschimpfte, musste ich doch lachen.

»Na, wenn das nicht die liebliche Stimme der kleinen Prinzessin ist!« Als ich mich umdrehte, erblickte ich Josh, der nur ein paar Meter von uns entfernt stand. Um ihn herum waren seine Bandkollegen versammelt. Ein kleines Feuer begann in meinem Bauch aufzulodern – ja, Shane war auch da.

»Hey Josh! Was macht ihr denn hier? Wollt ihr euch unter das gemeine Volk mischen?«, fragte ich grinsend und stand auf, um ihn zu begrüßen. Er küsste mich auf beide Wangen und wuschelte durch meine Haare. Er wusste genau, dass ich das hasste.

Um meine Kumpels nicht zu vernachlässigen, sah ich mich zu ihnen um. Sie saßen mit weit aufgerissenen Augen auf ihren Stühlen und sahen dabei unglaublich witzig aus.

»Jungs, kommt rüber, damit ich euch vorstellen kann!« Wie in Trance nickten sie und kamen auf uns zu. Joshua stellte sich neben mich und flüsterte in mein Ohr: »Woher kennst du Josh Reek? Du bist viel cooler, als ich dachte!«

Leise lachend drehte ich mich zu ihm um und erwiderte: »Du glaubst ja gar nicht, was ich sonst noch drauf hab!« Und um den Sack zuzumachen, zwinkerte ich ihm zu. Martin hatte sich unterdessen schon selbst vorgestellt und wurde unter den

Bandmitgliedern weitergereicht. Ich stellte Joshua allen vor und kicherte immer noch über seinen Gesichtsausdruck. Meine Begleiter fingen sofort an, die Jungs auszuquetschen, sodass ich mich einfach auf einen freien Stuhl setzte und das Spektakel beobachtete.

»Läuft da was zwischen einem von denen und dir?«, fragte Josh, der urplötzlich neben mir saß.

»Was geht's dich an, Josh?«, fragte ich unhöflicherweise zurück und bemerkte, wie zickig ich klang. »Nein, sie sind Kumpels, wir studieren gemeinsam.« Das ließ ihn deutlich versöhnlicher wirken.

»Okay«, sagte er nur und bestellte mir mit einem Wink zur Kellnerin noch ein Bier. »Was war vor zwei Wochen auf der Party? Du warst so schnell weg.« Natürlich hatte ich keine Lust, mich zu rechtfertigen, vor allem, weil mir gegenüber Shane saß und auf seinem Handy herumtippte.

»Ich war einfach müde und wollte nach Hause. Das Band-Party-Leben ist nichts für mich«, fügte ich noch hinzu, obwohl ich nicht wusste, warum ich das tat. Aus einem verqueren Grund sah ich aus dem Augenwinkel zu Shane. Sein Blick wanderte kurz zu mir und dann wieder zurück auf seine Finger, die über den Bildschirm flogen.

»Also war es nichts Persönliches?« Las Josh gerade meine Gedanken?

»Auf keinen Fall! Ich mag dich, das weißt du, aber irgendwie … keine Ahnung«, sagte ich lahm. Josh nickte langsam und rieb sich über das Kinn.

»Dann komm doch nächsten Samstag zu unserem Konzert! Wäre cool, wenn du wieder dabei wärst!«

Er knuffte mich in die Seite und entschuldigte sich kurz. Ich sah zu, wie er zu Martin und Joshua ging, etwas zu ihnen sagte, und die beiden sich freuten wie kleine Kinder. Er drehte sich zu mir um und grinste siegreich.

»Du bist bald die Allercoolste in der Uni, wenn du es nicht eh schon bist!«, feixte er und legte seinen Arm über meine Stuhllehne.

»Wieso machst du das?«, fragte ich rein interessehalber.

»Weißt du, das Schönste an unserem Job ist es, anderen eine Freude zu machen. Und die beiden freuen sich gerade wie verrückt!« Er trank einen Schluck aus seinem Glas. Wieder huschte mein Blick zu Shane und unsere Blicke trafen sich. Heiße und kalte Schauer überliefen meinen Rücken, doch es war keineswegs unangenehm. Shane hatte etwas an sich … ich wollte, dass er mich öfter so eindringlich ansah.

Shane

Josh fiel mir schon wieder in den Rücken und checkte es nicht. Die Prinzessin würde also wieder auf der After-Show-Party herumhängen und mich im schlimmsten Fall belagern. Irgendwie musste ich ihm klarmachen, dass das absolut nicht cool war. Genauso wenig, wie er mit ihr flirtete. Oder die beiden, die Alina im Schlepptau hatte.

Natürlich hatten mich meine Freunde regelrecht gezwungen, in diese Bar zu gehen. Freiwillig ging ich selten unter Leute, weil die mich in der Regel vom Nachdenken abhielten. Sie waren laut, nervig und relativ uninteressant für mich. Und im Moment tauchte auch noch sie überall auf, wo ich mich hinschleifen ließ. Ich wusste, dass die anderen es nur gut meinten, aber das musste ein Ende haben.

Der intensive Blick, mit dem sie mich nur einen winzig kleinen Moment angesehen hatte, hatte meinen Schwanz direkt aus dem Schlaf geholt. Das Blitzen in ihren grünen Augen galt nicht nur mir, das hatte ich auch schon bei anderen beobachtet. Wenn sie wirklich mit zum Konzert ging, und damit rechnete ich fest, würde ich mich auf jeden Fall von ihr fernhalten müssen. So wie ich sie erlebte, war sie keine Frau, die schnell aufgab. Höchstwahrscheinlich würde sie mir wieder zu nahe kommen und meine Geduld auf die Probe stellen.

Gerade war sie mit Josh und Joshua – welch lustige Kombination – in ein Gespräch vertieft. Ich nutzte die

Gunst der Stunde und ging einfach. Für heute Abend wollte ich nur noch meine Ruhe. Immerhin war ich zwei Stunden hiergewesen. Im Vorbeigehen schlug ich Ben leicht auf die Schulter. Er drehte sich zu mir um und wusste Bescheid, dass ich abhaute.

Alina

Ich stand auf, um noch eine Runde Getränke zu holen. Verwirrt sah ich mich um, denn der Stuhl mir gegenüber war leer. Wahrscheinlich war Shane kurz rausgegangen oder so. An der Theke bestellte ich für alle und bezahlte im Voraus. Die Kellnerin würde die Runde gleich zu uns bringen. Bisher hatten mir die Jungs alles ausgegeben, doch ich hasste es, wenn ich bei so etwas übergangen wurde, nur weil ich eine Frau war.

Die Bar war so voll, dass ich mich zu unserem Tisch zurückdrängeln musste. Shane war immer noch nicht wieder da. Mein Gott, ich führte mich schon auf wie eine Stalkerin!

Als die Getränke kamen, stellte die Bedienung Shanes Bier einfach auf seinen Platz. Doch Ben nahm es an sich und schob es vor mich, obwohl ich auf Cola umgestiegen war. Er beugte sich zu mir hinunter und flüsterte in mein Ohr: »Er ist weg.« Ich sah ihn mit großen Augen an, doch er zuckte nur die Schultern. Ungläubig schaute ich nun zu Josh, der das genauso gelassen hinnahm.

Er hätte sich ja wenigstens verabschieden können, der Arsch!

»Lara, ich weiß nicht, ob ich mitgehen soll«, informierte ich meine beste Freundin. Es waren nur noch drei Stunden bis zum Konzert und ich fühlte mich immer unwohler bei dem Gedanken, dass ich wieder auf Shane aka Eisklotz treffen würde. Irgendetwas Komisches war zwischen uns, doch ich konnte es nicht benennen.

»Wenn sich Shane weiter wie ein Arsch verhält, muss ich ihm mal den Kopf waschen!«, beschwerte sich Lara am anderen Ende der Leitung.

»Warum denkst du, dass es mit Shane zu tun hat?«, fragte ich vorsichtig nach.

»Alina. Bitte«, antwortete meine beste Freundin nur. Klar. Sie kannte mich eben.

»Na gut«, stöhnte ich ergeben. »Treffen wir uns dort?«

»Jep. Travis und ich sind eine halbe Stunde vorher da.«

»Alles klar, dann bis später«, verabschiedete ich mich, obwohl ich noch immer keine richtige Lust hatte.

Joshua und Martin erwarteten mich vor der Halle. Sie waren immer noch so aufgeregt wie kleine Kinder an Weihnachten. Die ganze Woche hatten sie mich gelöchert und ich hatte schnell bereut, wirklich jede Vorlesung besucht zu haben. Ja, ich hatte mich ehrlich zusammengerissen und war brav in die Uni gegangen. Auch wenn ich mir weit bessere Dinge hätte vorstellen können. Doch die beiden hatten mir ein wenig die Augen geöffnet, als sie mich geärgert hatten.

Wie schon beim letzten Mal war das Konzert ausverkauft und wir konnten uns glücklich schätzen, zwischen Bühne und Publikum zu stehen und somit ganz unbehelligt die Show zu genießen. Travis sah konzentriert der Band zu, Martin und Joshua blickten gebannt auf die Bühne wie zwei Vierzehnjährige, die eine Boygroup anhimmelten. Lara und ich waren die einzig Entspannten hier. Na ja, fast.

Die ganzen zwei Stunden versuchte ich, nicht ständig den Bassisten zu beobachten, der mit seinem Muskelshirt und den bunten Tattoos unglaublich anziehend auf mich wirkte. Ich genoss das Konzert und versuchte zu erahnen, was Shane dachte. Er war hochkonzentriert und das machte ihn in diesem Moment noch heißer als die letzten Male, als wir uns gesehen hatten. Hin und wieder hatte ich das Gefühl, dass er mich ansah, aber durch die Scheinwerfer war ich mir nicht sicher, ob es nicht doch nur Wunschdenken war.

Joshua knuffte mich in die Seite und strahlte mich an.

»Das ist so cool!«, brüllte er in mein Ohr und legte seinen Arm um meine Taille. Ich freute mich darüber, dass ich ihm eine Freude machen konnte, obwohl es nicht einmal mein Verdienst war. Auch Martin grinste mich an und sah dann wieder wie gebannt Ben und den anderen zu, die gerade den finalen Song spielten.

Shane

Natürlich war sie hier. Josh hatte sie schließlich eingeladen. Wollte er mich ärgern, oder checkte er nicht, wie schwer das für mich war? Das gesamte Set musste ich mich saumäßig konzentrieren, zu spielen, statt zu ihr herunterzusehen. Gerade als ich ein paar Takte Pause hatte, schweifte mein Blick zu ihr und ich sah Joshua, der ja natürlich nur ihr Kumpel war, wie er sie überglücklich anstrahlte. Er schlang sogar seinen Arm um sie.

Ich biss meine Zähne zusammen, versuchte unbeteiligt auszusehen und spielte das Set fertig. Es wäre mir lieber gewesen, einfach von der Bühne zu stürmen und mich in meinem Hotelzimmer einzuigeln. Vielleicht sollte ich mir für heute Nacht eines der Groupies mitnehmen, schließlich hatte ich das länger nicht mehr getan. Ein bisschen Druck abzubauen, würde mir sicherlich guttun. Wieder versuchte ich, mich zusammenzunehmen, und war gottfroh, als wir nach zwei Zugaben endlich die Bühne verlassen konnten. Jetzt kam der spannende Teil der Geschichte.

Nachdem ich geduscht hatte, folgte ich den anderen zur After-Show-Party ins Foyer der Halle und wir wurden mit frenetischem Applaus begrüßt. Alle möglichen und unmöglichen Leute klopften uns auf die Schulter, als hätten wir gerade den Mount Everest bestiegen. Als sie sich wieder beruhigt hatten, holte ich mir an der Bar ein Bier. Ich setzte mich auf eines der Sofas, die zwischen Konzert und Party hierhergeschleppt worden waren. Ben und die anderen waren in Interviews mit irgendwelchen Pressetypen involviert.

Wie sooft versteckte ich mich hinter meiner schwarzen Ray Ban und begann, neue Gedanken für Songs zusammenzufassen. Alle waren schließlich hier, um die Band zu feiern, und früher oder später brauchten wir auch ein neues Album. Bisher hatte das nach jedem Konzert wunderbar funktioniert. Doch heute meinte ich, Alinas Blick förmlich in meinem Hinterkopf zu spüren.

Kapitel 3

Alina

Wie berauscht feierten Fans, Freunde und Presse die Band im Foyer der Halle, das nach dem Konzert in Windeseile in eine gemütliche Lounge umgebaut worden war. Es waren nicht viele geladene Gäste, gerade so viele, dass es nicht anstrengend war, sich hier aufzuhalten. Josh und Travis waren längst in eine Diskussion über die Setlist und andere organisatorische Dinge vertieft. Lara und ich holten Getränke und verteilten sie an die Bandmitglieder, die ich inzwischen recht gut kannte.

Nachdem Josh endlich abschalten konnte, weil Travis ihn nicht mehr löcherte, hatten wir extrem viel Spaß zusammen. Er war einfach ein lockerer Typ, mit dem man ohne Ende lachen konnte. Er legte mir locker den Arm um die Schultern, als wir uns mit Lara und Travis über die letzten Wochen und Monate unterhielten. Ich stellte mir vor, wie es wäre, wenn ich mit Josh zusammen wäre. Nur rein hypothetisch. Die Kombination wäre super, wenn ich mit dem Bruder des Freundes meiner besten Freundin ausgehen würde.

Das wäre aber auch das Einzige. Für Josh hegte ich rein platonische Gefühle – wir waren einfach Kumpels. Nebenbei sah ich, wie Joshua und Martin Ben belagerten, und grinste in mich hinein. Das würden sie mir nie vergessen, obwohl Josh derjenige gewesen war, der sie eingeladen hatte. Immer wieder schweiften ihre Blicke zu mir, wobei sie beide synchron wie Honigkuchenpferde strahlten.

Natürlich waren die beiden nicht wirklich diejenigen, die ich beobachten wollte. Doch Shane saß hinter mir auf einem der Sofas. Ich konnte mich wohl kaum ständig unauffällig umdrehen. Also beschloss ich, wieder einmal Getränke zu holen.

Mein Plan ging auf, denn als ich mit einem Bier in der Hand zu unserem Grüppchen zurückkam, stellte ich mich einfach auf Joshs andere Seite. So konnte ich aus dem Augenwinkel sehen, was Shane tat. Wie sooft tippte er auf seinem Smartphone herum, die dunkle Sonnenbrille verdeckte seine eisblauen Augen mit den langen dunklen Wimpern. Okay, das hörte sich echt danach an, als ob ich ihn stalken würde.

»Hey Josh!«, mischte ich mich wieder ins Gespräch ein. »Was treibt Shane eigentlich ständig mit seinem Handy? Schreibt er seiner Freundin oder so?« Sehr subtil, Alina. Doch meine Neugier war nicht mehr zu bremsen.

»Freundin?«, fragte er und lachte laut auf. »Nein, Süße, Shane hat keine Freundinnen. Ich denke, er reviewed den Gig oder schreibt neue Ideen für Songs auf.«

»Setzt ihr die Ideen dann zusammen um?« Ich hoffte, dass ich damit von meinem Versuch, etwas über Shanes Privatleben herauszufinden, ablenken konnte.

»Eigentlich nicht. Manchmal nehmen wir noch ein paar kleine Änderungen vor, aber prinzipiell schreibt er alles, was wir aufnehmen.«

»Was? ER schreibt die Songs für ›The Strange‹?«

Aus irgendeinem Grund konnte ich mir nicht vorstellen, dass der Eisklotz auch die Balladen textete, die mir so gut gefielen.

»Nicht nur für uns, auf für andere Künstler.« Josh nannte ein paar der anderen Interpreten und die dazugehörigen Titel und mir wurde ganz schwindelig. Wow! Wenn das stimmte, und ich ging nicht davon aus, dass Josh mir Quatsch erzählte, war er wirklich talentiert. Weniger unauffällig sah ich jetzt zu ihm herüber. Fast so konzentriert wie auf der Bühne tippte er, ab und zu nippte er an seinem Drink, um sich dann wieder seiner Arbeit zuzuwenden. Er hob den Blick – leider konnte ich nicht sehen, wen er ansah. Verdammte Sonnenbrille! Trotzdem fühlte ich mich ertappt und wandte mich wieder Travis und Lara zu.

Nur mit einem Ohr folgte ich ihrem Gespräch, denn meine Gedanken drehten sich um den Bassisten und Songwriter, der mich seit geraumer Zeit faszinierte. Abwesend spielte ich mit einer Strähne meiner Haare, die mich nervte, und überlegte, wie ich doch noch an ihn herankommen könnte. Ich hatte keine Zeit und keine Lust auf eine Beziehung, aber mich interessierte brennend, wie er im Bett sein würde. Er hatte doch auch Bedürfnisse! Doch bei jeder Begegnung hatte er mich bislang abblitzen lassen. Josh hatte gesagt, er habe keine Freundin. Daran konnte es schon mal nicht liegen …

»Hey Prinzessin, bist du in Gedanken in deinem Schloss?«, fragte Josh neben mir lachend und pikte mich leicht in die Seite. Ich war froh über seine Ablenkung und lachte mit.

»Wohl eher bei meinem Märchenprinz«, erwiderte ich zwinkernd.

»Oh, wer ist denn der Glückliche?«, wollte er gespielt schockiert wissen.

»Wenn ich das mal selbst wüsste …« Ich hoffte wirklich, dass mein Lächeln geheimnisvoll wirkte und nicht so melancholisch, wie ich mich fühlte.

»Er wird dich schon noch finden, da bin ich mir sicher, Süße«, flüsterte er in mein Ohr und küsste mich freundschaftlich auf die Wange.

Shane

Meine Sonnenbrille hatte genau zwei Vorteile: Erstens, dass weniger Leute mich einfach so anquatschen, und zweitens, dass ich unauffällig die Menschen um mich herum beobachten konnte. Manchmal inspirierten sie mich mit ihrem Verhalten, das war jedoch eher selten. Heute Abend beobachtete ich nur eine, wobei eigentlich auch Josh in meinem Fokus stand, der sich offensichtlich an Alina heranmachte. Ihre Blicke, die immer wieder zu mir herüberwanderten, zeigten mir, dass sie ihn nicht wollte.

Meine Finger tippten blind auf dem Display herum, sodass sich die Notizen-App mit Kauderwelsch füllte, weil ich einfach unkonzentriert war. Ich beobachtete, wie sie mit ihren Haaren spielte, mit Josh lachte, sich von ihm auf die Wange küssen ließ. In mir brodelte es unangenehm, aber ich wollte mir nicht eingestehen, warum. Das Einzige, was klar war, war, dass ich etwas dagegen unternehmen musste.

Entschlossen nahm ich die Sonnenbrille ab, stand auf und steckte mein Handy in die Tasche. Ich ging zur Bar, um mir einen weiteren Whiskey zu holen. An der Theke belagerten mich einige Fan-Girls, die mich kaum interessierten. In meinem Nacken kribbelte es und ich meinte, Alinas Blick in meinem Rücken zu spüren. Kurzerhand nahm ich eins der Mädels an die Hand und zog sie mit nach draußen. Sie war klein, blond und hatte riesige Titten, die fast aus ihrem Top heraussprangen.

»Wie heißt du?«, fragte ich sie.

»Ich … ich … Tina«, stotterte sie, obwohl es auch an der Kälte liegen konnte, dass ihre Zähne dermaßen klapperten.

»Was willst du?«

»Ich … also eigentlich nur ein Autogramm.« Sie zog die Hülle unseres letzten Albums aus ihrer Umhängetasche und hielt sie mir mitsamt einem Filzstift entgegen. Ich nahm beides, öffnete den Stift mit den Zähnen und signierte das Cover. Die Unterschriften meiner Kollegen hatte sie schon.

»Ähm, danke«, sagte sie, und ihre Wangen wurden ganz rosig. Warum hatten denn alle immer so einen Respekt vor uns?

Gerade hielt ein Taxi vor uns. Ich hielt Tina die Tür auf und ließ sie einsteigen. Dann beugte ich mich durch das Fenster auf der Beifahrerseite und drückte dem Fahrer einen Fünfziger in die Hand. Er fuhr los und ich machte auf dem Absatz kehrt. Heute Abend ging ich die halbe Stunde zu Fuß zurück in mein Hotel. Vielleicht würde mir das helfen, einen klaren Kopf zu bekommen.

Alina

Mit offenem Mund sah ich Shane hinterher, der gerade ein Groupie mit zur Tür hinausschleifte. Er hielt ihre Hand und besaß auch noch die abgrundtiefe Dreistigkeit, mir einen Blick über seine Schulter zuzuwerfen, bevor sich die Tür schloss.

Ich war fassungslos und zusätzlich spürte ich die Blicke von Lara, Travis und Josh auf mir. Innerlich rief ich mich zur Räson, so wie ich es gelernt hatte. Meine Lippen verzogen sich zu einem leicht spöttischen Lächeln, doch ich wusste, dass ich meine Freunde nicht täuschen konnte.

»Na, da wird wohl einer seinen Spaß heute Nacht haben«, meinte ich, um einmal mehr von mir abzulenken. Die anderen bemühten sich, das Gesprächsthema auf etwas anderes zu lenken, und ich war dankbar dafür. Während die anderen über irgendetwas sprachen, was mich nicht interessierte, überlegte ich, ob ich es Shane nicht gleichtun sollte und mir einfach einen der anderen Kerle aussuchen sollte. Genügend Auswahl hatte ich hier schließlich. Dennoch wollte sich mein Verstand nicht darauf einlassen, die anderen Männer zu scannen und zu überlegen, wer mich reizte. Der Einzige, mit dem ich ins Bett gehen wollte, war gerade mit der Blondine abgehauen. Aber warum zur Hölle tat er das?

Wieder war es Josh, der mich ablenkte. »Alina, hörst du zu?«, fragte er mit einem Grinsen, als ob er genau wusste, dass ich gedanklich ganz woanders war.

»Was? Nein, nicht wirklich, tut mir leid«, antwortete ich verwirrt.

»Ich hab dich gerade eingeladen!«, entrüstete er sich. Ich sah zu Lara, die mich wissend ansah. Verdammt, ich war wohl für alle hier ein offenes Buch.

»Eingeladen? Wozu?«, fragte ich, weil es ja doch keinen Sinn hatte, weiter an Shane und mich in seinem Bett denken.

»In drei Wochen findet diese Preisverleihung statt, bei der wir nominiert sind, und ich dachte, du möchtest uns vielleicht begleiten.« Er zwinkerte mir zu und legte wieder seine Hand an meine Taille.

»Ja, klar! Das würde ich gerne!« Okay, jeder hier hatte meinen Hintergedanken erkannt.

»Alina, vielleicht solltest du mir einfach erzählen, was damals zwischen euch passiert ist«, meinte Lara, als sie die Füße auf meine Couch zog, um es sich bequem zu machen. Mit meinen eigenen Grübeleien war ich auch mehr als eine Woche nach der Groupie-Sache nicht weitergekommen, also fragte ich meine beste Freundin um Rat.

»Na ja …« Bisher hatte ich keinem davon erzählt, weil es mir unangenehm war. Normalerweise ließen mich die Männer nicht einfach so abblitzen.

»Komm schon, warum willst du mir das verheimlichen?« Sie verengte ihre Augen zu Schlitzen und ich wusste, dass ich ab jetzt keine andere Wahl mehr hatte.

»Okay, ich erzähl's dir«, stöhnte ich. »Als ihr damals gegangen wart, weil Travis diese Show abgezogen hatte, um deinen Zorn zu besänftigen«, begann ich, um sie wieder an diese Situation zu erinnern. Ihre Augen verschleierten sich sofort und ich wusste, dass sie daran dachte. Travis hatte ihr quasi auf der Bühne seine Liebe gestanden. »… da dachte ich, dass ich die Chance eben nutzen konnte, um mich an Shane heranzuwerfen. Du kennst ja meinen Geschmack.« Jetzt grinste sie wieder, weil sie ganz genau wusste, dass Shane meinem Beuteschema exakt entsprach. »Also, im Grunde hatten wir uns schon gegenseitig mit den Augen ausgezogen, als er auf mich zukam. Er ging an mir vorbei und ich folgte ihm. Natürlich.« Ich legte eine kurze Kunstpause ein und atmete tief durch. »In einem leeren Gang drückte er mich an eine Wand und sagte mir, dass er mich nicht ficken würde und auch sonst nichts aus uns werden würde. Danach ist er einfach gegangen. Ich schwöre dir, das war das erste Mal, dass ich ihn habe reden hören!«

Lara saß mir gegenüber, die Augen weit aufgerissen. Keine Ahnung, ob sie mich wegen meiner Wortwahl so anstarrte oder wegen dem, was Shane gesagt hatte. Meine Wangen wurden ganz heiß, weil ich nicht wusste, was ich noch sagen sollte. Ich knetete die Hände in meinem Schoß, während ich ihre Reaktion abwartete.

»Was geht bloß in ihm vor?«, murmelte Lara so leise, dass ich sie kaum verstehen konnte.

»Keine Ahnung. Ich weiß nur, dass da diese komische Spannung zwischen uns ist, die ich nicht einordnen kann.« Die Kaffeetasse in meiner Hand wurde langsam kühler und ich trank noch einen Schluck, bevor das Getränk ungenießbar wurde.

»Und was willst du dagegen tun?«, fragte sie mich jetzt. Tja, das wollte ich ja von ihr wissen!

»Ich weiß es nicht. Aber ich werde mich sicher nicht länger zum Affen machen und einen Typen anschmachten, der mich ständig abblitzen lässt!«

»Das hast du ja auch nicht nötig!« Lara wurde langsam unruhig. »Ich hab eine Idee. Schließlich bist du ja auch bei dem Event dabei. Vielleicht gibst du ihm noch eine letzte Chance?«

»Eine Chance? Er hat mich wegen eines billigen Groupies stehen gelassen! Und er wusste ganz genau, dass ich es gesehen habe!«

Shane

Die Jungs unterhielten sich über diese anstrengende Preisverleihung, zu der wir gehen mussten. Das war genauso ein Event, auf das ich absolut keinen Bock hatte. Aber was sollte ich auch machen? Ab und zu mussten wir uns in der Öffentlichkeit präsentieren, auch wenn die Leute uns dann anstarrten, als wären wir Tiere im Zoo.

»Also ich habe eine Begleitung!«, erzählte Josh gerade stolz. Ich wunderte mich zwar, weil er bekannt dafür war, dass er nie Frauen irgendwo mit hinnahm, aber was sollte es auch.

»Ach ja? Welche Frau hat dir denn den Kopf verdreht, dass du sie eingeladen hast?«, fragte Ben, der offensichtlich genauso verwundert war wie ich.

»Ich hab Alina gefragt, als sie letztens mit auf der Party war.« Mein Kopf wandte sich ruckartig um, sodass ich Josh mit einem Blick erdolchen konnte. Auch die anderen sahen ihn schockiert an. »Was glotzt ihr denn so? Sie ist cool, wir sind Freunde und haben Spaß zusammen! Travis und Lara sind schließlich auch dabei!« Freunde. Na dann. Innerlich stöhnte ich dennoch auf. Schon wieder so ein Abend, an dem ich mich nicht entspannen konnte, weil die Prinzessin am Start war. Um meinen Unmut zu verbergen, beugte ich mich wieder über die Notenblätter, weil wir gerade potenzielle Songs für das neue Album besprachen. Ich war noch nicht wirklich zufrieden damit, aber wir hatten noch einige Wochen, bevor wir mit den Proben und den Aufnahmen beginnen würden. Also war noch genug Zeit, an den Titeln zu arbeiten.

Die Jungs dachten gar nicht daran zu arbeiten, sondern sinnierten weiter über Begleitungen und andere Frauen. Ständig musste ich mich zusammenreißen, nicht zu zucken, wenn Alinas Name fiel. Sie war beliebt bei den anderen und ich konnte es verstehen. Vielleicht würde ich sie auch mögen, wenn sie mich nicht ständig mit ihren Blicken nerven würde. Inzwischen hatte sie es wenigstens aufgegeben, mich anzusprechen, worüber ich unendlich erleichtert war.

Krampfhaft versuchte ich mich auf den Song, der gerade vor mir lag, zu konzentrieren, doch meine Gedanken schweiften ständig ab. Ich sah blitzende grüne Augen vor mir statt den Text, an dem ich feilen wollte. Ich brauchte einen Plan für dieses Event und er musste wasserdicht sein.

Kapitel 4

Alina

Laras Plan war simpel. Shane durfte mich bei der Preisverleihung einfach nicht ignorieren können. Deshalb waren wir jetzt seit drei Tagen auf der Suche nach dem richtigen Kleid. Eines von denen, die in meinem nicht gerade kleinen Kleiderschrank hingen, fiel aus, weil ich diese meist für Wohltätigkeitsveranstaltungen gekauft hatte. Die waren also nicht geeignet für den grandiosen Plan meiner besten Freundin.

In der letzten Boutique, die noch infrage kam, wurden wir glücklicherweise fündig. Ein Traum aus rotem Satin, bodenlang, eng geschnitten und mit einigen Aussparungen, die nicht zu viel verrieten. Der Wasserfallausschnitt zeigte nur den Ansatz meiner Brüste.

»Genau DAS ist es«, jubelte Lara, als ich aus der Umkleidekabine trat. »Dazu die roten Louboutins und du bist die heißeste Frau an diesem Abend! Du wirst dich kaum vor den Männern retten können!« Sie freute sich wie ein Keks, dabei war es mir nur wichtig, einem ganz bestimmten Mann zu gefallen. Auch wenn ich mir dabei vorkam wie der letzte Idiot, ich wollte Shane beeindrucken und das war meine letzte Chance. Wenn er dieses Mal nicht anbiss und mich mit in sein Bett nehmen würde, dann war es das gewesen.

Nachdem ich das Kleid bezahlt hatte, musste Lara auch schon wieder los, weil sie mit Travis verabredet war. Also machte ich mich auf den Weg in mein Kosmetikstudio.

Einen Tag später stand ich vor dem Spiegel und betrachtete mich in dem hinreißenden Kleid. Meine Haare hatte ich hochgesteckt und nur ein leichtes, natürliches Make-up aufgelegt. Das Kleid würde schon genug Aufmerksamkeit auf sich ziehen. Für den letzten Schliff zog ich meine Lippen in exakt dem Ton des roten Satins nach, meine Fingernägel hatte die Kosmetikerin schon lackiert, nachdem ich beim Waxing gewesen war.

Lange Rede, kurzer Sinn: Ich hatte schwere Geschütze aufgefahren und hoffte, dass sie von Erfolg gekrönt sein würden.

Das Taxi wartete bereits, um mich in die Stadt zu fahren, sodass ich mich langsam von meinem Blick in den Spiegel losreißen musste. Ich war nicht selbstverliebt, sondern versuchte, mich in die Lage eines Mannes zu versetzen, der sich für mich interessieren sollte. Doch Shane war verschlossen wie eine Auster, und ich konnte mich wirklich nicht in ihn hineinversetzen.

Lara und Travis erwarteten mich bereits an der Hintertür der Location. Die Band würde natürlich über den roten Teppich gehen. Wir nahmen unsere Plätze ein wie die anderen nicht prominenten Gäste und warteten, bis alle anderen eintrafen. Meine Anspannung nahm immer mehr zu, je mehr Minuten zerannen. Die Zeit verging wie durch einen schweren Nebel – ich konnte das Ende der Warterei auf jeden

Fall nicht sehen. Doch was erwartete ich eigentlich? Dass Shane hereinkam, mich erblickte und dann wie ein Neandertaler in seine Höhle schleppte? Das würde wohl kaum passieren.

Es fühlte sich an, als ob ein kleiner Kolibri in meinem Bauch mit den Flügeln schlug, als die Jungs von »The Strange« endlich den Saal betraten. Natürlich waren hier noch deutlich berühmtere Persönlichkeiten, doch die interessierten mich kaum. Jetzt kam endlich das Objekt meiner Begierde mit seinen Freunden. Shane war wie immer der Letzte, also hatte ich die Ehre, neben Josh zu sitzen, Lara hatte auf meiner anderen Seite Platz genommen. Er begrüßte mich mit Küsschen auf beide Wangen, die anderen winkten uns zu. Außer einer. Das war ja klar, oder?

Ich hoffte wirklich, dass mein einstudiertes Lächeln nicht so gekünstelt wirkte, wie es sich anfühlte. Lara drückte meine Hand, denn sie wusste, was in mir vorging. Auch Travis zwinkerte mir zu – die beiden hatten wohl wirklich keine Geheimnisse voreinander.

Die Preisverleihung trieb an mir vorbei, da ich kaum folgen konnte. Die ganzen drei Wochen hatte ich mich derartig in diese Begegnung hineingesteigert, dass ich dem Ende mit freudiger Erwartung gemischt mit Nervosität entgegensah. Als endlich der Preis für die »Newcomer Rock & Alternative« verkündet wurde, musste ich an mich halten, nicht aufzuspringen, weil »The Strange« wirklich ausgezeichnet wurden. So elegant wie möglich erhob ich mich, umarmte Josh und gratulierte ihm. Er strahlte mich an und küsste mich kurz auf die Wange, bevor er den anderen auf die Bühne folgte.

Ben hielt eine kurze Rede, um sich bei den Fans, Familie, Freunden und dem Management zu bedanken. Ohne es zu wollen, beobachtete ich Shane und sah, wie unbehaglich er sich fühlte. Er hatte die Hände in den Taschen seiner Anzughose versteckt und sah niemanden an, sondern blickte ins Leere. In diesem Moment hätte er sich wahrscheinlich gerne hinter die schwarzen Gläser seiner sonst immer anwesenden Sonnenbrille zurückgezogen, doch das war nicht möglich. Wie ich ihn so betrachtete, ging mir ein Licht auf. Obwohl er nicht viel sprach, konnte man seiner Körpersprache unglaublich viel entnehmen. Ich kannte ihn zwar nur flüchtig und wollte nur mit ihm ins Bett, dennoch verstand ich, dass die geballte Aufmerksamkeit nichts für ihn war. Es sei denn, er stand auf der Bühne und machte Musik – dann war er in seinem Element. Seine Erleichterung, als Ben zu Ende gesprochen hatte und sie alle zurück zu ihren Plätzen gehen konnten, war greifbar. Zumindest für mich, weil ich nur Augen für ihn hatte. Ich mochte die anderen, doch sie waren nur Kumpels für mich. Shane jedoch begehrte ich auf eine ganz andere Weise.

Laras Blicke durchbohrten mich von der Seite und ich wandte mich schnell ihr und Travis zu, bevor Shane merken konnte, dass ich ihn stalkte. Meine Freundin grinste wissend und ihre Augen funkelten belustigt. Es war kaum zu beschreiben, wie sehr ich hoffte, dass ihr Plan heute Abend aufgehen würde.

Shane

Ich versteckte mich wieder hinter der Sonnenbrille, in der Hoffnung, dass sie mich in Ruhe ließ, wenn ich sie ignorierte. Sie stellte meine Geduld hart auf die Probe. Ich kannte die Geschichten, dass unschuldige, süße Frauen auf Bad Boys standen, und diesem Schema entsprach ich wie aus dem Bilderbuch. Das war zwar keine Absicht, aber leider die Wahrheit.

Warum zur Hölle musste sie so hartnäckig sein? Ich hatte ihr schon bei unserer ersten Begegnung gesagt, dass sie nichts für mich war oder jemals sein würde. Weil es genauso war. Alina war eine Tochter aus gutem Hause, schön, fröhlich und unbeschwert. Natürlich war sie höllisch sexy, aber das konnte ich bei meiner Bewertung nicht mit einbeziehen.

Ich war kein Typ für eine Beziehung, ich datete Frauen nicht, sie waren für mich nur zum Vögeln gut. Ich fickte sie und dann verschwanden sie. So lief das bei mir. Die Kleine hier war aber ein ganz anderes Exemplar. Ich sah ihren Blick, der mich begehrlich musterte, aber wahrscheinlich erwartete sie diesen ganzen Date-Kram mit Blumen, essen gehen, Verführung und so. Von mir würde sie nichts davon bekommen. Und ich konnte es nicht bringen, sie zu ficken und dann wegzuschicken, weil sie eine Freundin von Travis war.

Travis war einer derjenigen, die mich damals aufgefangen hatten und für mich da waren. Es verband uns keine innige Freundschaft wie in Filmen oder so. So etwas verband mich mit niemandem. Ich war alleine und kam damit klar. Meine Bandkollegen kannten mich seit Jahren und wussten, wie ich drauf war.

In der momentanen Situation fühlte ich mich verdammt unwohl. Nur weil wir in Deutschland großen Erfolg hatten, mussten wir auch noch diese dämlichen Preisverleihungen mitmachen. Und unser Manager hatte uns gezwungen, Anzüge zu tragen. Als wir auf der Bühne standen, starrten uns alle an, als wären wir Götter – dabei taten wir einfach nur das, was wir gut konnten. Zum Glück übernahm Ben immer das ganze Gequatsche. »Wir freuen uns so sehr«, »Vielen Dank an die Fans« … Bla, bla … musste ja auch sein. Auf die kreischenden Teenies vor der Halle hätte ich trotzdem verzichten können. Und als Krönung des Ganzen tauchte auch noch sie hier auf, weil Josh sie unbedingt mitnehmen musste. Offensichtlich wurde das hier zu einem der schlimmsten Abende unserer Bandgeschichte. Alina besaß die Dreistigkeit, sich auch noch neben mich zu setzen, nachdem die Verleihung vorbei war. Während des Dinners versuchte sie ständig, ein Gespräch mit mir zu führen. Ich führte keinen Small Talk. Wieso auch? Das war etwas für Menschen, die sich für andere interessieren. Das traf auf mich nicht zu. Und dann auch noch diese ständigen Flirtversuche. Wie sie ihre fantastischen, dunklen Locken zurückstrich, wenn sie in ihre funkelnden grünen Augen fielen, sich mit ihrer feuchten rosa Zungenspitze über die vollen Lippen fuhr. Jedes Mal, wenn sie sich bewegte, wurde ihr verführerischer Duft zu mir herübergeweht … Ich musste hier raus – schnell. Bevor ich sie packen, ihr

Kleid hochschieben und vor aller Augen von hinten ficken würde.

Alina

Shane sprang immer noch nicht auf mich an. Was sollte ich denn noch tun, zur Hölle? Ja, er hatte mir gesagt, dass er mit mir nichts anfangen würde. Und ja, ich hatte das auch verstanden. Nur jetzt, in dieser Situation, war er noch heißer als damals, als ich ihn das erste Mal getroffen hatte. Und noch heißer als bei unseren letzten Begegnungen. Lara beobachtete mich von ihrem Platz gegenüber und unterhielt sich mit Josh, der neben ihr saß. Travis' Bruder verstand sich ganz wunderbar mit ihr. Und Travis, ihr Traummann, war einfach perfekt für sie. Ich freute mich wahnsinnig für die beiden, dass sie endlich zusammengefunden hatten. Und dass sie so unbeschwert in seiner Nähe war. Leider bedeutete das für mich aber auch, ein Stückchen meiner besten Freundin zu verlieren. Ich war ihr nicht böse, weil sie mit Travis Zeit verbringen wollte, und ich mochte ihn auch super gern, aber ich war eben allein. Und da ich heute Abend sicher nicht alleine nach Hause fahren wollte, versuchte ich mein Glück zum letzten Mal bei diesem verschlossenen Kerl. Seitdem wir hier saßen, hatte er vielleicht fünf Worte gesagt. Innerhalb von zwei Stunden. Auf keinen meiner Versuche, ein Gespräch zu beginnen, hatte er auch nur ansatzweise reagiert. Ich sollte damit aufhören, mich zum Affen zu machen. Das hatte ich wirklich nicht nötig.

Gerade, als die leeren Dessertteller abgeräumt wurden und er mir wieder meine Frage nicht beantwortete, hatte er mich – ernsthaft! – nur kurz mit seinen eisblauen Augen fixiert, seine Sonnenbrille aus der Jacketttasche gezogen und sie sich wieder auf die Nase gesetzt. Jetzt saß er breitbeinig auf seinem Stuhl, die Arme vor der Brust verschränkt.

Innerlich schüttelte ich den Kopf und schalt mich selbst eine Idiotin. Äußerlich blieb ich stets fröhlich und ruhig bei solchen Anlässen, das war meiner guten Erziehung geschuldet. Also verdrehte ich nur kurz die Augen, was Lara mit einem Grinsen quittierte. Sie wusste schließlich ganz genau, was ich vorhatte. Ihr Blick huschte kurz nach rechts, wo Shane gerade aufgestanden war. Statt etwas zu sagen, hielt er einfach nur sein Päckchen Zigaretten hoch und ging Richtung Hinterausgang. Lara und ich führten weiter unser stummes Gespräch. Sie wies mit den Augen dorthin, wo Shane gerade verschwunden war. Ich legte den Kopf ein wenig schief, um meinen Unmut auszudrücken. Ben, der auf der anderen Seite neben mir saß, pikte mir mit dem Zeigefinger in die Rippen. »Geh schon«, zischte er und Lara lachte lauthals. Okay, ich würde noch diesen letzten Versuch wagen, dann musste ein neues Flirtopfer her.

Ich erhob mich so grazil und mit einem milden Lächeln auf den Lippen, wie ich es gelernt hatte. Ich winkte kurz wie die Königin von England in die Runde, was alle am Tisch zum Lachen brachte. Dann nahm ich meine Tasche, in die nur Zigaretten und mein Handy passten, und folgte Shane nach draußen.

Er stand dem Eingang gegenüber, den Blick auf den Boden gerichtet. Erst als er das Schließen der Tür und die Absätze meiner High Heels hörte, sah er auf.

Mit einer Geste, die fast wie einstudiert wirkte, strich er sich von hinten nach vorne über die Haare. Er trug sie etwas länger, doch unten drunter waren sie ausrasiert. Ich zündete meine Zigarette an, während ich ihn musterte. Sein Anblick war so unfassbar heiß. Wie er da im Anzug stand, aus dessen Ärmel neben den Manschetten des schwarzen Hemdes auch seine bunten Tattoos hervorlugten. Auch an der Seite seines Halses waren einige Motive zu erkennen. Seine Augen hatte er wieder von der Sonnenbrille befreit, so konnte sich sein Blick in meinen bohren.

Langsam ließ ich den Rauch langsam aus meiner Lunge entweichen und fand endlich den Schneid, ihn anzusprechen. »Du bist wirklich unhöflich.«

Shane betrachtete mich aus den drei Metern Entfernung unverhohlen von Kopf bis Fuß. Er inhalierte seelenruhig noch einen Zug. »Und du bist wirklich nervtötend.«

Geradeso konnte ich verhindern, dass ich empört nach Luft schnappte. »Was bitte ist nervtötend daran, wenn man freundlich zu anderen Menschen ist?«

»In deiner Welt wahrscheinlich nichts, aber halt dich einfach aus meiner Welt raus.« Er schnippte seine halb gerauchte Zigarette über die Schulter und machte Anstalten, wieder hineinzugehen. Als er auf meiner Höhe war, hielt ich ihn am Ärmel fest. Skeptisch musterte er meine Finger, die sich in den Stoff gekrallt hatten.

»Shane, wenn es das ist, was du willst: Ich kann beim Sex auch die Klappe halten.«

Kurz verengte er seine Augen kaum merklich, dann sah er in meine. Sein Blick hielt meinen gefangen, auch wenn ich gewollt hätte, hätte ich mich nicht davon losreißen können. Er wirbelte mich herum, sodass ich mit dem Rücken an die Wand gepresst wurde. Meine Handgelenke hielt er mit seiner Rechten zusammengefasst über meinen Kopf. Ich spürte, wie ich den Atem anhielt. Er war nicht sehr viel größer als ich, vielleicht einen halben Kopf, dennoch schüchterte mich seine ganze Erscheinung ein.

Shane fuhr mit seinem Zeigefinger die Kontur meines Kiefers nach, wobei er mir immer noch in die Augen sah. »Forderst du mich wirklich heraus, Prinzessin?«, fragte er lauernd.

Seine dunkle Stimme und der Blick aus seinen eisblauen Augen ließen mich erschauern. »Oh, ja Shane. Und du weißt gar nicht, wie gern ich das tue«, antwortete ich ihm mit einem Lächeln auf den Lippen.

»Du wirst dir noch wünschen, es niemals getan zu haben.« Er ließ mich urplötzlich los, sodass ich fast das Gleichgewicht verloren hätte. Ohne ein weiteres Wort hielt er mir die Tür in den Saal auf. Und an unserem Tisch schob er mir sogar den Stuhl zurecht. Er sprach zwar immer noch nicht mit mir, aber er benahm sich nicht mehr ganz so wie ein ignorantes Arschloch.

Nach einer Weile, in der er wieder stumm neben mir saß, beugte er sich plötzlich zu mir herüber. Er legte eine Schlüsselkarte in diesem winzigen Umschlag neben mein Glas. Ich sah, dass darauf das Hotel und die Zimmernummer notiert waren. Seine Lippen waren plötzlich ganz nah an meinem Ohr, was mir wieder eine Gänsehaut einbrachte. »Du hast eine Stunde, um noch einmal darüber nachzudenken.«

Shane stand auf, nickte den anderen zu und verließ den Saal.

Kapitel 5

Alina

Ich blickte auf und das Erste, was ich sah, waren Laras aufgerissene Augen. »Alina, wir sollten rauchen gehen!«, forderte sie. Alle am Tisch hatten Shanes Spektakel verfolgt und wussten genau, was das zu bedeuten hatte. Noch bevor ich aufgestanden war, hatte sie den Tisch umrundet und ergriff meine Hand. Ich schnappte mir schnell meine Handtasche und die Schlüsselkarte vom Tisch.

»Was hat er gesagt?« Lara grinste wissend.

»Was soll er schon gesagt haben? Dass ich die schönste Frau der Welt für ihn bin und dass er mich nie wieder gehen lassen wird, natürlich!« Ich würde einen Teufel tun und ihr die Begegnung sofort auf dem Silbertablett servieren.

»Alina, du bist meine beste Freundin. Verarsch mich nicht«, erwiderte sie trocken. »Ich weiß, dass Shane so etwas niemals sagen würde.«

»Okay, dann so etwas wie: Deine Haut ist so glatt wie Seide und deine Lippen so rot und saftig wie Erdbeeren?« Mein Grinsen war teuflisch. Lara kannte mich schon mein halbes Leben und ich war verdammt froh, sie zu haben.

»Ich würde eher auf so etwas wie ›Ich würde dich wirklich gern hart ficken‹ tippen.« Wenn man sie so sah, mit ihrer elfengleichen Figur und dem feinen Gesicht, dazu noch in Abendgarderobe, würde wohl niemand solche Sprüche von ihr erwarten.

»Ich denke, das trifft es ziemlich genau«, gab ich also zu. Natürlich hatte er das nicht exakt so gesagt, aber ihm würde ich es durchaus zutrauen.

»Was hat ihn plötzlich dazu erwogen, dass er dich wahrnimmt?«, fragte sie zwischen zwei Zügen.

»Ich habe ihm nur gesagt, dass er unhöflich sei. Hat geholfen«, feixte ich. Lara lachte laut und hielt mir die Hand zu einem High Five hin. Ich schlug in dem Moment ein, als Travis nach draußen kam.

Wie immer legte er beschützend den Arm um die Schultern meiner Freundin. Nachdem er sich auch eine Zigarette angezündet hatte, sah er mich ernst an. »Alina, ich hab dich gern, aber ich werde es nur einmal sagen: Shane ist kein Beziehungstyp. Er wird nicht mehr mit dir haben, als heute Nacht mit dir zu schlafen. Nimm das bitte ernst, okay?«

Travis war einfach so ein Typ, der sich um alle kümmerte. Zum Glück war mein Bruder heute nicht hier, der würde mir wahrscheinlich verbieten, nachher in Shanes Zimmer zu gehen.

»Alles klar, Travis. Ich hab's kapiert«, meinte ich also nur. Mein Ziel für heute hatte ich erreicht. Ich würde mit Shane schlafen und das würde bestimmt grandios werden.

Um zu Shanes Hotel zu gelangen, musste ich einfach nur die Straße überqueren. Ich hatte keinen Grund, meine Entscheidung noch einmal zu überdenken. Shane war heiß, ich wollte mit Sex ihm. Das war doch ganz einfach! Als ich mit dem Aufzug in sein Stockwerk fuhr, kribbelte es angenehm in meinem

Bauch. Okay, vielleicht war ich auch etwas nervös. Aber immerhin hatte ich schon oft Sex gehabt. Man verlernte das ja nicht in einem halben Jahr Flaute.

Ich suchte seine Zimmernummer und klopfte. Und dann wartete ich. Ich wiederholte die Prozedur noch einmal. Als nach der Warterei noch immer nichts passierte, öffnete ich die Tür einfach mit der Key-Card. Shane saß im Sessel, der der Tür gegenüber stand.

»Warum hast du nicht aufgemacht?«, wollte ich empört von ihm wissen.

Er wies mit seinem Kopf auf meine Hand. »Du hast die Karte.«

Das waren seine einzigen Worte, bevor er sich wieder dem Drink in seiner Hand widmete. Unentschlossen stand ich vor der Tür, die ich inzwischen geschlossen hatte. Er bot mir weder einen Drink an noch mich zu setzen. Er hatte wohl wieder auf den Arschloch-Modus umgeschaltet. Ich holte mir selbst einen Drink an der Bar der Suite (ein Zimmer wäre wohl zu einfach für den großen Rockstar gewesen) und setzte mich auf die Couch. Wir sprachen kein Wort miteinander, sondern musterten uns nur gegenseitig, während wir unseren Whiskey tranken. Ich mit Cola, er nur mit Eis. Da ich bei halbwegs klarem Verstand bleiben wollte, verzichtete ich auf einen zweiten und stellte mein Glas auf den Beistelltisch.

»Zieh das Kleid aus.« Seine Stimme war leise und dennoch fordernd. Ich stand auf und stellte mich vor ihn. Langsam öffnete ich den Reißverschluss an der Seite meines roten Abendkleides. Ich ließ den Stoff an mir hinuntergleiten. Jetzt stand ich nur noch in

seine Bewegungen wurden allmählich schneller. Ich spürte, wie ich meinem Höhepunkt immer näher kam, was bei mir recht selten war, und stöhnte nun noch lauter.

Als er zusätzlich mit einem Finger meinen Kitzler massierte, konnte ich mich nicht mehr lange beherrschen. Ein unglaublich intensiver Höhepunkt überrollte mich in Wellen, so etwas hatte ich noch nicht erlebt. Ich genoss das Beben und spürte, dass auch der Mann hinter mir mit einem leisen »Oh, Fuck!« kam.

Gemächlich zog er sich aus mir zurück. Ich blieb noch kurz auf dem Tisch liegen, um wieder zu Atem zu kommen. Als ich mich erholt hatte, schlich ich zurück in den Wohnbereich, um meine Kleidung zu holen. Shane stand am Fenster und machte keine Anstalten, etwas zu sagen.

Im Badezimmer zog ich meine Unterwäsche und das Kleid an und versuchte, meine Frisur wieder halbwegs zu richten. Das war jedoch kaum möglich, sodass ich schlussendlich alle Haarnadeln heraussuchte und meine Haare offen ließ. Das Make-up war so oder so nicht aufwendig gewesen und alle Fehler schnell beseitigt. Ich würde mir einfach ein Taxi nehmen, das mich nach Hause fuhr, dafür musste ich nicht besonders zurechtgemacht aussehen. Shane hatte mir klar zu verstehen gegeben, dass er nicht mehr wollte als Sex. Für mich war das in Ordnung, ich hatte das erreicht, was ich wollte. Ein extrem heißer Mann hatte mich gevögelt und zum Orgasmus gebracht. Was wollte ich mehr?

Ich wollte mich nur schnell von ihm verabschieden – so viel Anstand musste sein –, als er mich aufhielt.

»Drink?«, fragte er in seiner üblichen, wortkargen Art.

»Ich gehe lieber«, sagte ich mit einem Kopfschütteln.

Shane schüttelte ebenfalls den Kopf und hielt mir auffordernd das Glas entgegen. Als ich in sein Gesicht sah, meinte ich, ein leichtes Lächeln erkennen zu können. Das war ungefähr die umfassendste Gefühlsbekundung, die er je in meiner Gegenwart gezeigt hatte. Ich nahm ihm das Glas ab und wartete, bis er den ersten Schritt machte. Er setzte sich auf das Sofa. Um ihn zu provozieren, ließ ich mich neben ihm nieder. Die Couch war so klein, dass wir uns fast berührten. Probeweise nippte ich an dem Whiskey-Cola, ob er die richtige Mischung getroffen hatte. Er war perfekt.

»Warum bist du hier?«, fragte er leise.

»Na ja, du hast mir deine Key-Card gegeben«, erwiderte ich vorsichtig. Keine Ahnung, was er damit bezwecken wollte.

»Du weißt, was ich meine, Alina.« Zum ersten Mal sprach er meinen Namen aus. Es hörte sich fantastisch aus seinem Mund an. Sonst nannte er mich nur spöttisch »Prinzessin«. »Was willst du von mir hören? Dass ich dich heiß finde und mit dir schlafen wollte? Wenn du es genau wissen willst: Ja, ich wollte Sex mit dir. Und du hast verdammt lange gebraucht, um es zu verstehen!« War der Kerl schwer von Begriff, oder wollte er mich ärgern?! Er sah mir weiter in die Augen. Mich beschlich das Gefühl, dass er so kommunizierte.

»Und?!«, fragte er nur.

»Wie, und?! Offensichtlich hatten wir Sex. Also

ja, ich habe bekommen, was ich wollte.« Sein Blick lag weiterhin nur auf mir. Er bewegte ihn nicht eine Millisekunde von mir weg. Stur, wie ich eben war, erwiderte ich lediglich sein Starren. Ich wollte hier sicherlich keinen Monolog halten.

Shane

Diese Frau war verwirrend. Den ganzen Abend hatte sie gequatscht, doch seit sie in meinem Zimmer war, fast kein Wort ohne Aufforderung gesprochen. Ich hatte gemerkt, wie nervös sie war, doch sie hatte mir keine Widerworte gegeben. Als sie, nur in ihrer Unterwäsche, vor mir stand, konnte ich sehen, wie geil sie war, obwohl ich sie noch nicht einmal berührt hatte. Es war ganz und gar nicht meine Art, mich um die Frauen zu scheren, mit denen ich schlief, aber bei Alina war das anders. Ich wollte nicht, dass sie schon ging, kurz nachdem ich sie zum Orgasmus gebracht hatte. Dafür genoss ich ihre Nähe zu sehr, auch wenn wir nicht miteinander sprachen.

Ihre grünen Augen faszinierten mich. Sie blitzten, wenn sie sich aufregte, waren verschleiert und dunkel, wenn sie erregt war. Ich wollte wissen, wie sie aussahen, wenn sie kam. Wenn ich derjenige war, der ihr einen Höhepunkt bescherte. Seit sie neben mir saß, hatte ich das Bedürfnis, in ihre offenen, leicht zerzausten Haare zu greifen, sie an mich zu ziehen und zu küssen.

Mir war bewusst, dass ich nicht der kommunikativste Mensch war, doch mit ihr wollte ich sprechen. Irgendetwas war anders an ihr, wenn wir alleine waren. Sie wirkte immer noch sehr selbstbewusst, aber längst nicht so nervenstrapzierend fröhlich wie vorhin beim Dinner. Vielleicht sollte ich sie einfach öfter vögeln. Es war echt anstrengend, immer neue Frauen aufzureißen. Ich konnte mir gut vorstellen, wie wir es in allen erdenklichen Stellungen miteinander trieben. Dank dieser Gedanken wurde mein Schwanz schon wieder hart, obwohl ich sie erst vor einer halben Stunde gefickt hatte. Vielleicht hatte sie ja Interesse an einem weiteren Orgasmus in dieser Nacht.

Alina

Als es mir zu blöd wurde, fischte ich meine Zigaretten aus der Tasche und ging auf den Balkon. Von hier oben hatte ich eine wundervolle Aussicht. Ich betrachtete die Skyline, während ich rauchte. Es war nicht sehr warm, deshalb fröstelte ich ein wenig. Bis mir plötzlich ein Jackett um die Schultern gelegt wurde. Shane hatte sich angeschlichen und stand jetzt wieder sehr, sehr nah hinter mir. Er nahm mir meine Zigarette aus der Hand und zog einmal daran, bevor er sie mir wieder zwischen die Finger steckte. Ich spürte, wie er mir einen Kuss hinter mein Ohr hauchte.

»Ich würde das gern wiederholen«, flüsterte er.

Was war bloß aus »Ich werde dich ficken, dann kannst du verschwinden« geworden? Ich hatte durchaus die Bereitschaft gezeigt, zu gehen, nach dem wir Sex gehabt hatten, doch er hatte mich aufgehalten. Shane machte mich nervös. Dass er nicht viel sprach, war okay. Aber so, wie er jetzt wieder hinter mir stand, und die Art, wie zärtlich er mich berührt hatte, die vollkommen gegensätzlich zu seinem Auftreten war … Ich hatte am ganzen Körper Gänsehaut, nur weil er einen Satz gesagt hatte. Und, verdammt ja, ich würde das auch gern wiederholen! Der Orgasmus, den er mir geschenkt hatte, war fantastisch gewesen. Normalerweise kam ich nicht so leicht. Entweder musste ich selbst nachhelfen, oder ich brauchte wirklich Zeit dafür. Doch alleine seine

Anwesenheit löste ein Kribbeln in mir aus, sodass ich wahrscheinlich schon jetzt wieder feucht genug war, um mit ihm zu schlafen. Shane hatte die Hände um meine Taille gelegt und zog mich nun komplett an sich. Er hauchte wieder kleine Küsse an meinen Hals. Es machte mich wahnsinnig. Was hatte dieser Mann nur an sich? Langsam begann ich, mich zu entspannen, und lehnte mich gegen seine Brust.

»Alina?«, fragte er leise.

»Okay?« Ich wusste nicht, ob ich ihm als Frage oder als Feststellung antworten sollte. Schließlich hatte er mich auch nicht gefragt, ob ich noch einmal mit ihm schlafen wollte. Wie als ob er mich zum Weitersprechen auffordern wollte, begann er, mit den Fingern kleine Kreise auf meinen Bauch zu zeichnen. Das Jackett hatte er etwas beiseitegeschoben, sodass er mein Schlüsselbein küssen konnte. Als er dann noch darüberleckte, war es um mich geschehen.

»Ich will das auch wiederholen!«, keuchte ich, weil er mich mit seinen kleinen Berührungen schon wieder so heiß gemacht hatte. Er drehte mich herum, sodass wir uns gegenüberstanden, und sah mir kurz in die Augen. Dann legte er eine Hand in meinen Nacken, die andere auf meinen Hintern und küsste mich.

Gott, wenn er so weitermacht, wird das meine Lieblingsbeschäftigung, dachte ich, als seine Zunge meine umspielte. Wieder küsste er mich bedächtig und sanft, nicht hart, wie er mich gefickt hatte. Er drückte mich an sich und ich spürte deutlich, dass er genauso erregt war wie ich. Wollte er etwa heute noch einmal Sex? Ich hatte an nächste Woche oder so gedacht.

»Komm«, sagte er, als er sich von mir gelöst hatte. Shane hatte sich bereits Richtung Tür gedreht und meine Hand genommen.

»Jetzt?!«, fragte ich, um sicherzugehen, dass ich ihn und seine Geste richtig verstanden hatte. Jetzt sah er mich mit einem lodernden Blick an. Seine Lippen umspielte ein Grinsen – offenbar war er doch zu so etwas fähig. »Natürlich, Alina.«

Oh mein Gott … Ich brauchte noch einige Minuten, um mich von diesem grandiosen dritten Orgasmus zu erholen. Shane lag neben mir in seinem Bett. Nackt. Allein das war schon besser, als ich es mir in meinen feuchtesten Träumen vorgestellt hatte. Ich wollte seine Tattoos ansehen und darüberstreichen. Ich wollte seinen sehnigen, athletischen Körper am liebsten ablecken. Aber natürlich traute ich mich das nicht bei dem distanzierten Kerl. Das zweite Mal mit ihm zu schlafen war noch besser als die Premiere. Und da hatte ich schon gedacht, mehr ginge nicht.

Langsam kehrte die Kraft in meinen Körper zurück, die meine Höhepunkte mit sich genommen hatten. Shane schien auch ziemlich entspannt, wie er auf dem Rücken neben mir lag, die Hände hinter dem Kopf verschränkt. Ich setzte mich auf die Bettkante, um mal wieder meine Sachen zusammenzusuchen und dann ein Taxi zu rufen, als er mich leicht an der Schulter berührte.

»Bleib«, sagte er nur schlicht.

»Was? Hier? Wieso?« Ich hatte anscheinend die Fähigkeit, Fragen in ganzen Sätzen zu stellen, verloren.

»Wieso nicht?« Okay, ich glaubte zu wissen, woran das lag. Ich drehte mich vollständig zu ihm um, damit ich mich nicht verrenken musste.

»Shane, deine Ansage war klar und ich erwarte jetzt nicht, dass du sie aus irgendwelchen bescheuerten Gründen revidierst.« Seine Augen blitzten bei meinen Worten, aber ich ließ mich nicht davon irritieren. Wenn er wirklich wollte, dass ich blieb – warum auch immer –, musste er mir das schon erklären. Wieder starrten wir uns gefühlte Stunden einfach nur an. Diesmal würde ich nicht abhauen.

»Alina. Es ist mitten in der Nacht. Schlaf hier, ich bringe dich morgen nach Hause.«

»Was hast du denn gedacht, als du mich zum Vögeln in dein Hotelzimmer bestellt hast? Es wäre so oder so mitten in der Nacht gewesen.«

»Willst du wirklich darüber diskutieren?« Seine Lippen verzogen sich zu einem kleinen Lächeln. Wie zur Hölle hätte ich mit ihm diskutieren sollen? Er hatte in den letzten zwei Minuten mehr gesagt als am ganzen Abend zuvor. Ich verengte meine Augen zu Schlitzen und schaltete auf stur.

»Ja«, antwortete ich trotzig und verschränkte die Arme vor der Brust. Shane lachte leise. Mit einer schnellen Bewegung hatte er mich wieder auf das Bett gezogen. Er schob sich über mich und stützte sich mit den Ellbogen neben mir auf der Matratze ab, sodass sein Gesicht genau über meinem war.

»Ich diskutiere nicht mit dir. Bleib einfach.« Der Blick, den er mir schenkte, hatte nichts mit den anderen vorher gemein. Er war … weich. Und bittend.

»Na gut«, räumte ich ein. Wieder lachte er, als er sich neben mich legte. Er zog mich an sich und küsste mich auf die Schläfe.

Shane schlief noch seelenruhig neben mir, als ich aufwachte. In der Nacht hatte er sich wieder auf den Rücken gedreht und mich freigegeben. Jetzt gerade war ich froh darüber. Ich stand auf und ging ins Bad. Im Spiegel sah ich meine zerzausten Haare und schüttelte über mich selbst den Kopf. Normalerweise übernachtete ich nicht bei wildfremden Männern, mit denen ich einen One-Night-Stand hatte.

Ich versuchte, mich wenigstens halbwegs zurechtzumachen, die Dusche wäre wahrscheinlich zu laut gewesen und ich wollte Shane nicht wecken. Leise schlich ich in den Wohnbereich und zog mich schnell an. Jeder würde wissen, was ich in der Nacht getrieben hatte, wenn ich morgens um neun Uhr in einem Abendkleid durch die Hotellobby lief. Aber das war egal, ich wollte nur schnellstmöglich nach Hause. Als ich alles zusammengesucht und mich angezogen hatte, schloss ich sachte die Tür hinter mir und fuhr mit dem Aufzug nach unten. Glücklicherweise standen vor dem Eingang bereits Taxis bereit. Ich gab dem Fahrer meine Adresse und versprach ihm ein extra Trinkgeld, weil der Weg so weit war.

Shane

Ich hatte wirklich keine Lust, die Augen zu öffnen, denn ich hatte in der Nacht absichtlich die Vorhänge nicht zugezogen. Schließlich gönnte ich Alina ihren wohlverdienten Schlaf. Also würde mir unvermeidlich die Sonne in die Augen scheinen, sobald ich sie öffnete. Daher dachte ich lieber an die letzte Nacht zurück. Alina hatte sich als echt heiße Bettgefährtin erwiesen. Als ich sie das zweite Mal an einem Abend zum Orgasmus brachte, indem ich sie leckte, hatte sie meinen Namen gestöhnt. Keine Ahnung, ob sie das bemerkt hatte. Mein Schwanz hatte es, denn er wurde dadurch noch härter, wenn das überhaupt möglich war.

Mit ihrem Geschmack auf den Lippen hatte ich sie dann noch einmal härter rangenommen als beim ersten Mal. Sie war unglaublich eng und ich sah die ganze Zeit dabei zu, wie ihre Titten auf und ab hüpften – was eine Zerreißprobe für meine Geduld war. Der Plan war, dass sie noch einmal kam, damit ich ihr dabei in die Augen sehen konnte. Kurz vor ihrem Höhepunkt schloss sie sie aber, bevor ich es ihr verbieten konnte. Das bedeutete wohl, dass sie heute Morgen noch einmal kommen musste, bevor ich sie nach Hause fuhr. Das traf sich auch gut, denn mein Schwanz war ganz meiner Meinung.

Ich drehte mich zur Seite, um der Sonne zu entgehen, und öffnete schließlich die Augen. Doch statt Alina in meinem Bett zu sehen, war die andere

Seite leer. Ich schielte zum Wecker, der schon elf Uhr zeigte. Nur in Boxershorts bekleidet suchte ich die anderen Räume ab. Sie war einfach gegangen! Ich hatte doch gesagt, dass ich sie nach Hause bringen würde! Diese Frau konnte wohl wirklich nicht das tun, was sie sollte.

Bevor ich mir Frühstück bestellte, schrieb ich Travis eine Nachricht. Ich grinste, als ich mir ausmalte, wie sie reagieren würde.

Kapitel 6

Alina

»Du hast was?«, fragte Lara schrill, als ich ihr von letzter Nacht erzählt hatte.

»Ich habe mit Shane geschlafen, drei Orgasmen gehabt und dann bei ihm übernachtet.« Ich zählte die Tatsachen noch einmal ruhig auf. Nachdem ich schon eine Stunde zu Hause war und mich erst einmal sortiert hatte, ging das ganz gut.

»Aber … aber … Wieso?«

»Weil er es so wollte«, antwortete ich wahrheitsgemäß. »Wie – Shane wollte es so? Der gleiche Shane, den ich auch kenne?«

»Ich sag doch, es war die seltsamste Nacht meines Lebens!« Das war sie wirklich gewesen. Und ich hatte schon einige seltsame Erlebnisse gehabt.

»Und du bist dir ganz sicher?«, hakte sie noch einmal nach.

»Ich wollte zweimal gehen und beide Male hat er mich davon abgehalten.«

»Das ist echt gruselig, Alina.«

»Ja, das ist es«, seufzte ich, denn ich wusste wirklich nicht, was ich davon halten sollte.

Um mich abzulenken, ging ich raus in den Stall zu Reza. Wir trainierten inzwischen für die Distanzrennen im nächsten Jahr, schließlich wollte ich ihn nicht überfordern. Der Ritt heute diente aber eher meiner Zerstreuung als seinem Training.

Nach zwei Stunden machte ich jedoch mehr Fehler als das Pferd, weil ich so sehr in Gedanken war, und ließ ihn langsam wieder Richtung Koppel laufen. Nachdem ich ihn geputzt hatte, wie ich es immer gern tat, um eine Bindung aufzubauen, ging ich durch den Stall zum vorderen Eingang. Meine Augen würden vor Ungläubigkeit wahrscheinlich aus dem Kopf fallen. Im Türrahmen lehnte Shane, heute in seinen normalen Klamotten. In Jeans, Kapuzenpullover und Lederjacke sah er aber auch verflucht gut aus. Wie so oft hatte er seine schwarze Sonnenbrille auf.

»Was zur Hölle tust du hier, Shane?«, fragte ich ihn wütend. Das war mein Privatleben, hier hatte nicht einfach so jeder aufzutauchen. Außerdem, woher wusste er, wo ich wohnte?

»Ich hatte gesagt, ich bringe dich nach Hause!«

»Ich bin alt genug, ich kann mich selbst nach Hause bringen!« Der Kerl war ja echt lustig. Deshalb tauchte er gleich hier auf?

»Du solltest nicht in deinem Aufzug durch das Hotel laufen. Mein Auto stand in der Tiefgarage.« Aha. Das war irgendwie süß.

Statt einer Antwort ging ich an ihm vorbei auf den Hof. Er hielt mich nach ein paar Schritten am Arm zurück. Ich erwartete eine Standpauke, aber das Einzige, was er tat, war, mich an sich zu ziehen und zu küssen. Und wow – was für ein Kuss! Das war quasi Sex mit Lippen! Leidenschaftlich, heiß und unglaublich gut. Wie schon in der Nacht presste er mich dicht an sich, sodass ich spüren konnte, dass er schon wieder hart war.

»Und ich wollte dich noch einmal ficken«, verriet

er mir mit einem anzüglichen Grinsen, als er den Kuss beendet hatte.

»Shane!«, zischte ich. »Hier sind überall Leute.« Unsere Angestellten, die sich um die Pferde kümmerten, liefen im großen Bogen um uns herum.

»Und die haben noch nie zwei Menschen gesehen, die sich küssen?«, fragte er immer noch belustigt. Aus Ermangelung einer adäquaten Antwort streckte ich ihm die Zunge heraus. Ja, ich war sechsundzwanzig und angehende Anwältin, aber manchmal musste das ausreichen. Shane hingegen nahm es zum Anlass, mich noch einmal zu küssen.

»Sehr eloquent, Prinzessin.«

Er nahm mich an der Hand und zog mich mit sich. Wir gingen über den Hof zu den Koppeln, auf denen die Pferde grasten, die meine Mutter züchtete.

Schweigend liefen wir noch ein Stück weiter, bevor Shane fragte: »Du wohnst also auf einem Ponyhof?« Seine Mundwinkel zuckten.

Ich schnappte empört nach Luft. »Es ist ein Gestüt, du Arsch!«

»Arsch? Das gehört sich aber nicht für kleine, adelige Prinzessinnen.«

Auch für den Kommentar wählte ich eine würdevolle Erwiderung: Ich kniff ihn in die Seite, was ihn fluchen ließ. Das Kneifen hatte ich von meinem Bruder gelernt und Aaron war der Beste.

Shane verwirrte mich. Er brachte mich auf die Palme, ließ mich praktisch nach Sex betteln und war hier so anders als sonst. Nicht der verschlossene Mann, den ich bisher gesehen hatte und der er auch in der Nacht noch gewesen war. Irgendwie … Keine Ahnung.

Nachdem wir eine Weile gegangen waren, ließ er sich einfach ins Gras sinken. Da er mich immer noch an der Hand hielt, hatte ich keine Wahl, als es ihm gleichzutun. Ich legte mich mit dem Rücken ins Gras und schloss die Augen, während die Frühlingssonne mein Gesicht wärmte. Es war ein schönes Gefühl. Ich liebte den Frühling. Shane schien irgendwie nicht hierherzupassen. Mit seinen ganzen Tattoos – die absolut heiß waren – und dem Bad-Boy-Image, auf das ich so stand. Ich lag hier auf einer Wiese mit einem Rockstar, der so gar nichts mit mir gemein hatte, und fühlte mich gut dabei. Wieder schweiften meine Gedanken zur letzten Nacht. Es war absolut fantastisch gewesen. Und er hatte sich gar nicht wie das Arschloch verhalten, vor dem er mich damals gewarnt hatte. Er war sogar wirklich süß gewesen – also nachdem wir das erste Mal Sex gehabt hatten. Und wie er mich dann wieder in sein Bett gezogen hatte … Ich drehte meinen Kopf in seine Richtung und öffnete die Augen. Überraschenderweise sah ich direkt in seine. Das strahlende Blau nahm mich wie immer sofort gefangen. Hatte er mich die ganze Zeit angesehen?

»Deine Wangen sind ganz rot geworden. Du hast an Sex gedacht.« Das war keine Frage, sondern eine Feststellung – die mich noch röter werden ließ.

»Und wenn?«

»Wenn es wahr ist, hoffe ich, dass du jetzt so scharf auf mich bist wie ich auf dich. Und dass du Sex im Freien magst.«

Ich war sprachlos. Wirklich. Das kam, weiß Gott, nicht oft vor. Aber wenn ich so darüber nachdachte … In der Ecke hier war nie wirklich viel los … und der Kuss und mein Kopfkino hatten mich ganz schön erregt. Ich blinzelte kurz, Shane schien meine Unentschlossenheit in meinem Blick lesen zu können. Er knöpfte meine Jeans auf und fuhr mit den Fingern in mein Höschen. Er strich leicht über meine Schamlippen und drang dann mit zwei Fingern in mich ein. Ich spürte selbst, wie feucht ich schon war, er musste es gar nicht laut aussprechen. Er zog sich wieder zurück, um sich aufzusetzen.

»Steh auf«, bat er mich. Ich würde jetzt also hier draußen Sex haben. Ach du Schande! Als ich vor ihm stand, zog er meine Stiefel und meine Hose aus und arrangierte mich so, dass ich über ihm kniete. Er öffnete seine Jeans, zog noch ein Kondom aus der Tasche und befreite seinen Schwanz. Im Tageslicht sah er riesig aus. Ich schluckte kurz und er grinste mich an, während er das Kondom überstreifte. Mit seinen Fingern an meinen Hüften brachte er mich in Position, sodass ich mich nur herabsinken lassen musste. Er führte mich langsam nach unten, bis ich ihn an meinem Eingang spüren konnte.

Ich ließ ihn in mich eindringen und stöhnte kurz auf, als er vollständig in mir war. Ich bewegte mich leicht auf und ab, Shane kam mir entgegen. Mit jedem Stoß wurde das Gefühl intensiver und ließ mich spüren, dass ich nicht lange brauchen würde, bis ich kam. Während ich ihn langsam ritt, sahen wir uns die ganze Zeit in die Augen. Ich las in seinen Begierde, Lust und Verlangen. Kurz bevor ich kam, schloss ich meine, um das Gefühl zu genießen. Shane unterbrach seine Stöße abrupt. Ich hob meine Lider wieder, nur um ihm einen verwirrten Blick zu schenken.

»Lass die Augen auf.« Seine Stimme war dunkel und kratzig und turnte mich nur noch mehr an. Als ich nickte, machte er weiter. Ich spürte, dass auch er kurz davor war, und krallte mich in seine Schultern. Mein Höhepunkt überrollte mich mit überraschender Wucht, als ich in seinen Augen die gleiche Erfüllung sah, die ich spürte. Minuten später konnte ich meinen Blick immer noch nicht von seinem lösen.

Irgendwann zog Shane seine Jacke aus und legte sie um meine Schultern. Sie war groß genug, dass sie meinen nackten Hintern bedeckte, als er sich wieder hinlegte und mich mitzog. Meine Wange lag an seiner Brust, sodass ich seinem stetigen Herzschlag zuhören konnte. Nach einer gefühlten Ewigkeit hatte ich tatsächlich den Mut, das zu fragen, was ich wissen wollte.

»Shane?«

»Mhhh?«, brummte er.

»Das war jetzt aber mehr als ein One-Night-Stand.«

»Ich sagte doch gestern, dass ich es gerne wiederholen würde.«

»Aber … wir haben doch …«

»Ich meinte, mehr als einmal.« Schon wieder klang er spöttisch. Machte er sich lustig über mich?

»Meinst du so eine Art Fickbeziehung?«

»Ich meine, ich würde gerne öfter mit dir schlafen, Prinzessin. Werte das nicht mit so einer Bezeichnung ab.«

Ich lag noch in Shanes Bett, als er aus dem Bad kam, nur mit einem Handtuch bekleidet. Er war wirklich heiß und der Sex war grandios. Seitdem er mich zu Hause überfallen hatte, waren zwei

Wochen vergangen, in denen ich ihn regelmäßig in seinem Hotelzimmer besuchte. Das bewohnte er aus reiner Bequemlichkeit immer noch. Er sei nicht so der häusliche Typ und so müsse er sich um nichts kümmern, hatte er erzählt.

Nachdem ich inzwischen fünf Nächte bei ihm verbracht hatte, war ich heute spontan nach meinen Vorlesungen bei ihm aufgetaucht. Wir hatten uns schon den ganzen Tag anzügliche Nachrichten geschrieben, sodass wir geradezu übereinander herfielen, sobald ich das Zimmer betreten hatte. Da heute Freitag war, wollte ich danach in der Stadt bleiben und ausgehen. Vielleicht hatten Lara und Travis heute Zeit.

Ich griff gerade nach meinem Smartphone auf dem Nachttisch, als Shane fragte: »Ben feiert heute in seinen Geburtstag rein. Möchtest du mit zu seiner Party kommen?« Er zog sich gerade seine Boxershorts an.

»Ich … ähm … was?«, fragte ich verwirrt. Das war so nicht besprochen. Also, dass wir zusammen irgendwo hingingen. Shane beugte sich zu mir hinunter und küsste mich auf die Wange.

Er flüsterte leise in mein Ohr: »Hab ich dir so das Hirn rausgevögelt, dass du nicht einmal mehr die einfachsten Fragen verstehst?«

Ich rollte mich von ihm weg und zeigte ihm grinsend den Mittelfinger. Er kam mir hinterher und setzte sich einfach auf meine Oberschenkel. »Also?«, hakte er nach.

»Klar geh ich mit, ich wollte sowieso Lara fragen, ob wir etwas unternehmen. Wahrscheinlich wird sie mit Travis auch dort sein.« Ich konnte seinen Blick zwar nicht deuten – ich war ja noch am Üben –, aber es stahl sich ein kleines Lächeln auf seine Lippen. Der Kuss, den er mir danach schenkte, drückte allerdings Freude aus.

»Dann mach dich fertig, Prinzessin. Wir müssen in einer Stunde los.«

Shane

Was hatte ich mir bloß dabei gedacht? Sie offiziell mit zu einer Party zu nehmen, musste ja praktisch ausdrücken, dass ich an mehr als nur Sex interessiert war. Keine Ahnung, was mich geritten hatte, aber in den letzten zwei Wochen war es auch irgendwie so gewesen. Wenn sie bei mir war, hatten wir natürlich Sex, das war ja im Prinzip unser Arrangement. Wir redeten aber auch über andere Dinge. Nicht viel und nicht stundenlang, immerhin hatte ich für das gesprochene Wort nicht viel übrig. Ich hatte das Gefühl, dass Alina aber intuitiv wusste, was ich wollte. Jetzt beobachtete ich, wie sie sich unter meinen Freunden verhielt. Sie unterhielt sich mit Lara und Travis, während ich mich in eine Ecke verzogen hatte. Keiner der Anwesenden war über mein Verhalten überrascht, weil ich das immer so machte. Sie waren bloß verwundert gewesen, als Alina in meiner Begleitung vor der Tür stand. Ich sah keinen Sinn darin, irgendwem eine Erklärung abzugeben, Alina hielt es genauso.

»Hey Shane, was ist da zwischen dir und Alina?« Plötzlich saß Josh neben mir und stellte mir die Frage, die mir auch im Kopf herumging.

»Nichts. Ich ficke sie nur ab und zu«, antwortete ich ihm wahrheitsgemäß. Josh nickte langsam. Dann stand er wieder auf und ging in die Küche.

Zum Glück ließen mich die anderen immer relativ schnell wieder in Ruhe. Meine Bandkollegen wussten, wie sie mich zu nehmen hatten. Mein Blick fixierte weiter meine Prinzessin, die über irgendetwas laut lachte. Sie war wirklich schön, wenn sie lachte. Selbst wenn sie nur lächelte. Und während sie einen Orgasmus hatte. Ihre Augen wurden dann so dunkel, dass sie manchmal fast schwarz wirkten. Sie hatte gemerkt, dass ich darauf stand, ihr in die Augen zu sehen, wenn sie kam, und tat es mir inzwischen gleich. Wenn sie es nicht bemerkte, beobachtete ich sie ständig. Die kleinen Sommersprossen auf ihrem Gesicht und ihrem Dekolleté hatten es mir besonders angetan. Eine Bewegung hinter Alina zog meine Aufmerksamkeit auf sich. Josh ging auf sie zu und hielt ihr ein Glas hin. Sie nahm es dankbar an und begann ein Gespräch mit ihm. Als er dann die Hand auf ihren unteren Rücken legte, war es vorbei. Irgendeine bekloppte Sicherung in meinem Hirn brannte durch.

Alina

Bens Party war wirklich nett. Ich hatte erwartet, dass Groupies oder so anwesend sein würden, aber es waren nur vielleicht zwanzig Leute da, die ich fast alle aus dem Umfeld der Band kannte. Als wir ankamen, setzte sich Shane wie gewöhnlich in irgendeine Ecke und ich stellte mich zu meiner besten Freundin. Irgendwann gesellte sich auch Josh zu uns, der mir freundlicherweise auch direkt einen Drink mitgebracht hatte. Ich mochte ihn schon, als ich ihn das erste Mal getroffen hatte. Er war ein wirklich netter Kerl und sehr witzig. Er erzählte mir immer die lustigsten Storys von der Band oder seiner Familie. Wir gingen gewohnt vertraut miteinander um, wir waren schon öfter gemeinsam mit seinem Bruder Travis und Lara ausgegangen. Gerade sprachen wir über die anstehende Tour der Band, die in ein paar Wochen losging, als ich an der Hand herumgewirbelt wurde.

Shanes Augen waren eiskalt, jedoch nicht auf mich gerichtet, sondern auf Josh, der jetzt hinter mir stand. Kurz fixierte er seinen Bandkollegen und Freund, bis sein Blick über mein Gesicht wanderte. Er musterte mich fragend, ich erwiderte den Blick ebenso. Keine Ahnung, was er vorhatte oder was er wollte. Er schob die Hand, die nicht um mein Handgelenk lag, in meinen Nacken und zog mich an sich. Shane küsste mich gewohnt hingebungsvoll. Das Einzige, was wirklich ungewohnt war, waren die Blicke unserer Freunde, die ich spürte.

»Was sollte das?«, fragte ich atemlos, nachdem er sich von mir gelöst hatte. Statt mir zu antworten, warf er Josh noch mal einen Todesblick zu und zog mich dann nach draußen auf die Dachterrasse.

»Ich will nicht, dass ein anderer dich anfasst.« Seine Stimme klang nicht wie erwartet aggressiv, sondern leise und etwas unsicher.

»Bist du etwa eifersüchtig?«, fragte ich spöttisch mit einem Hauch Verblüffung.

»Wirst du es unterlassen, dich von anderen Männern betatschen zu lassen?« Als ob ich etwas dafür könnte! Außerdem war Josh ein Freund von mir …

»Nur, wenn du zugibst, eifersüchtig zu sein!« Ich grinste ihn an, weil ich es aus seinem Mund hören wollte. Er stöhnte gespielt auf und zog mich wieder an sich, um mich zu küssen. Seine Hände lagen auf meinen Pobacken und mir war bewusst, dass uns alle von drinnen sehen konnten. Aber irgendwie störte mich das nicht im Geringsten.

»Ja, ich bin eifersüchtig und das ist neu für mich. Also bitte, hab Erbarmen mit mir«, antwortete er schließlich. Sein Blick bohrte sich eindringlich in meinen.

Ich stellte mich auf die Zehenspitzen, um in sein Ohr zu flüstern: »Wehe du fasst andere Frauen an.« Shane lachte leise und zog mich wieder nach drinnen zu den anderen.

Kapitel 7

Alina

Das neue Semester begann ganz schön hart. Im letzten halben Jahr hatte ich das Studium vernachlässigt, weshalb ich einige Kurse noch einmal belegen musste. Die Klausuren wollte ich unbedingt bestehen, damit ich nicht zur ewigen Studentin mutierte.

Also nutzte ich die Zeit, in der Shane im Studio war, um für die Uni zu arbeiten. Es war so oder so einfacher, direkt nach den Vorlesungen zu ihm ins Hotel zu gehen, um dort zu lernen. Sonst hätte ich immer den Weg nach Hause machen müssen, um dann am Abend wieder in die Stadt zu fahren. Und wir sahen uns fast jeden Tag, da war der Weg wirklich überflüssig.

Abwesend kaute ich an meinem Stift herum, als ich die letzten Wochen Revue passieren ließ. Seit Bens Geburtstag hatte sich Shane wieder einmal völlig verändert. Er war ständig in meiner Nähe, nahm mich mit zu seinen Freunden und besuchte mich sogar zu Hause. Und der Sex war fantastisch. Also wirklich unglaublich faaaantastisch! Bevor ich ins Schwärmen geriet, konzentrierte ich mich wieder auf meine Unterlagen zu Strafrecht, damit ich wenigstens ein Kapitel zusammenfassen konnte.

Shane machte mir einen Strich durch die Rechnung, denn gerade in diesem Augenblick öffnete sich die Tür. Sein erster Weg, nachdem er den Gitarrenkoffer abgestellt hatte, führte zu mir. Er strich über meine Haare und hauchte einen Kuss auf meinen Scheitel.

»Hey!«, sagte er leise.

»Hey! Wie lief es?«, fragte ich ihn.

»Ganz gut. Sie mögen die Songs«, antwortete er, während er sich die Boots von den Füßen streifte.

»Hab ich dir doch gesagt!« Es freute mich wahnsinnig für ihn, denn für das neue Album hatte er ein paar neue Ideen ausprobiert. Bisher kannte ich sie noch nicht richtig, nur aus seinen Erzählungen. Wobei diese auch drei Wochen, in denen wir uns fast ständig gesehen hatten, noch nicht sehr ausschweifend waren. Dennoch waren wir auf einem guten Weg, unsere Kommunikation zu verbessern.

Ich stand auf und ging zu ihm. Wie immer, wenn wir uns eine Zeit lang, und wenn es auch nur einige Stunden gewesen waren, nicht gesehen hatten, legte er seine Lippen sanft auf meine. Der Kuss war hauchzart und drückte doch so viel aus. Seine Zunge umschmeichelte meine und zärtlich leckte er über meine Unterlippe. Vollkommen gegensätzlich dazu presste er mich fest an sich, beide Hände lagen auf meinem Hintern. Er spürte, dass ich mich an ihn schmiegte, und veränderte den Kuss kaum merklich. Mit seinen Fingern knetete er meine Pobacken, während er leicht an meinen Lippen sog. Meine Hände umschlossen seinen Nacken, sie entschieden für mich, ihn so schnell nicht gehen zu lassen. Shane löste sich für meinen Geschmack viel zu schnell von mir.

Wieder drückte er mich gegen seinen harten Körper und legte seine Wange auf meinem Kopf ab. Ich hätte genau die richtige Größe dafür, hatte er mir vor ein paar Tagen schmunzelnd anvertraut. Meine Fingerspitzen zogen leichte Kreise auf seinem Rücken und ich genoss einfach seine Nähe. Nach einer Weile fasste er mich an den Schultern und hielt mich ein Stück weit weg. Ich suchte seinen Blick, der sich lodernd in meinen bohrte.

»Bleibst du heute?«, fragte er leise mit seiner melodischen, dunklen Stimme. Stumm sah ich in seine Augen und erkannte, dass sein Blick sich von lodernd zu bittend wandelte.

»Klar, aber ich muss noch ein bisschen lernen«, antwortete ich schließlich. Shanes Antwort war ein kleines Lächeln, das seine Lippen umspielte. Er ließ mich los und ging in Richtung Schlafzimmer. Auf dem Weg streifte er sein Shirt über seinen Kopf und ich konnte das Spiel seiner Rückenmuskulatur bewundern. Wie angewurzelt blieb ich stehen, doch Shane hatte wohl bemerkt, dass ich mich nicht wieder an den Tisch setzte. Er drehte sich um und meine Wangen wurden flammend rot. Sein Lächeln wandelte sich in ein wissendes Grinsen.

Als er zurückkam, beugte ich mich wie eine mustergültige Studentin über meine Bücher und bereitete mich auf die nächste Vorlesung vor. Dass er duschen gewesen war, hatte ich gehört, aber dass er jetzt nur mit einem Handtuch um die Hüften wieder in den Wohnbereich kam, daran hatte ich nicht gedacht. Er setzte sich mir schräg gegenüber und begann auf Notenblättern herumzukritzeln. Er machte es mir echt schwer, dabei hatte ich mir wirklich vorgenommen zu lernen!

Immer wieder huschte mein Blick zu ihm herüber, wanderte über sein konzentriertes Gesicht, über seine bunten Tattoos auf den Armen und auf seiner Brust. Innerlich verfluchte ich ihn, weil ich mich nicht zusammenreißen konnte. Und wieder lag dieses Lächeln auf seinem Gesicht! Der machte das mit purer Absicht.

»Gott, Shane, zieh dir endlich was an!«, rief ich nach einer Weile, weil er mich verrückt machte.

Der Angesprochene lachte nur leise und war sich wie sooft für eine Antwort zu fein.

»Ich meine es ernst. Wenn du dir nicht wenigstens ein T-Shirt überziehst, geh ich. Ich muss dieses Semester wirklich ranklotzen.« So gut es ging versuchte ich, mir ein Lachen zu verkneifen und ein bedrohliches Funkeln in meine Augen zu legen. Wieder bedachte er mich mit seinem bittenden Blick (ich schwor, selbst der gestiefelte Kater in Shreck war nicht so effektiv) und stand schließlich auf. Im Vorbeigehen wuschelte er durch meine Haare, woraufhin ich lediglich ein Brummen von mir gab.

»Besser?«, fragte er belustigt, als er in einem Shirt und einer Trainingshose wieder das Wohnzimmer betrat, und blieb vor mir stehen.

»Wie man's nimmt«, grummelte ich zwiegespalten, ihn weiter ansabbern zu wollen, aber ich musste ja lernen. Shane beugte sich zu mir herunter und hauchte mir einen flüchtigen Kuss auf die Lippen.

»Bleibst du?«, fragte er sicherheitshalber nach.

»Ich wäre so oder so geblieben«, verriet ich ihm. Aber es war gut zu wissen, dass ich wenigstens ein Argument gegen ihn hatte.

Shane

Alina lag nackt in meinem Bett und ich konnte sie beobachten, da der Mond ein fahles Licht ins Zimmer warf. Sie hatte die Angewohnheit, auf dem Bauch zu schlafen, und legte auch nicht viel Wert auf eine Decke. So bewunderte ich den Schwung ihres Hinterns, der sich gegen die Dunkelheit abzeichnete, und ihre schmale Taille. Ihre Hände lagen entspannt neben ihrem Oberkörper und ihr Gesicht hatte sie mir zugewandt, obwohl es von einigen Strähnen ihrer seidigen Haare bedeckt wurde.

Wenn sie gewusst hätte, dass sie mir in den letzten Wochen nachts so viel Inspiration geboten hatte! Oft fand ich keinen Schlaf und ich wusste, wie unruhig ich war, daher saß ich meistens in einem der Sessel im Schlafzimmer und betrachtete meine Bettgefährtin. Mit der Zeit war sie für mich aber weit mehr als das geworden. Ich freute mich regelrecht, zurück in die Suite zu kommen, wenn ich wusste, dass sie da war. Und ich wollte immer, dass sie über Nacht blieb, obwohl ich dann nicht schlafen konnte.

Während ich die Instrumentalspuren der neuen Songs hörte, die wir heute eingespielt hatten, machte ich mir nebenbei Notizen zu Verbesserungen und zu den Texten. Die Stücke waren anders als das, was wir sonst spielten, aber anders war nicht zwangsläufig schlechter. Bei meinem favorisierten Song erwischte ich mich, wie ich leise mitsummte und stoppte abrupt, weil ich Alina nicht wecken wollte. Dennoch sah ich, wie sich ihre Lider langsam hoben und das strahlende Grün ihrer Augen freigaben.

»Was … machst du?«, fragte sie schlaftrunken. Ich beobachte dich und will dich nicht mit meinen Albträumen nerven, wäre eine verdammt blöde Antwort gewesen, also hob ich nur die Schultern. Alina wickelte sich die Decke um, was ich leicht bedauerte, und kam zu mir. Ich legte die Unterlagen zu den Stücken beiseite, damit sie sich auf meinen Schoß setzen konnte. Wie selbstverständlich nahm sie mir die großen Kopfhörer von den Ohren, setzte sie selbst auf und lauschte eine Weile. In ihrer Miene konnte ich Freude gepaart mit Verwirrung lesen.

»Was ist das?«, fragte sie jetzt neugierig wie immer. Ich baute darauf, dass sie es selbst herausfand, weil sie clever war, und lächelte sie an. »Ist das … sind das die neuen Songs?« Ihr Erstaunen, als sie mein Kopfnicken sah, erwischte mich eiskalt. Traute sie mir es nicht zu, komplexere Melodien zu schreiben?

»Wow! Das ist … so anders!«, rief sie fast, weil die Musik in den Kopfhörern so laut wurde.

»Gut oder schlecht?«, fragte ich, als ich sie von der Musik befreit hatte.

»Shane! Das ist unglaublich gut!« Sie beugte sich zu mir und küsste mich. Nebenbei bemerkte ich, dass die Decke heruntergerutscht war und einen ihrer Nippel freigelegt hatte. »Du weißt, dass du gut bist«, setzte sie nach und sah mich abwartend an. »Oder?«

Ich legte den Kopf schief. Ja, das wusste ich, dennoch war ich selbst irritiert davon, wie wichtig mir ihre Meinung war. Bevor ich ihr antworten konnte, hatte sie die Hände in meinem Nacken verschränkt und ihre Wange an meine Halsbeuge geschmiegt, sodass ich meine Arme um sie schlingen konnte.

Eine Weile saßen wir einfach nur so da und ich entspannte mich mit ihr auf meinem Schoß. Nie hätte ich gedacht, dass ich wieder einen Menschen so nah an mich heranlassen würde. Meine Fingerspitzen machten sich selbstständig und wanderten an ihrer Wirbelsäule auf und ab. Alina summte leise an meinem Hals, es schien ihr zu gefallen. Sanft küsste ich ihre nackte Schulter, immer wieder legte ich meine Lippen auf die samtweiche Haut, von der ich nicht genug bekommen konnte. In meinem Nacken spürte ich eine zarte Berührung, die mir einen Schauer über den Rücken jagte. Alina strich leicht mit ihren Fingernägeln über meinen Rücken. Das Gefühl ihrer Liebkosungen, ihrer nackten Haut auf mir und dem Duft ihrer Haare weckten natürlich meinen Schwanz, der sich in ihrer Nähe kaum beherrschen konnte. Und meine Prinzessin wusste das ganz genau. Sie begann, auf mir herumzurutschen, sodass sie fast über mir kniete und sich an mir reiben konnte. Als ich ihrem verhangenen Blick begegnete, verließ mich die Geduld.

Alina

Shane schob das Laken, das ich um mich geschlungen hatte, nach unten und legte meine Brüste frei. Ich sah seinen gierigen Blick auf meine Nippel und streckte mich in seine Richtung. Wieder sah er mich unter seinen dunklen Wimpern an, als ob er um Erlaubnis bitten wollte. Behutsam steuerte ich ihn mit den Fingern im Nacken zu meiner Brustspitze. Er umspielte sie sanft mit der Zunge, leckte und sog daran. Keinen Augenblick ließ er mich aus den Augen, sondern beobachtete meine Reaktionen. Als er begann, meinen Nippel mit den Zähnen zu bearbeiten, keuchte ich leise. Shane hörte nicht auf, sondern grinste nur leicht. Ich rutschte ungeduldig auf ihm hin und her, konnte nicht abwarten, was er mit mir vorhatte.

Er küsste sich einen Weg zu meiner anderen Brust, deren Nippel sich natürlich schon hart aufgestellt hatte. Seine Zunge berührte die empfindliche Stelle erst zart und dann immer nachdrücklicher. Jede Berührung hallte in meinem Schoß wider. Als er wieder seine Zähne einsetzte, musste ich laut aufstöhnen. Er verstand es wie kein Zweiter, mich scharfzumachen. Wieder rutschte ich auf ihm herum, spürte seine Härte an meiner Scham und ließ mich leicht auf und ab gleiten. Nur das Laken und seine Shorts stellten eine dünne Barriere dar. Mein Kitzler rieb an seinem Schwanz, Shanes Mund liebkoste meinen Nippel und seine

Hände lagen auf meinem Hintern, der sich ihm entgegendrängte.

»Shane ... bitte ...«, wimmerte ich, weil ich es nicht mehr aushielt, seinen Schwanz nicht in mir zu haben.

Er ließ sich nicht stören, quälte mich weiter mit seinen Zärtlichkeiten, während ich immer geiler wurde. Natürlich spürte ich, dass auch er schon längst bereit war, mich auszufüllen, doch er hatte wie immer seinen eigenen Kopf.

Plötzlich hob er mich an und stellte mich vor dem Bett ab. Der Stoff, der mich bedeckte, fiel herunter, sodass ich vollkommen nackt vor ihm stand. Sein Blick, der mich von oben bis unten musterte, ließ eine Gänsehaut über meinen Rücken rieseln. Mit einem Schritt war er bei mir und vergrub seine Hände in meinen zerzausten Locken. Er küsste mich so sanft, so zärtlich wie immer, während ich mich gegen ihn drängte.

Nachdem er sich von mir gelöst hatte, griff er sich eins der flauschigen Kissen und drehte mich zum Bett. Er legte es in die Mitte und schob mich auf die Matratze, sodass mein Schoß auf dem Kissen lag und mein Po in die Luft ragte. Mein Herz klopfte laut, sodass ich glaubte, er müsste es hören. Hinter mir hörte ich ein Rascheln und das Knistern der Kondomverpackung.

»Bereit?«, fragte Shane leise.

»Gott, ja!«, antwortete ich ihm mit einem Keuchen, weil er es sich nicht nehmen ließ, mit den Fingern zu prüfen, ob ich tatsächlich bereit war. Er spreizte meine Beine ein Stück weiter und kniete sich dazwischen. Mit einem einzigen Stoß war er vollkommen in mir. Ich liebte dieses Gefühl, von ihm ausgefüllt zu sein. Durch eine kleine Bewegung meines Beckens bedeutete ich ihm, dass ich mich an ihn gewöhnt hatte, und er begann in einem trägen Rhythmus hart in mich zu stoßen. Er stützte sich mit einer Hand auf meinem Rücken ab, sodass ich im Hohlkreuz lag. Seine Stöße waren an der Grenze zum Schmerzhaften, doch meine Nippel rieben über die Matratze und meine Klit ließ mit jedem Stoß leise Stromstöße durch meinen Körper blitzen.

Shane zog sich fast ganz aus mir zurück und drang dann wieder vollständig in mich ein. Mit jedem Mal wurden die Abstände kürzer und mein Atem lauter, bis er einem Keuchen wich. Ich spürte seinen Schaft in mir pulsieren, als er kurz in mir verharrte, nur um dann in einem noch schnelleren Rhythmus in mich zu hämmern.

»Shane«, stöhnte ich, als ich meinem Höhepunkt ganz nah war. Er legte die Hand in meinen Nacken und drehte meinen Kopf so, dass ich ihn ansehen konnte. Sein intensiver Blick schickte mich über die Klippe und mein Orgasmus überwältigte mich. Meine inneren Muskeln zogen sich hart und impulsartig um seinen Schwanz zusammen und ich spürte, dass auch er in mir kam. Er stieß noch zweimal in mich und stützte sich dann mit den Unterarmen neben meinem Körper auf, sodass ich die Wärme seines Körpers spürte, aber kaum sein Gewicht auf mir.

Ich spürte seine Lippen, die sanfte Küsse in meinen Nacken hauchten. Nach gefühlten Stunden, in denen sich mein Körper wieder beruhigte und meine Atmung wieder normalisiert hatte, drehte er uns so, dass er hinter mir lag. Wir sagten beide lange nichts, doch ich spürte seinen schnellen Herzschlag, als ich mich an ihn schmiegte. Meine Finger verschränkten sich mit seinen, die auf meinem Bauch lagen.

»Shane?«, fragte ich irgendwann.

»Mmh?«, machte er nur.

»Wann kann ich die neuen Songs von euch hören?« Er hatte mich damit bislang im Unklaren gelassen und mir nur erzählt, dass sie neue Elemente und Instrumente ausprobieren wollten.

»Sie sind noch nicht fertig«, antwortete er abweisend und ich hörte die Anspannung in seiner Stimme.

»Aber ihr habt doch schon etwas aufgenommen«, warf ich ein.

»Trotzdem«, gab er trotzig zurück und glitt aus mir heraus. Ich sah ihm zu, als er ins Badezimmer ging und das Kondom entsorgte. Da es mitten in der Nacht war, legte ich mich wieder richtig ins Bett und deckte mich zu, während ich wartete, bis er wiederkam. Meine Lider waren schon schwer und mein Geist driftete schon in den Halbschlaf. Als ich bemerkte, dass er hinter mir lag, war ich schon halb eingenickt. Wie durch einen Nebelschleier spürte ich seine Lippen, die einen Kuss auf meine Schulter hauchten, und wie er sagte: »Schlaf gut, Prinzessin.«

Als ich am nächsten Morgen in den Wohnbereich kam, frisch geduscht und schon für die Uni angezogen, hatte Shane mir bereits Kaffee und Croissants bestellt. Er saß am Tisch, vor ihm stand ein halb volles Glas Orangensaft. Noch hatte er mich nicht bemerkt, sodass ich ihn kurz beobachten konnte. Er sah übermüdet aus – hatte er gar nicht geschlafen? Abwesend scrollte er auf seinem Smartphone herum, doch er machte den Eindruck, dass er gar nicht darauf achtete, was er sah.

»Guten Morgen«, wünschte ich ihm, als ich mich an den Tisch setzte und mir ein Croissant nahm. Er sah zu mir auf und strahlte mich an. Das war für mich inzwischen Antwort genug. Vorsichtig wickelte ich das Gebäck in eine Serviette und trank eine halbe Tasse Kaffee.

»Ich bin spät dran«, sagte ich. »Du siehst müde aus.«

Shane nickte nur und gähnte wie aufs Stichwort.

»Geh gleich noch mal schlafen«, murmelte er nur und sah mich nicht direkt an.

»Alles klar« Ich packte meine Tasche und trank die Tasse leer, bevor ich aufstand. Shane erhob sich gleichzeitig mit mir und zog mich an der Tür noch einmal zu einem Kuss heran. Er machte mir den Abschied schwerer, als er seine Zunge zärtlich mit meiner tanzen ließ. Am liebsten wäre ich bei ihm geblieben, doch ich musste in die Vorlesungen. Zaghaft löste ich mich von ihm und sah ihm fest in die Augen.

»Bis nachher«, flüsterte ich und sah, wie seine Augen leuchteten.

Als ich auf dem Flur stand, merkte ich, dass ich mein Croissant liegen gelassen hatte, und ging noch einmal hinein. Die Tür zum Schlafzimmer war schon wieder geschlossen, von Shane keine Spur.

Zwei Wochen später hatte ich immer noch das Gefühl, dass Shane nie schlief. Er lag zwar bei mir im Bett, bevor ich einschlief, doch morgens war er immer schon aufgestanden, wenn mein Wecker klingelte.

Und nachts meinte ich manchmal, ihn im Sessel sitzen zu sehen. Während ich in meinem letzten Seminar saß, überlegte ich, was mit ihm los war. Vielleicht war er ja ein Vampir oder so. Der Gedanke ließ mich schmunzeln.

Mein Sitznachbar stieß mich an. »Was ist so lustig an Kapitalverbrechen?«, fragte er leise.

Ich schüttelte nur lächelnd den Kopf und wandte mich wieder meinen Unterlagen zu, als mein Smartphone in meiner Tasche vibrierte.

Shane: Komm um 6 ins Studio. x

Stirnrunzelnd betrachtete ich die kryptische Nachricht. Wollte er mir endlich die neuen Songs zeigen? Er hatte erzählt, dass sie alle fertiggestellt hatten und nun begannen, für die Aufnahmen zu proben. Bislang hatte er sich geweigert, mich mitzunehmen, wenn sie im Studio waren. Optimistisch wie ich war, hatte ich das seinem Perfektionismus zugesprochen. Er hasste es, wenn noch nicht alles zu hundert Prozent seinen Anforderungen gerecht wurde. Während ich versuchte, meinem Dozenten weiter zu folgen, tippte ich ihm eine kurze Antwort und überschlug im Kopf, ob ich es bis sechs Uhr schaffte, im Studio zu sein.

Innerlich schüttelte es mich, denn dafür musste ich natürlich rausgehen. Der April vollführte seine typischen Wetterkapriolen und im Moment regnete es in Strömen. Mein Auto hatte ich nicht dabei, da ich auch mit der U-Bahn von Shanes Hotel in die Uni kam. Also musste ich wohl laufen. Ich stöhnte leise auf, als ich mir ausmalte, wie ich pitschnass wurde, und glücklicherweise beendete der Dozent gerade das Seminar, sodass es keiner mitbekam.

Shane

Ich sah nervös und zum wiederholten Male auf die Uhr. Alina wollte schon seit einer Viertelstunde hier sein. Plötzlich öffnete sich die Tür und ich stand wie ferngesteuert auf. Sie stand im Eingang, das Licht von draußen erleuchtete sie, sodass sie fast noch schöner wirkte als sonst. Kaum dass ich bei ihr war, fasste ich in ihr zerzaustes Haar und küsste sie. Dankbar, dass sie endlich da war. Und dass alle sahen, dass sie meine Prinzessin war. »Princess, wo warst du? Ich hatte dich früher erwartet.« Sie strahlte mich an. Gott, wie schön sie war.

»Tut mir leid, ich musste noch schnell etwas besorgen.« Ich zog sie wieder an mich und legte meinen Kopf auf ihrem ab. Sie hatte einfach genau die richtige Größe für mich. Um alles perfekt zu machen, schlang sie auch noch ihre Arme um mich.

»Hauptsache, du bist da. Und du siehst so schön zerzaust aus!« Ich musste lächeln, weil sie mich daran erinnerte, wie sie aussah, wenn ich sie gefickt hatte. Moooment!

»Sonst sehe ich dich nur in meinem Bett so.« Ihr Blick flackerte keinen Moment, ich sah nur Freude darin. Ihr schöner Mund verzog sich zu einem lasziven Lächeln. »Baby, es ist nicht so, wie es aussieht!« Sie war unfassbar. Schon die ganze Zeit war ich mir bewusst darüber gewesen, dass alle uns anstarrten. Und ich wusste auch, warum. Ich verhielt mich niemandem sonst gegenüber so wie ihr. Sie war diejenige, die mich zum Lachen brachte, die mich wieder spüren ließ, welcher Mensch ich war.

Mit einer Kopfbewegung gab ich ihr zu verstehen, sich zu setzen. Es waren nur noch die Jungs von der Band da, alle anderen hatten schon Feierabend gemacht. Ich wollte Alina nicht teilen, aber meine Kumpels wussten ja schon, dass etwas zwischen uns lief. Doch sollte nicht die ganze Welt erfahren, wer sie war, damit sie nicht im Fokus der Öffentlichkeit stand.

Während Ben ihr erklärte, dass wir die ersten vier Songs des Albums spielen würden, hängte ich mir meinen Bass um. Tom begann mit dem Drum-Intro, Josh setzte mit der Gitarre ein. Im Kopf notierte ich mir die kleinen Fehler, die noch in der Performance waren und die wir noch einmal üben mussten.

Alina strahlte, als wir mit dem ersten Stück fertig waren und direkt zum Nächsten übergingen. Wir hatten die anderen Tonspuren daruntergelegt, die wir zu viert nicht auch noch spielen konnten, sodass die Gesamtkomposition schon zu erahnen war. In ihrem Gesicht konnte ich die Begeisterung sehen, die ich mir insgeheim gewünscht hatte. Meiner Muse gefiel, was ich geschrieben hatte, während sie nackt in meinem Bett gelegen hatte. Sie sollte das niemals erfahren, auch die Jungs wussten es nicht.

Wie ein kleines Kind hüpfte sie auf und ab, nachdem der letzte Akkord verklungen war und wir unsere Instrumente beiseitelegten.

»Wow, Jungs, das ist wirklich cool! So viel voller als die letzten beiden Alben. Wirklich krass, ich kann es kaum erwarten, den Rest zu hören!«, freute sie sich. Das Grinsen in meinem Gesicht konnte ich kaum unterdrücken und ich spürte wieder die Blicke der anderen auf mir. Sie wussten, dass ich meine Prinzessin aus dem Trubel heraushalten wollte. Und auch, warum.

»Wo sind eigentlich alle anderen«, fragte sie jetzt, als sie endlich bis zu mir gehüpft war und ihre Arme um mich geschlungen hatte.

»Haben schon Feierabend«, erwiderte ich und vergrub meine Hände in ihren Haaren. Meine Finger dirigierten ihr Gesicht nach oben, sodass ich sie küssen konnte. So würde sie wenigstens keine weiteren Fragen stellen.

Auch die nächsten Wochen schaffte ich es, Alina vom Studio fernzuhalten, wenn die Techniker und Produzenten da waren. Wir richteten uns einen Alltag ein, an den ich mich gewöhnen konnte: Wir vögelten in meinem Hotelzimmer, zwischendurch feilte ich weiter an dem neuen Album und Kompositionen für andere Musiker, während Alina lernte. Manche Nächte verbrachte sie zu Hause, weil sie sich um ihre Pferde kümmern musste. In diesen Nächten versuchte ich, den fehlenden Schlaf aufzuholen, weil ich immer noch nicht in ihrer Anwesenheit die Albträume haben wollte, die mich seit Jahren plagten.

Manchmal besuchte ich sie auf dem Ponyhof ihrer Familie. Sie hasste diese Bezeichnung, doch ich liebte es, sie damit aufzuziehen. Ich beobachtete sie, wie sie mit ihren Pferden umging und wie sie ihren Hengst mit wenigen und leisen Worten und gezielten Berührungen beruhigen konnte. Während ich am Koppelzaun lehnte, ergab es auch plötzlich Sinn, warum sie mit mir auch ohne Worte kommunizieren konnte. Selten zuvor hatte ich einen Menschen getroffen, der mich so gut verstand wie sie. Und auch ihrem Pferd schien es so zu gehen, denn die beiden wirkten völlig aufeinander eingespielt. Verglich ich mich gerade mit einem Pferd?

Kapitel 8

Alina

Für einen Rockstar war Shane erstaunlich gut organisiert. Sein Terminplan lag auf dem Esstisch seiner Suite. In den nächsten vier Wochen würden sie 13 Stücke einspielen und die Postproduktion nach jedem aufgenommenen Stück direkt machen. Sie hatten also für jeden Song 1,7 Tage Zeit. Ein bisschen verrückt war es schon, dass er kreative Prozesse derartig plante, aber er würde wohl seine Gründe haben.

Wir waren für später verabredet, doch zwei Vorlesungen waren heute ausgefallen. Also saß ich in Shanes Suite und betrachtete seinen ausgeklügelten Terminplan. Ich war mir nicht sicher, wie er reagieren würde, wenn ich unangekündigt im Studio auftauchte, doch ich war so neugierig und wollte ihm unbedingt bei seiner Arbeit zusehen.

Schnell packte ich die nervigen Unterlagen und Bücher aus meiner Tasche, schnappte mir meinen Autoschlüssel und fuhr in die Tiefgarage. Mein Auto stand direkt neben Shanes riesigem SUV, was mich schmunzeln ließ. Er brauchte ihn so gut wie nie, außer, wenn er mich zu Hause besuchte. Routiniert fuhr ich die Strecke zu dem Tonstudio, das die Band für die Aufnahme des neuen Albums gemietet hatte. Vor der Tür blieb ich einige Minuten stehen. Jetzt würde ich auch die anderen kennenlernen, vor denen mich Shane scheinbar immer versteckte. Die

Toningenieure, sein Manager und der Produzent würden wohl auch dort sein.

Nachdem ich mich kurz gesammelt hatte, drückte ich die Tür auf und ging durch den Vorraum in den Aufnahmebereich. Shane war gerade dabei, Josh zu zeigen, wie er sich die Bridge bei einem etwas ruhigeren Stück vorstellte, und bemerkte mich nicht. Erst als er sah, wie sich alle zu mir herumdrehten, hob er den Kopf und blickte mir direkt in die Augen. Der Ausdruck in seinem Gesicht wechselte von erfreut zu schockiert, bis wütend. Fuck, was hatte ich mir dabei gedacht, hier aufzutauchen?

»Kurze Pause«, sagte er zu den anderen. Als er an mir vorbeiging, packte er mich am Handgelenk und zog mich nach draußen.

»Was machst du hier?«, zischte er regelrecht. So hatte ich ihn noch nie erlebt.

»Ich … ich hatte früher Schluss und wollte euch zusehen«, antwortete ich leise. Angestrengt betrachtete ich meine Hände, die ich ineinander verschränkt hatte. Shane sagte eine Minute gar nichts und ich überlegte, ob ich wieder gehen sollte. Vielleicht konnten wir so tun, als ob er mich gerade nicht wie ein ungezogenes Kind behandelt hatte?

»Alina …«, seufzte er und brachte seinen Satz nicht zu Ende.

»Shane, es ist in Ordnung, ich gehe einfach wieder.« Zögernd hob ich meinen Blick, um zu sehen, wie sauer er auf mich war. Er strich sich aufgebracht durch die Haare. Es war kaum zu übersehen, wie er mit sich rang. Irgendwann zog er mich einfach in seine Arme und hielt mich fest. War das gut oder schlecht?

»Ich weiß nicht, ob es eine gute Idee ist, dass du hier bist.«

»Aber ich war doch schon öfter hier!«, warf ich ein, obwohl ich wusste, worum es ihm ging.

»Wegen der anderen«, sagte er deshalb.

»Was ist so schlimm daran, wenn die Techniker deine Freundin kennenlernen?« Shane versteifte sich merklich, als er begriff, was ich gesagt hatte. Mir war klar, dass ich ihn damit provozierte. Wir hatten noch nicht darüber gesprochen, was das mit uns eigentlich war. Doch fühlte es sich wie eine richtige Beziehung an.

»Ich will dich aus dem ganzen Trubel heraushalten.«

»Du willst mich also verleugnen?«, fragte ich ihn völlig perplex. Wieder löste er sich von mir und tigerte im Raum herum. Stumm beobachtete ich ihn beim Nachdenken. Als er sein Zigarettenpäckchen aus der Hosentasche zog und nach draußen ging, folgte ich ihm. So einfach würde er nicht vor mir weglaufen können. Natürlich bemerkte er mich und bot mir auch eine an. Obwohl ich nicht viel rauchte, war das eine Situation, die es rechtfertigte.

Schweigend standen wir beide an die Wand gelehnt und rauchten unsere Zigaretten. Immer wieder warf ich ihm einen Seitenblick zu und konnte quasi sehen, wie er fieberhaft überlegte, was jetzt zu tun war. Als wir beide fertig waren, nahm er mich an der Hand und zog mich – deutlich sanfter als zuvor – wieder hinein. Wir gingen durch das Foyer in das eigentliche Studio.

»Leute, das ist meine Freundin Alina. Seid nett zu ihr«, verkündete er und platzierte mich förmlich auf einem Stuhl in der Ecke. Während alle, die mich noch nicht kannten, sich vorstellten, sah ich die entgeisterten Gesichtsausdrücke. Josh, Ben und Tom grinsten breit, als hätten sie selbst etwas total Krasses geleistet.

Ohne mich groß zu beachten, nahmen sie alle ihre Arbeit wieder auf. Ben war zwar Sänger und Bandleader, doch Shane war offenbar im Studio derjenige, der den anderen zeigte, was zu tun war. Zusammen mit dem Produzenten Paul hörte er sich konzentriert die bisherigen Aufnahmen an und kritzelte etwas auf einen Zettel, der zwischen ihnen lag. Paul nickte anerkennend und gab die Anweisungen an die anderen weiter. Beeindruckt sah ich zu, wie alle ohne Einwände das ausführten, was Shane wollte.

Als Shane einen Part am Bass einspielte, wusste ich, dass es tatsächlich nicht die beste Idee war, hier zu sein. Er war einfach verflucht heiß, wenn er spielte. Meine Nippel wurden hart, während ich ihn beobachtete. Nachdem er fertig war, sah er zu mir und lächelte mich an. Meine Arme überzog eine Gänsehaut und sein Blick wanderte an mir hinab. Schnell verschränkte ich die Arme vor der Brust, damit er nicht sah, wie scharf es mich machte, wenn ich ihm zusah. Aber natürlich hatte er es bemerkt und lachte laut.

Alle Köpfe drehten sich jetzt zu ihm und die Crew starrte ihn entgeistert an. Er nahm es mit einem Schulterzucken zur Kenntnis.

»Hat er gerade gelacht?«, fragte Peter mit einer Mischung aus Überraschung und Bewunderung in der Stimme. »Ich wusste gar nicht, dass er das kann«, fügte er etwas leiser hinzu. Die anderen taten so, als hätten sie es nicht bemerkt, nur Peter fixierte mich. Seinen Blick konnte ich nicht ganz deuten, ich merkte lediglich, dass er es wohl positiv auffasste, dass ich hier war.

Früher als geplant erklärte der Produzent den Arbeitstag für beendet. Sie hatten ihr Tagesziel erreicht und auch schon für den nächsten Tag vorgearbeitet. Die Jungs packten alles ein und brachen nach und nach auf.

Wir wollten gerade gehen, als Peter sagte: »Shane, kann ich dich kurz sprechen?«

Mein Freund, wie er ja nun zugegeben hatte, drückte mir einen kurzen Kuss auf die Lippen. »Geh schon mal vor, ich komme gleich, Prinzessin.«

In meinem Magen flatterte es aufgeregt, als ich draußen auf Shane wartete. Wir hatten eine weitere Hürde genommen, die ich bisher nicht als so wichtig betrachtet hatte. Er hatte mich tatsächlich fremden Leuten als seine Freundin vorgestellt und behandelte mich auch so.

Ich sah sein Grinsen, als er endlich aus der Tür trat und schweigend mit mir zu meinem Auto ging. Wir fuhren zurück ins Hotel und ich saß auf heißen Kohlen, weil ich unbedingt wissen wollte, was Peter mit ihm besprochen hatte. Leider wusste ich nicht, wie er es aufnehmen würde, wenn ich ihn fragen würde. Immerhin war ich heute schon einmal in seine Komfortzone eingedrungen. Auf der anderen Seite war das am Ende durchaus positiv ausgegangen.

Shanes Hand lag auf meinem Knie, während ich fuhr. Er sah aus dem Fenster, aber immer wenn ich zu ihm blickte, bemerkte ich das Lächeln auf seinem Gesicht. Diese ungewohnte Fröhlichkeit verwirrte mich auf eine positive Art.

»Wie sind deine Termine in den nächsten Wochen?«, fragte er, als wir in seiner Suite angekommen waren.

»Warum?«, fragte ich zurück. Er kannte meinen Stundenplan eigentlich, denn er hatte sich seit Semesterbeginn nicht geändert.

Shane antwortete nicht, sondern sah mich nur abwartend an. Ich stellte meine Tasche ab, kramte meinen Kalender hervor und legte ihn in Shanes ausgestreckte Hand. Er blätterte kurz darin, bis er den heutigen Tag fand, und schlug einige Seiten um. Ohne ein Wort zu verlieren, setzte er sich vor sein Notebook und begann Termine in seinem Outlook-Kalender herumzuschieben.

»Was machst du?«, fragte ich, als ich langsam die Geduld verlor.

»Ich versuche, die Sessions so zu legen, dass du dabei sein kannst.« Ich war heute zum ersten Mal dort gewesen, und jetzt sollte ich an jedem anderen Termin dabei sein? Shane zählte Stunden, verglich den Plan mit dem alten, schob wieder Termine zurück. Dann tippte er eine Nachricht auf seinem Smartphone und wartete eine Minute. Das Telefon vibrierte und er lächelte erfreut.

»Shane, was soll das?« Es war einige Zeit vergangen und ich verstand immer noch nicht, was er wollte.

Er sah zu mir und stand dann auf. Bisher hatte ich mich nicht bewegt, also kam er zu mir und schlang seine Arme um mich.

»Peter ist der gleichen Meinung wie ich. Es läuft besser, wenn du während der Aufnahmen da bist. Wir haben die Sessions also auf die Abende und Wochenenden gelegt.«

Völlig perplex stand ich einfach nur da und wusste nicht, was ich erwidern sollte. Er wollte mich dabeihaben?

»Ist … ist das okay für dich? Ich hab gar nicht gefragt …« Seine Stimme war unsicher und ich konnte seine Augen nicht sehen, um so seinen Blick zu deuten. Also löste ich mich ein Stückchen von ihm und sah, wie er auf seiner Lippe herumkaute, und das Flehen in seinen blauen Augen. Statt zu antworten, legte ich meine Lippen auf seine und begann einen dieser süßen, federleichten Küsse, die wir so oft tauschten. Als er ihn erwiderte, wusste ich, dass er meine Antwort verstanden hatte.

Meine Bücher lagen verstreut auf dem improvisierten Schreibtisch im Studio von »The Strange« herum und ich fand keine Muße, noch etwas zu lernen. Es war schon nach Mitternacht, doch die Jungs waren dabei, die letzten Feinheiten umzusetzen. Alle hatten sich damit abgefunden, dass sie nicht zu normalen Zeiten arbeiten konnten, sondern dann, wenn ich Zeit hatte. Es war ungewohnt und ich fühlte mich nicht ganz wohl dabei, dass sie so abhängig von meiner Anwesenheit waren.

Alle Bandmitglieder kamen nun heraus, nur Shane blieb mit der Crew in dem Mischraum, den ich nur durch eine Scheibe einsehen konnte. Ben holte für jeden ein Bier aus dem Kühlschrank und bot mir auch eins an. Dankbar nahm ich es entgegen.

»Wie ist es gelaufen?«, fragte ich in die Runde.

»Es wird … ich glaube das Beste, was wir je gemacht haben!«, sagte Ben und die anderen antworteten zustimmend.

»Ich freu mich für euch«, sagte ich mit einem müden Lächeln. Die letzten Wochen waren auch für mich ziemlich anstrengend gewesen. Die drei Jungs musterten mich mit Blicken, die ich nicht deuten konnte.

»Alina, das war zu einem großen Teil dein Verdienst«, mischte sich nun Josh ein. Mit offenem Mund starrte ich ihn an.

»Ich hab doch gar nichts gemacht! Während ihr arbeitet, sitze ich hier rum. Shane hat einfach gute Stücke geschrieben und ihr habt sie fantastisch umgesetzt.« Als ob ich etwas dazu beigetragen hätte.

»Süße, ich sag dir jetzt etwas, was Shane niemals zugeben würde: Du inspirierst ihn. Alle Songs, die wir ausgesucht haben, hat er geschrieben, seit ihr zusammen seid. Die Aufnahmen gingen am Anfang schleppend voran. Erst seitdem du regelmäßig dabeisitzt, ist Shane fokussiert. Du bist seine Muse.«

Jetzt war es an mir, laut zu lachen. Ich? Eine Muse? Ja sicher. Josh sagte nichts mehr, sondern blickte nur über meine Schulter. Irritiert drehte ich den Kopf und bemerkte Shane, der mich mit einem warmen Lächeln ansah.

»Siehst du?«, meinte Josh nun zwinkernd.

Still saßen wir auf dem Bett und hörten die CD, die »The Strange« in dieser Nacht fertiggestellt hatten. Shane hatte mich von hinten umschlungen. Sein Kopf lag an meinem Rücken und seine Finger zeichneten Muster auf meinen Bauch.

Gebannt lauschte ich seit einer halben Stunde dem Werk, für das mein Freund zu großen Teilen verantwortlich war. Ich versuchte, mich auf die verschiedenen Facetten zu konzentrieren, doch um alle zu erfassen, würde ich das Album wohl noch hundert Mal anhören müssen. Bisher hatte ich immer nur einzelne Teile gehört, doch alles zusammen wirkte so … perfekt. Als der letzte Ton verklungen war, atmete Shane spürbar aus.

»Wie findest du es?«, fragte er leise an meinem Ohr.

»Es ist … unfassbar gut! Ich kann gar nicht glauben, was daraus geworden ist. Es ist … wirklich mega gut.« Gerade war ich froh, dass er mir nicht in die Augen sah, weil sich kleine Tränen darin bildeten. Meine Worte wurden dem nicht gerecht, was ich in mir spürte, auch mit Joshs Worten, dass ich einen Anteil daran hatte.

»Was passiert jetzt?«, fragte ich, um von meinen Gefühlen abzulenken.

»Na ja, es wird veröffentlicht. Dann warten wir, wie es ankommt.«

»Also, ich kaufe es auf jeden Fall! Und eine Millionen andere Leute bestimmt auch!« Shane lachte leise über meine Prognose.

»Princess, deine CD liegt gerade im Player. Und bei den Millionen von Menschen warten wir einfach ab.« Leise brummelte ich vor mich hin, weil er mich nicht ernst nahm. Erst jetzt bemerkte ich wieder, wie fertig ich war, und ließ mich mit ihm auf die Seite fallen.

»Lass uns morgen weiterstreiten. Ich brauch jetzt meinen Schönheitsschlaf«, sagte ich gähnend. Meine Augen fielen langsam zu und ich war froh, dass ich am nächsten Tag ausschlafen konnte.

»Für mich bist du die schönste Frau auf der Welt. Schlaf gut.« Ich war mir nicht ganz sicher, doch ich glaubte, dass mein halb schlafendes Hirn mir mit diesen Worten einen Streich spielte.

Shane

Nachdem Alina unser neues Album gehört und es für gut befunden hatte, spürte ich eine merkliche Erleichterung. Ich genoss es, wie sie sich in meinen Armen fallen ließ und schwor mir, nur noch ein paar Minuten so liegen zu bleiben, bis sie fest schlief. Sie hatte es verdient, sich ausschlafen zu dürfen, denn ihre Tage waren noch länger geworden, weil sie ständig bei uns im Studio gewesen war. Meine Lider wollten zufallen, doch ich durfte nicht neben ihr einschlafen. Sonst würde ich sie um ihre Ruhe bringen und das wollte ich nicht. Ich hörte ihren langsamen Atemzügen zu und versuchte, mich von ihr zu lösen, doch mein Körper wollte mir nicht gehorchen.

»Shane, wach auf!« Warum war sie plötzlich wieder wach und rüttelte an mir? »Shane«, hauchte sie mir jetzt ins Ohr. Langsam öffnete ich die Augen. Im Zimmer war es stockdunkel und verflucht kalt. Die Decke lag um meine Füße gebauscht, weshalb sie mich nicht wärmen konnte. Die Perspektive kam mir komisch vor, bis ich verstand, dass ich quer im Bett lag. Alinas Arme lagen um meine Mitte geschlungen, ihr Körper war unter mir begraben. Schnell richtete ich mich auf und fuhr mir mit den Händen durch das Gesicht. Bevor sie etwas sagen konnte, sprang ich auf und ging ins Bad. Absichtlich schloss ich die Tür hinter mir und stellte mich unter die kalte Dusche. Noch immer spürte ich das Zittern in mir, das nicht die Kälte, sondern die Erinnerungen auslöste.

Das Wasser half mir etwas, die Bilder aus meinem Kopf verschwinden zu lassen, doch wie immer sah ich sie weiterhin vor mir. Langsam stieg ich aus der Kabine und trocknete mich ab. Das Handtuch wickelte ich um meine Hüften und ging durch das Schlafzimmer in den Wohnbereich zur Bar. Ich schenkte mir ein großzügiges Glas Whiskey ein und trank die Hälfte in einem Zug.

Ihre tapsenden Schritte auf dem Parkett waren nicht zu überhören. Sie warnten mich vor, und ich machte mich auf die Fragen gefasst. Alina legte von hinten die Arme um mich und schmiegte sich an meinen Rücken. Sie sagte nichts, und ich wollte kein Gespräch beginnen, also trank ich einfach mein Glas leer und stellte es auf die Theke.

»Komm ins Bett«, war das Einzige, was sie sagte. Keine Fragen?

»Ich … du solltest schlafen.«

»Ja, und du auch. Also komm einfach mit.« Sie fasste mich an der Hand und ließ meine Abwehr nicht zu. Auf dem Weg ins Schlafzimmer nahm sie noch eine Decke von der Couch mit und schob mich auf das Bett. Ich hatte keine Kraft mehr, mich zu wehren. Sie deckte mich mit beiden Decken zu und schlüpfte schließlich zu mir. Erst als sie ihren heißen Körper an meinen Rücken presste, merkte ich, wie kalt meine Haut war. Schwerfällig drehte ich mich um und schloss sie in meine Arme.

Alina

Aufgeregt verfolgte ich die Pressekonferenz im Live-Stream, obwohl ich eigentlich meinem Professor folgen müsste. »The Strange« stellten gerade ihr neues Album vor, und ich hatte das vage Gefühl, dass Shane froh war, dass ich in die Uni musste. Er wollte nicht öffentlich machen, dass ich seine Freundin war, weil er meine Privatsphäre schützen wollte. Noch immer wusste ich nicht, was ich davon halten sollte, und sah dem mit gemischten Gefühlen entgegen.

Shane wurde gerade hochgelobt, jeder wusste, dass er die Songs geschrieben hatte. Er wand sich vor der Presse, aber wollte kein Lob kommentieren. Die Presseleute stellten wie immer die gleichen Fragen und Ben beantwortete sie geduldig. Immer wieder ging er auf Shanes Talente ein, der versteckte sich jedoch hinter einer ausdruckslosen Maske und seiner Sonnenbrille. Manchmal wollte ich ihn schütteln, damit er endlich einsah, wie begabt er war.

Gleichzeitig mit meiner Vorlesung war auch der Stream zu Ende, und ich konnte es kaum erwarten, die anderen zu treffen. Wir waren in einer Bar verabredet, die exklusiv für die Band, die Crew und enge Freunde öffnete. Nur Personen mit Einladungen kamen dort hinein, so musste mein Freund auch keine Angst haben, dass meine Privatsphäre verletzt wurde. Dieser letzte Gedanke war recht zynisch, wenn ich bedachte, wie stolz ich auf ihn war. Mein größter

Wunsch war, das auch allen zu sagen, doch er wollte es nicht. Für eine Weile würde ich wahrscheinlich damit klarkommen, aber irgendwann … Großzügig verschob ich es, darüber nachzudenken, was noch kommen würde.

Mein Freund erwartete mich mit seinem riesigen Auto vor dem Campus. Als ich eingestiegen war, sah ich, dass er ein Basecap und seine traditionelle Sonnenbrille trug, obwohl der Himmel bewölkt war. Keine wirklich originelle Verkleidung, aber offenbar hielt er sie für nötig.

Shane verlor keine Zeit und steuerte den Wagen in Richtung Innenstadt. Der Parkplatz hinter der Bar war vor neugierigen Blicken geschützt, sodass er mich jetzt ungestört begrüßen konnte. Nachdem er mir beim Aussteigen geholfen hatte, schloss er mich fest in seine Arme. Meinen Kopf an seine Brust gelegt, atmete ich seinen so vertrauten Geruch ein. Nach einer Weile schob er mich von sich, fixierte mit seinem Blick meine Lippen und küsste mich hingebungsvoll. Er ließ nicht zu, dass ich den Kuss in eine andere Richtung lenkte, denn hier war nicht der Ort, übereinander herzufallen. Aber ich sah sein dreckiges Grinsen, als er sich wieder von mir löste.

»Später, Princess«, versprach er und führte mich zu seinen Freunden.

Nachdem meine Augen sich an das schummrige Licht gewöhnt hatten, erkannte ich drinnen einige bekannte Gesichter. Lara stand neben Travis und Josh und folgte deren Gespräch. Die Tontechniker belustigten eine Reihe von Kumpels der Band, die ich schon flüchtig kannte. Shane organisierte uns gerade Getränke, allerdings ohne meine Hand loszulassen.

Offenbar hatte er das Bedürfnis, mich in seiner Nähe zu behalten.

Wir stießen auf den Erfolg seiner Band an und blieben eine Weile schweigend am Tresen stehen. Der Manager kam auf uns zu und begann ein lockeres Gespräch. Irgendwann fragte er: »Wie sieht es mit den Zeichnungen aus?«

»Bis Ende nächster Woche hab ich alles«, antwortete Shane.

»Was für Zeichnungen?«, fragte ich, denn ich hatte keinen Schimmer, um was es hier ging.

»Zusätzlich zum Album erscheint eine Bilderserie, in der Shane die Songs illustriert«, klärte mich der Manager auf. Ich warf Shane einen Blick zu, der bedeutete, dass er mir das noch genauer erklären musste. Er antwortete mir genauso stumm mit einem kurzen Kopfnicken. Keiner hier schien sich über die nonverbale Kommunikation zwischen uns zu wundern.

Shane wurde nach und nach lockerer und nahm tatsächlich an ein paar Unterhaltungen teil. Je später der Abend wurde, desto auskunftsfreudiger wurde er. Dennoch brachen wir deutlich früher auf als alle anderen. Für mich war es in Ordnung, denn nach wie vor hatte ich einige Fragen, die Shane mir irgendwann beantworten musste. Hoffentlich war heute der richtige Zeitpunkt dafür. Vor der Veröffentlichung wollte ich ihn nicht dem zusätzlichen Stress aussetzen, dass ich ihn nach seiner Vergangenheit fragte.

Nachdem ich das Monstrum von Auto in der Tiefgarage geparkt hatte, erntete ich einen anerkennenden Blick von Shane. Ich war nach einem Drink auf Cola umgestiegen, denn ich wusste, dass Shane es hasste, mit dem Taxi zu fahren.

Wir fuhren mit dem Aufzug in seine Etage und nachdem wir in der Suite angekommen waren, bat ich ihn um einen Drink. Nach meiner Einschätzung war dieser nötig, um endlich das Gespräch zu führen, das mir seit Tagen unter den Nägeln brannte. Während Shane an der Bar beschäftigt war, setzte ich mich auf den Balkon. Auch frische Luft konnte nicht schaden.

Shanes Blick drückte aus, dass er sich fühlte, als ob er gerade zum Schafott geführt wurde. Er stellte die Gläser auf dem Tisch zwischen uns ab und fischte seine Zigaretten aus der Tasche. Stumm wartete ich ab, bis er sie angezündet hatte.

»Wer ist Sarah?«, war meine erste Frage. Sein Kopf schnellte herum und ich sah den Schmerz in seinen Augen. Mein Herz zog sich zusammen, weil die Traurigkeit, die sich in seinem Gesicht widerspiegelte, kaum auszuhalten war.

»Meine Schwester«, antwortete er nach einer Weile. Ich ließ ihm einen Moment Zeit.

»Was ist mit ihr passiert?«, flüsterte ich.

»Sie ist tot«, antwortete Shane. Das Zittern seiner sonst so festen Stimme war nicht zu überhören. Immer wieder strich er über eines seiner Tattoos auf seinem Unterarm: Drei Vögel, zwei große und ein kleiner. Schon öfter hatte ich gesehen, dass er verschiedene Motive in dieser Anordnung unter seiner Haut hatte. Mental wappnete ich mich nun für die große Frage und trank vorher noch einen großen Schluck aus meinem Glas.

»Wie …?«, fragte ich einfach nur. Shane stellte sein nunmehr leeres Glas geräuschvoll auf dem Tisch ab. Er stand auf und sah mich ausdruckslos an.

»Sie ist gestorben. Mit meinen Eltern.« Damit drehte er sich um und verließ den Balkon. Als auch die Tür zu seiner Suite gut hörbar zufiel, zuckte ich zusammen. Seinen Autoschlüssel hatte ich noch eingesteckt, worüber ich in diesem Moment froh war. So konnte er jetzt nichts Unüberlegtes tun.

Noch eine weitere Stunde saß ich draußen und wartete, bis Shane zurückkam. Seine Zigaretten hatte er liegen gelassen, weshalb ich gerade zum Kettenraucher mutierte. Meine Finger zitterten und ich war nicht sicher, was das Ganze zu bedeuten hatte. Würde er wiederkommen? Wohin war er geflüchtet? Warum war ich nicht wichtig genug für ihn, dass er mir von seiner Familie erzählte?

Meine Gedanken drehten sich im Kreis, sodass ich irgendwann wieder nach drinnen ging. Ich trödelte beim Duschen und Zähneputzen herum, weil ich hoffte, dass mein Freund wiederkommen würde, bis ich schlafen ging. Natürlich kam er nicht.

Als es schon dämmerte, wurde ich wach, weil sich warme Arme wie Schlingpflanzen um mich legten.

Kapitel 9

Shane

Alina hatte nicht wieder das Gespräch auf meine Familie gelenkt. Natürlich wusste ich, dass es sie beschäftigte, aber ich konnte einfach nicht darüber sprechen. Sie wäre wohl einer der Menschen, denen ich meine Vergangenheit noch am ehesten anvertraut hätte, doch innerlich war ich nicht dazu bereit. Vor Jahren hatte ich mein Herz verschlossen, darin hatten die drei wichtigsten Menschen meines Lebens Platz, die alle tot waren.

Ich sah ihren verletzten Blick, wie jetzt gerade, als sie über die drei Vögel strich, die eines der Symbole für meine Familie waren. Auch andere versteckten sich zwischen einigen Bildern, doch die waren schwerer zu entdecken. Die Anordnung der drei stilisierten Schwertlilien, der Fleur de Lis, auf meiner rechten Hand kannte jeder, doch kaum einer wusste, was sie bedeuteten. Sie waren das Symbol für meine Familie, die ich vor mehr als 13 Jahren verloren hatte.

Eigentlich genoss ich diese Augenblicke, wenn sie in meinen Armen lag, nachdem wir miteinander geschlafen hatten. Doch seit der Release-Party vor einer Woche stand die unausgesprochene Geschichte zwischen uns. Obwohl wir nicht darüber sprachen und weder sie noch ich Anstalten machten, etwas daran zu ändern.

Vorsichtig hauchte ich noch einen Kuss auf ihre Schulter, bevor ich mich von ihr löste. In einer Stunde wurden wir zu einem weiteren Pressetermin erwartet. Ich hasste diese Auftritte wie die Pest, aber die anderen hatten mir schon lange klargemacht, dass sie nötig waren. Doch dieses Mal war es anders. Das neue Album war weitaus erfolgreicher als die letzten, und deshalb hatten wir mehr Termine. Und mehr Groupies.

Widerwillig stieg ich unter die Dusche, um vorzeigbar für die Menschen dort draußen zu sein. Natürlich wäre ich lieber bei Alina geblieben, aber sie hatte ich zur Untätigkeit verbannt. Jedes Mal hoffte ich, dass sie noch da sein würde, wenn ich zurückkam. Und jedes Mal machte ich mich darauf gefasst, dass es nicht so war. Irgendwann würde sie genug davon haben, diese Heimlichkeit aufrecht zu erhalten, und dann …

Ich versuchte, diese Gedanken mit warmem Wasser abzuspülen, aber es gelang mir nicht vollständig. Im Spiegel sah ich mich an und im Geiste daneben meine Prinzessin. Ich würde nie der Richtige für sie sein. Wie könnte ich auch? Ein emotionales Wrack und eine Prinzessin? Das konnte auf lange Sicht nicht gut gehen.

Alina

»Warum hast du kein Tattoo auf dem Rücken?«, fragte ich Shane neugierig, um von den trübsinnigen Gedanken abzulenken, die wie glitzernde pinke Einhörner im Raum standen. Schließlich war fast jede Stelle seines Körpers mit den unterschiedlichsten Bildern verziert. Er drehte sich zu mir um und drückte seine Zigarette im Aschenbecher auf dem Nachttisch aus. »Weil da ein bedeutendes Motiv hinmuss. Bisher bin ich noch nicht auf das Richtige gestoßen.« Er zuckte mit den Schultern, aber sah mich nicht an. Seine dunklen Wimpern lagen auf seinen Wangen und verdeckten so seine hellblauen, strahlenden Augen.

Langsam nickte ich und beließ es dabei. Wenn er mich schon nicht ansah, würde er sicherlich auch nicht mit mir darüber sprechen wollen.

»Wann bist du wieder da?«, fragte ich deshalb und zog die Decke bis unter mein Kinn.

»Keine Ahnung. Wolltest du nicht noch nach Hause heute?« Warf er mich gerade hinaus?

»Ich hatte es überlegt, aber das Wetter spielt sowieso nicht mit …«

»Ist für mich okay«, sagte er, während er ein Shirt aus dem Schrank kramte. Noch immer sah er mich nicht an.

»Dann … ich bin in einer halben Stunde weg.« Flüchtig küsste er mich auf den Mund, bevor er seine Sachen zusammengesucht hatte.

»Bis dann«, sagte er leise, bevor er aus dem Schlafzimmer ging.

Noch eine Weile sah ich durch die offene Tür in den Wohnbereich, als stünde er noch da und ich hätte die Möglichkeit, ihn mit Blicken zu erdolchen. Was sollte das denn? Es war für ihn okay? Ohne weitere Erklärung? Ich raffte das Laken um mich, weil es mir plötzlich unangenehmen war, nackt hier herumzulaufen.

Nachdem ich geduscht und mich angezogen hatte, packte ich meine Sachen für die Uni ein und nahm die Treppen in die Tiefgarage. Vielleicht würde der Weg meine Wut etwas dämpfen, dann genau das empfand ich. Er kanzelte mich einfach so ab, ohne eine Erklärung, obwohl er mich sonst immer gerne um sich hatte. Und dann sagt er auch noch »Bis dann«! Was sollte das denn? Nicht »Bis morgen« oder »Bis später«, sondern »Dann«! Schwammiger konnte man es ja wohl kaum ausdrücken. Wie nach einem Date, wenn man den Mann nicht wiedersehen wollte. »Bis dann« war genauso formuliert, dass es unverbindlich, aber nicht unfreundlich klang.

Unten angekommen riss ich die Tür mit solcher Wucht auf, dass sie gegen die Wand knallte. Den Kerl, der mir gerade entgegenkam, rempelte ich so heftig mit meiner Tasche voller Gesetzestexte an, dass er sicher einen blauen Fleck davon behalten würde. Nachdem ich mein Auto aufgeschlossen hatte, warf ich mein Zeug auf den Beifahrersitz, setzte mich und atmete tief durch. Es war besser, wenn ich mich erst beruhigte, bevor ich losfuhr.

Nach ein paar Minuten startete ich den Motor und lenkte den Wagen aus der Tiefgarage. Während ich die halbe Stunde nach Hause fuhr, überlegte ich, ob ich nicht zu viel in seine Worte hineininterpretierte. Reagierte ich über, oder hatte er mich wirklich förmlich aus seinem Zimmer geworfen und dann infrage gestellt, wann wir uns wieder treffen würden?

Der Kies in unserer Auffahrt spritzte zu allen Seiten weg, als ich etwas zu hart auf das Bremspedal stieg, um mein Auto abzustellen. Einer der Stallburschen, der gerade um die Ecke kam, musterte mich kritisch, als ich laut die Tür zuschlug, nachdem ich ausgestiegen war. Warnend blitzte ich ihn an, damit er mich bloß nicht ansprach. Auch meine Mutter begrüßte ich nicht, als sie mir in der Eingangshalle entgegenkam, sondern ging einfach nach oben in meine Wohnung.

Ich ließ mich auf das Sofa sinken und legte den Kopf in die Hände. Mit den Zeigefingern massierte ich meine Nasenwurzel, um wieder ein bisschen herunterzukommen. Shane war mir wirklich manchmal ein Rätsel. Er verheimlichte mir Dinge, die seine Familie betrafen. Okay, vielleicht wollte er nicht darüber reden, weil es zu schmerzhaft war. Aber dann war er auf der einen Seite lieb und zärtlich, dann wieder abweisend und ignorant. Fast jede Nacht, wenn ich bei ihm schlief, weckte ich ihn aus seinen Albträumen, in denen er immer wieder den Namen seiner Schwester murmelte. Nicht noch einmal hatte ich gewagt, das Thema anzuschneiden, sondern stellte ihn unter die Dusche, damit er sich beruhigte, und legte mich dann wieder zu ihm. War das denn alles nichts wert?

Nach einer Weile beschloss ich, doch noch etwas mit Reza zu trainieren. Immerhin musste ich irgendetwas tun und das Wetter sah wieder halbwegs stabil aus, auch wenn die grauen Wolken am Himmel meine Stimmung widerspiegelten. Gemächlich zog ich mir Reitklamotten an und ging in den Stall. Der Stallbursche half mir, den Hengst zu satteln, sprach dabei jedoch kein Wort mit mir. Vielleicht hätte ich ihn nicht an Shanes Stelle mit Blicken töten sollen.

Offenbar hatte ich mich so weit abgeregt, dass mein Pferd meine Stimmung nicht spürte. Er war sehr sensibel, was Emotionen betraf und konnte förmlich riechen, wenn ich schlecht drauf war. Er war nur ein wenig nervös und ich hoffte, dass sich das in ein paar Minuten legte. Nachdem ich ihn aus dem Stall geführt hatte, stieg ich auf und lenkte ihn im Schritt auf einen Feldweg.

So trotteten wir zwei Stunden lang über die Wiesen und ich hatte weiter Zeit zum Grübeln. Natürlich kam ich zu keinem sinnvollen Entschluss, was ich tun sollte, denn ich kannte Shanes Beweggründe nicht. Um Rezas Willen verbot ich mir, wieder sauer auf meinen Freund zu sein, denn ich wollte nicht, dass er nervös wurde. Doch wie reagierte man auf eine solche Abfuhr? Shane sprach nie viel, aber er wählte seine Worte mit Bedacht. Er hätte seine Aussagen nie unabsichtlich ausgesprochen. Also musste er es so gemeint haben, wie er es sagte. Meine natürliche Reaktion wäre gewesen, ihn mit Schweigen zu strafen. Jedoch war das wohl kaum eine Bestrafung für jemanden, der so selten wie möglich sprach.

Nachdem ich Reza abgesattelt und geputzt hatte, lehnte ich meine Stirn an seinen seidigen Hals und kraulte seine Ohren. Er genoss das sichtlich, denn er ließ kaum jemanden an sich heran, so konnte er auch keine Streicheleinheiten erwarten. Nach einigen Minuten zuckten die Muskeln an seinem Hals und er schnaubte laut. Verwirrt über sein offensichtliches Problem, sah ich mich um und sah Shane an der gegenüberliegenden Wand stehen. Er hatte die Arme vor der Brust verschränkt und seinen Blick starr auf mich gerichtet.

»Was?«, fragte ich kurz angebunden und hielt mich weiter an Reza fest, der immer unruhiger wurde. Anscheinend spürte er die Spannungen zwischen uns. Shane antwortete nicht, sondern stand einfach da. Auf ein Blickduell hatte ich keine Lust, deshalb ging ich aus der Box und verschloss sie wie üblich für die Nacht. Ohne ihn eines Blickes zu würdigen, stolzierte ich an ihm vorbei. Seine Schritte waren deutlich hörbar, als er hinter mir her zum Haus ging. Meine Intention war nicht, dass er mit hineinging, sondern in sein verfluchtes Auto stieg und wieder wegfuhr.

An der Tür holte er mich ein und nagelte mich geradezu mit seinem Körper an das Holz. Wieder suchte er meinen Blick, aber ich wollte ihm ausweichen. Er stöhnte leise auf, und führte meine Hände über dem Kopf zusammen. Ich wusste, dass ich keine Chance gegen ihn hatte. Er spannte seine langen Finger um meine beiden Handgelenke, damit er eine Hand frei hatte, mit der er mein Kinn anhob. Damit hatte ich keine andere Wahl, als ihn anzusehen. Wir kannten uns lange genug und hatten die nonverbale Kommunikation quasi perfektioniert, also wusste ich, was er mir sagen wollte. Aber ich wollte seine Entschuldigung nicht sehen, sodass ich versuchte, mich aus seinem Griff zu winden.

»Bitte«, flüsterte er nur und die Art, wie er es sagte, ließ mich erstarren. Es würde wohl sonst keinen Menschen geben, der inbrünstig flüstern konnte, doch Shane hatte es drauf. Er bemerkte, dass ich den Versuch, mich zu befreien, aufgab, und legte seine Lippen leicht auf meine. Als ich seinen Kuss erwiderte, ließ er endlich meine Arme los und zog mich an sich. Bevor er den Kuss jedoch vertiefen konnte, löste ich mich von ihm und sah ihn fest an.

»Ich muss duschen«, teilte ich ihm mit und drehte mich in seinen Armen. Er ließ mich los und gab mir Raum, die Tür zu öffnen. Wieder hörte ich, wie Shane mir in meine Wohnung folgte. Mit einer Handbewegung gab ich ihm zu verstehen, es sich im Wohnzimmer bequem zu machen, und ging ins Bad.

Um ihn noch ein bisschen schmoren zu lassen, ließ ich mir Zeit, mich von Pferdegeruch und Staub zu befreien. Sorgfältig wusch ich mir die Haare und föhnte sie auch noch, als ich fertig mit duschen war. Im Schlafzimmer zog ich mir bequeme Klamotten an und beschloss, dass ich ihn lange genug hatte zappeln lassen.

Im Wohnzimmer sah ich mich verblüfft um. Auf dem Tisch stand eine Flasche Wein, zwei Gläser und eine Schüssel mit Chips. Es war sogar eine Kerze angezündet! Shane stand mit dem Rücken zu mir am Fenster und sah nach draußen. Er konnte nicht viel sehen, denn es war schon stockdunkel, dennoch konnte ich in der Spiegelung der Scheibe erkennen, dass sein Blick in die Ferne gerichtet war. Einige Minuten lehnte ich am Türrahmen und beobachtete ihn lediglich, wie er so dastand, die Hände in seinen Taschen vergraben.

»Willst du einen Film schauen?«, fragte er so plötzlich, dass ich erschrocken zusammenzuckte. Einige Sekunden lang hätte man die sprichwörtliche Stecknadel fallen hören können, denn ich vergaß sogar, zu atmen. Einen Film schauen? So etwas Normales taten wir sonst nicht. Und überhaupt! Erst warf er mich hinaus, dann tauchte er einfach hier auf und dann stellte er so eine banale Frage? »Oder soll ich wieder gehen?«

Sollte er das? War ich immer noch wütend auf ihn? Er hatte sich sogar Mühe gemacht … Soweit ich das für ihn beurteilen konnte. Ohne zu antworten, ging ich zur Couch und setzte mich. Sollte er darunter verstehen, was er wollte. Er wollte offensichtlich hierbleiben, denn er nahm, ohne zu zögern, neben mir Platz, schenkte uns Wein ein und reichte mir mein Glas.

»Du musst später noch fahren«, informierte ich ihn und konnte eine Millisekunde später an seiner Mimik erkennen, wie sehr ihn das gekränkt hatte. Dennoch tat er so, als ob nichts wäre, prostete mir stumm zu und trank einen winzigen Schluck aus seinem Glas. Ich tat es ihm gleich, nur dass ich ungefähr den halben Inhalt trank. Shane nahm das mit einem kaum erkennbaren Lächeln zur Kenntnis und schaltete den Fernseher ein.

Obwohl es nicht meine Art war, sah ich zu, wie er in meinem Streaming-Programm durch die Filme zappte und schließlich einen Thriller aussuchte. Da ich nicht protestierte, drückte er einfach auf »Play«. So richtig konnte ich der Handlung nicht folgen, sondern nippte immer wieder an meinem Glas und aß Chips, während ich überlegte, ob Shane die

Situation genauso seltsam fand wie ich. Als mein Glas leer war, stellte ich es auf den Tisch und legte mich auf die Seite, wobei ich die Beine anziehen musste, weil mein Sofa nicht groß genug war. Meine Füße berührten Shanes Oberschenkel, der immer noch wie angewachsen da saß und scheinbar aufmerksam dem Film folgte.

Shane nahm meine Füße und legte sie auf seinen Schoß. In der ersten Sekunde spannte sich mein ganzer Körper an, doch als ich spürte, wie er leicht über meinen Spann strich, relaxte ich schnell wieder. Er unterbrach seine Berührungen nicht, sondern machte einfach weiter. Ich genoss es, dass er mich fühlen ließ, dass er bei mir war, auch wenn es nur eine kleine Geste war.

Irgendwann spürte ich einen Ruck und ein leichtes Schwanken. Verschlafen wollte ich meine Augen öffnen, doch Shane sagte leise: »Schlaf weiter.«

Wie, um einem Befehl Folge zu leisten, gab ich die Bemühungen auf, wach zu werden, und ließ mich von ihm in mein Bett tragen. Er legte mich sanft ab und deckte mich zu. Ich wollte ihn festhalten, damit er bei mir blieb, doch mein Körper und mein Hirn funktionierten nicht mehr zusammen. Kurz darauf spürte ich ihn an meinem Rücken und kuschelte mich an ihn.

Shane

Während ich Alinas stetigem Atem zuhörte, fragte ich mich, was ich jetzt tun sollte. Ich hatte ihr mit meinen Worten am Nachmittag wehgetan, das wusste ich. Während des Fotoshootings für die Zeitschrift nagte das schlechte Gewissen an mir. Mein Verstand hatte sich einfach ausgeschaltet, als ich nicht zurück ins Hotel, sondern zu ihr gefahren war. Die Fahrt über hatte ich überlegt, wie ich ihr klarmachen konnte, dass mir das alles einfach nur zu viel wurde. Die Presse, der Hype um das Album, diese dämlichen Illustrationen, die sogar eine eigene Ausstellung bekommen sollten, und auch noch die ungewohnte Situation, mein Leben mit einem anderen Menschen zu teilen. Nach all den Jahren, in denen ich allein gewesen war, und das für gut befunden hatte.

Alina regte sich etwas und drehte sich schließlich auf den Bauch, sodass sie nicht mehr in meinen Armen lag. Vorsichtig, um sie nicht zu wecken, richtete ich mich auf und lehnte mich an das gepolsterte Kopfteil. Meine Augen hatten sich längst an die Dunkelheit gewöhnt, so konnte ich sie ungestört betrachten. War es in Ordnung, eine scheinbar normale Situation zu initiieren, obwohl an unserer Beziehung rein gar nichts normal war? Ich war kein Typ für eine Beziehung, aber Alina wollte genau das, wie ich schon von Anfang an gewusst hatte. Zusätzlich begann die Presse nach und nach tiefer zu bohren, was mein Privatleben anging – natürlich auch in dem der anderen, aber die hatten keine Freundin zu verstecken. Das neue Album brachte so viel Rummel mit sich, den ich definitiv nicht gewollt hatte. Die ganzen Termine konnten mir gestohlen bleiben, dennoch wusste ich, dass wir sie für unseren Erfolg brauchten. Ohne die Auftritte in Fernsehshows, Radiosendungen, die Interviews und Fotoshootings für Zeitschriften und Blogs wäre das Album wohl kaum bis in die Top Ten in Deutschland gestiegen. Dennoch war das nicht unbedingt das, was mir vorgeschwebt hatte. Als wir hier losgelegt hatten, spielten wir in kleinen Klubs und das war gut für mich. Mehr wollte ich nie erreichen: Musik machen und damit meinen Lebensunterhalt bestreiten. Jetzt spülten mir die Tantiemen noch mehr Geld auf das Konto, das ich nicht brauchte.

Als ich mitten in der Nacht bemerkte, dass mich diese Gedanken absolut nicht weiterbrachen, hauchte ich meiner Prinzessin einen Kuss auf die Haare, schnappte meine Sachen und stahl mich wie ein Dieb nach draußen. Erst auf der Vortreppe zog ich meine Boots an und machte mich auf den Weg zu meinem Auto, um allein in mein Hotel zu fahren.

Meine Finger gruben sich in seine Schultern, als er noch schneller wurde und gleichzeitig meine Klit massierte. Am Rande des nächsten Höhepunktes spürte ich, wie meine inneren Muskeln sich um ihn herum zusammenzogen. Er legte den Kopf in den Nacken, drückte meine Perle und ergoss sich in mir – ich folgte ihm sofort, als er in Schüben in mir kam. Zusammen genossen wir die Erlösung, während Shane sich über mir abstützte.

Irgendwann legte er sich neben mich, immer noch schwer atmend. Während ich versuchte, meine Atmung und meinen Herzschlag unter Kontrolle zu bekommen, überlegte ich, was dieses Mal anders gewesen war.

»Shane?«, fragte ich, als ich darauf gekommen war, und drehte mich zu ihm um.

»Mmmh«, brummte er unwillig. Er hatte die Augen geschlossen und sah völlig entspannt aus.

»Wir haben gerade ohne Kondom miteinander geschlafen«, stellte ich fest.

»Du nimmst die Pille«, sagte er, ohne mit seinen langen dunklen Wimpern zu zucken, auf die jede Frau neidisch wäre. Mein Mund klappte auf und wieder zu, ohne dass ich ein Wort hervorbrachte. Das war ... keine Ahnung – irritierend, war vielleicht der beste Ausdruck dafür. »Ich hatte noch nie ohne Kondom Sex, du kannst dir von mir also nichts holen.« Diese Erläuterung war sinnvoll, auch wenn sie nicht ganz auf meine Intention abzielte.

Weil ich nicht wusste, was ich darauf erwidern sollte, ließ ich den Kopf einfach wieder zurück in die Kissen sinken. Wir schliefen seit fast drei Monaten regelmäßig miteinander und das war das Einzige, was er dazu sagte? Ich schloss die Augen, weil sie brannten und ich nicht wollte, dass aus einem verrückten Grund Tränen über mein Gesicht liefen.

»Princess?«, fragte Shane jetzt.

»Was?«, fragte ich mit belegter Stimme zurück.

»War das okay? Ich kann auch …«

»Shane, es ist okay!«, unterbrach ich ihn schroffer, als ich beabsichtigt hatte. Er sagte nichts mehr und ich hoffte, dass er nicht merkte, wie verwirrt ich war. Meinte er es also ernst mit mir? Obwohl er mir unterschiedliche Signale gab, war ich mir nicht sicher, was er eigentlich wollte. Und obwohl er vorhin meinte, dass er mich wollte, konnte er das auch auf den Sex bezogen haben.

»Ich muss jetzt duschen und dann wieder nach Hause«, sagte ich, während ich mich aus dem Bett rollte.

Wir schliefen also ohne Kondom miteinander. Fast täglich in der ganzen folgenden Woche. Doch sonst stand etwas zwischen uns, das ich nicht benennen konnte. Es war wieder wie am Anfang. Wir hatten Sex, dann ging ich nach Hause. Oder Shane fuhr wieder in sein Hotel, je nachdem, wo wir uns trafen. Shane kommentierte das nicht, und ich war … nun ja, schlichtweg zu feige, um es anzusprechen. Nach zehn Tagen, in denen wir kaum miteinander sprachen oder irgendetwas taten, außer uns gegenseitig zum Orgasmus zu bringen, hatte ich genug.

»Shane, das geht so nicht«, sagte ich mit bestimmter Tonlage, als ich aus seinem Bad trat. Wieder einmal stand er am Fenster und starrte auf die Stadt hinaus.

»Was?«, fragte er wie so oft, ohne einen vollständigen Satz zu artikulieren.

»Was ist anders?« Meine Stimme war etwas weicher geworden, weil ich es aus ihm herauskitzeln wollte.

»Was soll sein?« So blöd war er nicht, das wusste ich. Um die Distanz zu überbrücken, auch die emotionale, ging ich zu ihm und legte eine Hand auf seine Schulter.

»Wir können nicht ewig nur miteinander schlafen. Unsere Beziehung entwickelt sich zurück ...«

»Vielleicht ist das auch besser so«, unterbrach er mich gereizt.

»Wie ... wie meinst du das?«, fragte ich ihn perplex. Er sah mich noch immer nicht an, also versuchte ich, ihn herumzudrehen. Aber er ließ mich nicht.

»Ich weiß nicht, wie lang ich noch hierbleibe.«

»Was meinst du mit hier? Hier im Hotel? Vielleicht tut es dir gut, wenn du dir eine eigene ...«

»Hier in Deutschland, Alina.« Wieder hatte er mir das Wort abgeschnitten, obwohl das nie seine Art gewesen war.

»Wo willst du denn hin?« Ich wusste selbst, dass ich mich dämlich anhörte, doch ich verstand einfach nicht, was er mir sagen wollte.

»Ich steig aus und gehe wieder zurück nach New York.«

»Du ... was? Bist du bescheuert?«, fragte ich mit schriller Stimme. Endlich drehte er sich um. Seine Augen waren ausdruckslos und sein Mund zu einem Strich zusammengepresst.

»Aber wenn ich in Amerika studieren will, muss ich wieder komplett von vorne anfangen! Nichts kann mir angerechnet werden! Das wäre ... verdammt, das kostet mich verdammt viel Zeit ... und Reza ...« In

Gedanken versuchte ich zusammenzurechnen, wie viele Semester ich wiederholen müsste und was ich alles hier zurücklassen würde.

»Alina«, sagte er nur. Seine Stimme ließ mich erschaudern. »Ich gehe allein.«

Kapitel 10

Alina

Der Aufdruck der Schlüsselkarte für Shanes Zimmer glitzerte im Sonnenlicht, während ich sie in meiner Hand immer wieder um sich selbst drehte. Vor zwei Tagen war ich einfach gegangen, ohne ein weiteres Wort zu sagen. Er wollte gehen, und zwar allein. Während ich auf dem Koppelzaun saß und die Pferde beobachtete, blieb mir nichts weiter, als ständig an seine Worte zu denken. Er hatte mich ausgeschlossen aus seinem Leben, weil er wohl nicht die Intention hatte, unsere Beziehung fortzuführen. Für ihn war es offenbar gut, mit mir zu schlafen, während er hier war, doch wenn sich etwas in seinem Leben veränderte, würde er mich nicht integrieren wollen.

Eine Träne stahl sich aus meinem Auge. Ich war müde, aufgebracht, wütend, traurig – alles gleichzeitig. Noch immer konnte ich nicht fassen, wie leicht er alles wegwerfen wollte, was er sich aufgebaut hatte. Nicht nur die Beziehung mit mir, sondern auch die Band und seine Erfolge. Er wollte seine Freunde im Stich lassen und einfach wieder zurück in die USA gehen – aber um was zu tun? Alles hinzuschmeißen? Ben, Josh und Tom müssten sich einen neuen Bassisten suchen und einen neuen Songwriter. Fraglich war, ob sie so an das erfolgreiche Album anknüpfen konnten oder ob das dann eine Eintagsfliege gewesen war.

Beinahe gleichgültig sah ich zu Reza, der friedlich graste. In den letzten 48 Stunden hatte ich nicht die Kraft aufgebracht, mich mit ihm zu beschäftigen, wahrscheinlich hätte es so oder so keinen Sinn gemacht. Als ob er spürte, dass ich ihn beobachtete, hob er den Kopf und sah mich aus seinen fast schwarzen Augen an. Gemächlich, aber so elegant wie immer lief er zu mir und stupste mich mit seiner weichen Nase an. Als ich nicht reagierte, schnaubte er mir in den Nacken, sodass es mich schüttelte.

»Lass das«, wies ich ihn unwirsch zurecht, doch er ließ mich nicht in Ruhe. Ohne sein ganzes Gewicht aufzubringen, legte er seinen Kopf auf meine Schulter und ich lehnte mich gegen seine Wange. Wie konditioniert hob ich den Arm und streichelte ihm über den Hals. Er ließ es sich ein paar Minuten gefallen, während ich darüber nachdachte, was ich jetzt mit mir anstellen sollte. Weder wusste ich, was ich in meiner Freizeit tun sollte, noch, wie ich der Band gegenübertreten konnte. Die Jungs waren so begeistert gewesen, dass ich Shane dazu gebracht hatte, ein bisschen aus sich herauszukommen, und jetzt wollte er schon wieder abhauen und alles hinter sich lassen.

Reza stupste mich wieder an, sodass ich beinahe von dem Zaun fiel, auf den ich mich gesetzt hatte. Ich funkelte ihn wütend an, doch er wiederholte seine Geste und wartete ab.

»Ja, ich geh ja schon«, rief ich und sprang herunter. »Männer …«, brummte ich, als ich in Richtung Wohnhaus ging.

In meinem Badezimmer sah ich im Spiegel, dass ich kaum geschlafen hatte. Ja, ich wusste es auch, aber es sollte nicht derartig auffallen. Also stieg ich unter die Dusche und machte mich anschließend so zurecht, dass ich mich in der Öffentlichkeit bewegen konnte.

Die Fahrt in die Stadt dauerte gefühlte Ewigkeiten. Ständig hatte ich Sonntagsfahrer vor mir, die mich zu einer unnatürlich langsamen Geschwindigkeit zwangen, bis ich sie überholen konnte. Auch in der Innenstadt war es nicht besser. Offenbar hatte es heute keiner eilig, von A nach B zu gelangen.

Als ich vor der Schranke in der Tiefgarage hielt, betete ich innerlich, dass Shane nicht daran gedacht hatte, die zweite Key-Card sperren zu lassen. Ich schob sie in den Schlitz und war heilfroh, als sich die Schranke öffnete.

Shanes Wagen stand an der üblichen Stelle, der Platz daneben war frei. Als ob nie irgendetwas gewesen wäre, parkte ich ein und sprang aus dem Auto. Noch war mir nicht ganz klar, was ich ihm alles sagen wollte, aber er konnte sich jetzt definitiv nicht aus allem zurückziehen, was er geschaffen hatte.

Vor seiner Tür blieb ich kurz stehen und atmete tief durch. Plötzlich öffnete sie sich und ich fragte mich, ob ich Zauberkräfte entwickelt hatte. Das wäre zwar ganz schön gewesen, aber es war Shane, der jetzt heraustreten wollte. Er sah mich verwundert an, als er registrierte, dass ich leibhaftig vor ihm stand.

»Was machst du hier?«, fragte er.

»Du kannst jetzt nicht einfach so gehen.« Das war im Prinzip die Kernaussage von dem, was ich ihm alles mitteilen wollte.

»Ich bin verabredet«, antwortete er und wollte sich an mir vorbeidrängen. Mutig stellte ich mich ihm in den Weg und schob ihn mit den Händen auf seiner Brust wieder hinein.

»So meinte ich das nicht. Du kannst nicht einfach alles hier aufgeben und meinen, dass das okay ist.« So eindringlich wie möglich sah ich ihn an. Er erwiderte den Blick kurz, hob die Arme und stöhnte auf, weil er merkte, dass ich ihn nicht in Ruhe lassen würde. Abrupt drehte er sich auf der Stelle und warf die Tür so weit auf, dass sie an die Wand dahinter geknallt wäre, wenn es keinen Stopper gegeben hätte. In einigem Abstand folgte ich ihm in den Wohnraum und stand erst einmal herum, wie bestellt und nicht abgeholt. Shane nahm in einem Sessel Platz und sah mich abwartend an. Die ganze Situation erinnerte so sehr an den ersten Abend, als ich hier war, sodass ich schmunzeln musste. Mit einer Kopfbewegung deutete er auf das Sofa. Bevor ich mich setzte, schloss ich die Tür.

»Mit wem bist du verabredet?«, fragte ich, um das Gespräch erst einmal auf ein unverfängliches Terrain zu lenken.

»Mit der Band. Um ihnen zu sagen, dass ich gehe.« So viel dazu. Unverfänglich war etwas anderes.

»Aber du kannst sie nicht einfach im Stich lassen! Ihr habt euch so viel aufgebaut«, versuchte ich es auf der vernünftigen Schiene. Shane sagte nichts, sondern starrte mich nur an und verschränkte die Arme vor der Brust. »Wer soll denn jetzt die Stücke schreiben? Wenn du jetzt aussteigst, dann sind sie am Arsch, das weißt du.« Vielleicht half emotionaler Druck. Sein Gesichtsausdruck wurde merklich härter. »Was willst du denn machen? Dich irgendwo einigeln und nichts tun? Dein Talent damit verschwenden, einfach in der Ecke zu sitzen und Werbejingles zu schreiben?« Seine Wange zuckte, das konnte ich deutlich sehen. Meine Ellenbogen auf die Knie gestützt holte ich zum finalen Schlag aus. »Ihr seid ein Team. Sie sind deine Freunde, auch wenn du das nicht begreifen willst. Mit deiner Entscheidung zu gehen, setzt du ihre Existenz auf's Spiel.«

Vorsichtshalber ließ ich das erst einmal so stehen. In seiner Miene spiegelten sich verschiedenste Emotionen. Nach ein paar Minuten erhob ich mich, um im Raum herumzulaufen. Ich hielt es einfach nicht aus, herumzusitzen und seine Antwort abzuwarten.

»Sie wollen auf Tour gehen.« Bei seinen leisen Worten wirbelte ich herum.

»Aber das ist doch toll! Ihr könnt so viel sehen und endlich zeigen, was ihr könnt!«

Shane

Sie verstand es einfach nicht. Ja, ganz toll, wir sollten durch Europa touren und dabei wie Zirkustiere auftreten und uns von der Presse belästigen lassen. Groupies vor den Hallen und vor den Hotels würden uns keine ruhige Minute lassen.

Was mich allerdings überraschte, war, dass sie mit keinem Wort unsere »Beziehung«, oder was auch immer das war, erwähnte. Sie spielte nicht die Freundinnenkarte, sondern versuchte es auf professioneller Ebene. Ich sah ihr dabei zu, wie sie erneut hin und her lief, während sie offensichtlich wieder nach Worten suchte.

Zwei Tage hatte ich sie nicht gesehen und nicht mit ihr gesprochen. Der Termin für das Gespräch mit den Jungs stand erst seit zwei Stunden. Innerlich hatte ich offenbar gehofft, dass sie mich nicht aufgeben würde, weil ich so erleichtert wie selten gewesen war, als sie plötzlich vor der Tür gestanden hatte. Anscheinend hatte sie sich Mühe gegeben, nicht übernächtigt auszusehen, doch ich kannte sie gut genug. Hatte ich sie dermaßen verletzt, dass sie ebenso wenig Schlaf gefunden hatte wie ich? In den letzten beiden Nächten hatte ich es versucht, aber spätestens, nachdem mich der erste Albtraum eingeholt hatte, war an Schlaf nicht mehr zu denken gewesen. Zu sehr hatte es mir gefehlt, dass sie da war, um mich zu beruhigen.

Als mir klar wurde, warum ich nicht mit auf Tour gehen wollte, strich ich mir erst über die Augen und dann über die Haare. Alina stand wieder mit dem Rücken zu mir und war sichtlich verspannt.

»Ich kann das nicht alleine«, sprach ich den Gedanken aus, der mir eben wie zufällig durch mein Hirn geblitzt war. Sie drehte sich um, ihr Mund stand offen. War ich wirklich so unberechenbar für sie?

»Deine Freunde sind doch dabei, die Jungs und die Crew. Da bist du doch nicht alleine!« Sie zog eine Augenbraue nach oben, was wirklich süß an ihr aussah. Doch offenbar hatte sie mich nicht richtig verstanden. Also stand ich auf und ging zu ihr.

»Ich kann das nicht ohne dich«, korrigierte ich also meine vorherige Aussage, damit sie es checkte. Ihre Lippen verzogen sich zu einem »O«, wie wenn sie sich um meinen Schwanz legten. Okay, ich litt offensichtlich unter Entzug. Endlich entspannte sie sich und lehnte sich gegen meine Brust. Ihre warmen Hände glitten unter mein Shirt und legten sich auf meinen Rücken. Zögernd legte ich meine Wange auf ihren Kopf und schloss die Arme um sie.

Unfassbar erleichtert schmiegte ich mich in Shanes Umarmung. Er hatte mal wieder den Eisklotz spielen wollen, doch es war ihm nicht gelungen. Ich überlegte, wie es gehen sollte, einfach mitzufahren. War das für die anderen überhaupt okay? Offensichtlich war ihm der Gedanke erst gerade eben gekommen, sodass er es wohl kaum mit der Band hätte absprechen können. Dennoch musste ich meine Vorlesungen besuchen, mit den Pferden arbeiten, Klausuren schreiben … es war kaum machbar, dass ich für ein paar Wochen einfach von der Bildfläche verschwand.

»Was denkst du?«, fragte er leise, die Anspannung war ihm noch deutlich anzuhören.

»Ich muss ein paar Dinge organisieren«, antwortete ich ihm, immer noch gedanklich in meinen Terminkalender vertieft.

Er schob mich ein Stück von sich, damit er mich ansehen konnte.»Du bist dabei?« Statt zu antworten, nickte ich einfach nur. Seine Augen drückten Erleichterung aus und funkelten fröhlich. Ohne den Blickkontakt zu unterbrechen, legte er sanft seine Lippen auf meine. Es war nur ein kurzer Kuss, dennoch spürte ich, was er damit ausdrücken wollte. Das »Danke«, das er hauchte, nachdem er sich von mir gelöst hatte, war überflüssig, dennoch freute ich mich darüber und schenkte ihm mein schönstes Lächeln.

Obwohl ich es nicht wollte, löste ich mich vollständig von ihm und ging zu meiner Handtasche, die auf der Couch lag. Nachdem ich ihn gefunden hatte, schlug ich meinen Kalender auf und sah ihn abwartend an. Shane ging ins Schlafzimmer und kam mit seinem Notebook zurück. Kurz klickte er herum, bis er ein PDF mit dem Tourplan geöffnet hatte. Die Konzerte folgten keinem offensichtlichen Plan, sie waren unter der Woche, am Wochenende … verschiedene europäische Metropolen wechselten sich mit kleineren Städten ab. Aufmerksam betrachtete ich abwechselnd meinen Kalender und den Plan. Noch immer war mir nicht klar, wie ich das alles mit der Uni auf die Reihe bekommen sollte. Auch mit Reza musste ich trainieren, wir würden weit zurückfallen, wenn wir über so eine lange Zeit nichts taten. Er war zwar anderen gegenüber aufgeschlossener als am Anfang, dennoch war er ein bisschen schwierig.

Shane sah mir stumm dabei zu, wie ich nachdachte. Bevor ich beginnen konnte, irgendetwas zu unternehmen, musste ich die entscheidende Frage klären. »Was sagen die anderen dazu, wenn ich mitkomme?« Seine Antwort bestand aus einem gleichgültigen Schulterzucken. »Ruf Ben an, dass sie hierherkommen sollen.« Seine Augen weiteten sich, doch wenn ich weiter auf eine Aktion seinerseits warten würde, kämen wir nie zum Ziel. Endlich tat er irgendwas und tippte eine Nachricht auf seinem Handy. Natürlich rief er nicht an. Nach ein paar Sekunden vibrierte sein Telefon in seiner Hand.

»Sie sind in einer halben Stunde da«, informierte er mich.

Shanes Freunde und Bandkollegen waren nicht überrascht, als sie sahen, wie ich mit einer Tasse Kaffee in der Hand an seinem Esstisch saß. Offenbar hatte er ihnen nichts von unserem Streit erzählt. Sie setzten sich um uns herum und warteten, dass Shane das Wort ergriff. Scherzkekse.

»Es sieht so aus, dass ich mit euch auf Tour gehe«, sagte ich also an seiner Stelle. Shanes Hand, die auf meinem Oberschenkel lag, krümmte sich ein bisschen. Beruhigend legte ich meine Finger über seine und warf ihm einen kurzen Blick zu.

Keiner der anderen reagierte so, wie ich es erwartet hatte. Josh rief: »Das wird super!« Tom grinste mich an und Ben bot mir seine Hand zu einem High Five an. Nachdem ich eingeschlagen hatte, legte mir mein Freund seine Hand in den Nacken und zog mich zu einem Kuss zu sich. Die anderen johlten und klatschten. Das konnte ja noch spaßig werden. Mit vier Pubertierenden in einem Bus. Über zehn Wochen lang.

Shane sah, wie ich die Augen verdrehte, und lachte leise an meinem Mund. »Du hast es so gewollt«, sagte er und grinste.

Die kommenden Wochen verbrachten wir damit, zu planen, wie ich so oft wie möglich bei Shane sein konnte, und trotzdem nicht zu viele Vorlesungen verpasste. Unsere alte Routine hatte sich wieder eingeschlichen. Ich verbrachte viel Zeit bei ihm, auch wenn die Jungs proben mussten und die zusätzlichen Live-Musiker instruierten. Bislang hatten sie keine gebraucht, aber die komplexen Songs des neuen Albums machten es nötig. Alte Stücke wurden überarbeitet, damit sie zu den neuen passten, aber immer noch den alten Sound aufwiesen. Shane war fast ständig damit beschäftigt, Pläne, Setlists und

Anweisungen zu schreiben. Er beeindruckte mich mit seiner Liebe zum Detail und dass er sich alles genau vorstellen konnte, ohne dass er die Songs direkt hörte. Immer öfter erwischte ich mich dabei, wie ich ihm einfach bei seiner Arbeit zusah und nicht selbst lernte. Natürlich bemerkte er es und grinste dann immer breit. Manchmal fragte ich mich, was in seinem Kopf vorging und wie er von einem auf den anderen Moment einfach von verschlossen auf fröhlich umschalten konnte. Vielleicht würde ich mit der Zeit herausfinden, ob es Muster oder Auslöser für sein Verhalten gab.

Ich wandte mich wieder meinen Unterlagen zu, damit ich ein bisschen vorarbeiten konnte, was ich verpassen würde. Leider unterbrach mich mein Handy schon wieder in meiner Motivation, weil es hektisch zu vibrieren begann. Das Display zeigte neue Kalendereinträge an. Verwirrt öffnete ich sie und sah zu Shane.

»Deine Flugdaten. Hab gerade alles gebucht«, sagte er nur, ohne mich anzusehen.

»Aber das wollte ich später noch machen!« Wir hatten ausgemacht, dass ich einfach mal hin und her fliegen würde, je nachdem, wie meine Kurse und die Konzerte kollidierten. Mit Erlaubnis des Managements verbrachten wir die Nächte zum Großteil in Hotels, während die anderen im Tourbus schliefen.

»Dann lass mich wenigstens die Zimmer buchen!«, versuchte ich, denn ich wollte auch meinen Beitrag leisten. Shane schüttelte nur den Kopf. »Es ist mir egal, ob du es willst, ich mache es einfach«, sagte ich und meinte es ernst.

»Hab ich schon längst«, antwortete er mit einem diebischen Grinsen.

»Warum machst du alles alleine? Ich will auch irgendetwas dafür tun«, schmollte ich und schob meine Unterlippe vor. Shane lachte nur.

»Komm her, Princess«, sagte er und breitete seine Arme aus. Also setzte ich mich auf seinen Schoß und drückte mich an ihn. Mit meiner Wange an seiner Brust lauschte ich seinem Herzschlag und genoss es, wie seine Fingerspitzen über meinen Rücken wanderten.

»Du machst das für mich, also lass mich wenigstens den Rest tun«, brach er irgendwann die Stille. Ich verstand, was er mir damit sagen wollte, und nickte. Er brummte zufrieden und strich weiter über meine Haut, was mich zum Schnurren brachte.

»Wir sollten ins Bett gehen«, sagte er irgendwann, doch ich wollte nicht aufstehen. Also antwortete ich nicht, sondern umschlang ihn mit meinen Armen. Er ließ sich davon nicht stören, sondern klappte sein Notebook zu und hob mich einfach hoch. Im Schlafzimmer angekommen, ließ er mich auf das Bett fallen.

»Hey!«, beschwerte ich mich bei ihm. Er grinste mich nur an und ging ins Bad. Ich stand wieder auf, um mich auszuziehen und mich dann ebenfalls fertig zu machen. Als ich neben ihm stand und mir die Zähne putzte, funkelte ich ihn an. Er ging vor mir ins Schlafzimmer und ich ließ mir absichtlich Zeit, um ihn zu ärgern.

Trotz meines kindischen Verhaltens legte ich mich natürlich neben ihn ins Bett – mit einigem Abstand, ich wollte es ihm nicht zu leicht machen. Er nahm es gelassen hin und rollte sich einfach zu mir. Besitzergreifend legte er die Arme um mich.

»Bist du jetzt wieder lieb?«, fragte ich ihn.

»Nur wenn du nicht mehr schmollst«, gab er zurück.

»Okay«, grummelte ich. Die Vibration seines Lachens spürte ich an meinem Rücken.

»Schlaf gut, Princess.«

»Bis später«, antwortete ich ihm. Das sagte ich immer, denn spätestens in ein paar Stunden würde er mich wieder wecken.

Shane

Zwei Wochen vor Beginn der Tour hatten wir nun auch die Pläne für die Pressetermine. Und es waren wirklich viele. Zwischen den Konzerten und den ganzen öffentlichen Auftritten würde uns nicht viel Freizeit bleiben. Ich hatte bei unserem Manager herausgeschlagen, dass ich ein Drittel der Termine schwänzen durfte, weil ich den ganzen Trubel nicht wollte.

Alina und ich gingen alles durch und strichen die Dinge, die ich partout nicht machen wollte. Als es um einen Termin für ein Modemagazin ging, das mich für irgendeine Kampagne ablichten wollten, bestand sie darauf, dass ich hingehen musste. Ich hatte schon den Stift angesetzt, um das Shooting zu streichen, da riss sie ihn mir einfach aus der Hand.

»Shane, du gehst da hin. Du musst auch nicht mit denen reden. Die machen nur Fotos, da hört eh keiner, dass du nicht redest.« Sie sah mich mit einem Blick an, der mich an meine Englischlehrerin in der zehnten Klasse erinnerte.

»Ich hab da keinen Bock drauf«, maulte ich – im Zehntklässlermodus.

»Du machst das, und wenn ich dich eigenhändig dahin zerren muss.« Hatte sie gerade den Zeigefinger erhoben?

»Das wirst du nicht tun«, zischte ich sie jetzt an. Es kam nicht infrage, dass sie mit zu den Terminen ging. Sie ließ ihre grünen Augen gefährlich blitzen, als ob sie keine Widerrede duldete.

»Okay, ich mach's«, ergab ich mich, denn sie würde nicht aufgeben. Sie schien sich wieder zu beruhigen, also tippte ich mit einem neuen Stift neben weitere Einträge – meinen Kuli hatte sie immer noch in der Hand.

Am Ende war ich zufrieden mit der Auswahl, die wir getroffen hatten. Es waren fast ausschließlich Dinge, bei denen ich nicht viel reden musste oder bei denen die anderen dabei waren, sodass ich mich im Hintergrund halten konnte. Zusätzlich lagen die meisten so, dass Alina nicht dabei sein konnte. Auf der einen Seite hätte ich sie gerne als Unterstützung an meiner Seite, doch das Bedürfnis, sie vor der Öffentlichkeit zu schützen, war weitaus größer.

Ich übertrug die gestrichenen Events in die Excel-Tabelle und schickte sie an unseren Manager, die Tourplaner und die Jungs von der Band, damit alle meine Pläne absegnen konnten. Keine Ahnung, wie ich es überhaupt geschafft hatte, ständig machen zu können, was ich wollte. Keiner der anderen machte Anstalten, eine Extrawurst zu bekommen. Das wäre mir relativ egal, die Hauptsache war, dass meine Prinzessin dabei war und ich mich nicht überall zum Affen machen musste.

Jetzt musste ich nur noch planen, was ich mit Alina unternehmen konnte, während die anderen in komischen Fernsehshows auftreten mussten und Autogrammstunden in altmodischen Plattenläden abhielten. Wenn ich sie schon von ihrem Studium und ihren Freunden fernhielt, wollte ich ihr wenigstens ein bisschen Spaß gönnen. Also auch außerhalb der Hotelzimmer, nicht nur in meinem Bett.

Da das aber Überraschungen werden sollten, konnte ich erst mit den Planungen beginnen, wenn sie morgen in der Uni war. Ich grinste in mich hinein und Alina sah mich skeptisch an. Wie sooft kommentierte ich mein Verhalten nicht, sondern brachte sie mit einem Kuss durcheinander.

Alina

Shane verhielt sich in den letzten Tagen vor dem Tourstart normal bis geheimnisvoll. Mehr als einmal hatte ich ihn erwischt, wie er hektisch Browserfenster schloss, wenn ich von hinten an ihn herantrat. Natürlich fragte ich mich, was er immer tat, doch ich hütete mich, ihn darauf anzusprechen. Alle Bandmitglieder standen unter Strom, weil sie noch nie so viele Konzerte in so kurzer Zeit gespielt hatten und waren mit Vorbereitungen beschäftigt.

Ich hatte alles organisiert, was ich konnte, und ließ nun den Rest auf mich zukommen. Das erste Konzert würde in Straßburg stattfinden und ich freute mich schon sehr darauf. In der ersten Woche konnte ich komplett dabei sein und Shane unterstützen.

Das einzige Thema, was wir bislang außen vorgelassen hatten, war, wie wir uns gemeinsam in der Öffentlichkeit zeigen wollten. Am Abend, bevor wir losfuhren und nachdem ich meine besten Blowjob-Künste angewendet hatte, sprach ich es endlich an.

»Wann haben wir denn den ersten Termin morgen?«, fragte ich und tat so unschuldig wie möglich. Shane lag neben mir und war sichtlich zufrieden.

»Wir?«, fragte er dennoch.

»Na ja, wenn ich schon mitkomme, dann …«

»Wir haben gar keine Termine«, unterbrach er mich, sodass ich zusammenzuckte. Er bemerkte es und drehte sich zu mir. Sein Blick war bittend und ich wusste, was er mir sagen wollte. Eigentlich hätte ich es mir denken können, trotzdem spürte ich einen Stich wegen seiner Zurückweisung.

»Alina ...«, fing er jetzt an, aber ich wandte ihm einfach den Rücken zu. Ich spürte, wie er näher kam, mich aber nicht berührte. Eine Träne rann mir heiß über die Wange und ich war froh, dass er sie nicht sehen konnte. Shane ließ es jedoch nicht wie sonst auf sich beruhen, sondern drehte mich sanft an der Schulter herum. Er küsste den Tropfen von meiner Haut. Seine Geste brachte nicht den gewünschten Effekt, denn immer mehr Tränen lösten sich unter meinen Wimpern. Shane zog mich ganz nah an seine Brust und umschlang mich so fest wie nur möglich.

»Ich will dich nur schützen«, murmelte er in meine Haare, sodass ich ihn kaum verstehen konnte.

»Okay«, sagte ich leise. Er würde mich also zehn Wochen verstecken. Oder ich musste mich unsichtbar machen. Nach den Konzerten würde ich in unser Hotelzimmer gehen und warten, bis er zurückkam. Wie auch in den letzten Wochen war ich dafür da, sein Bett zu wärmen und ihm Mut zuzusprechen, während er in der Öffentlichkeit so tat, als wäre er frei und ungebunden.

Resigniert drehte ich mich aus Shanes Armen, um mich auf den Bauch zu legen und zu schlafen. Ich spürte seine Lippen auf meinen Haaren, als er sie küsste.

»Schlaf gut, Princess«, sagte er.

»Bis später«, erwiderte ich wie jedes Mal.

Kapitel 11

Alina

Wie Shane es sich gewünscht hatte, stand ich am Bühnenrand und genoss das erste Konzert der Europatournee von »The Strange«. Sogar Lara und Travis waren zu diesem Event gekommen. Travis, weil er seinen kleinen Bruder unterstützte, und Lara, weil sie ihn natürlich begleitete, und wir uns den Gig gemeinsam ansehen wollten. Nach drei Zugaben entließ das Publikum sie schließlich von der Bühne, und wir traten zur Seite, um alle Bandmitglieder durchzulassen. Shane zog mich in eine dunkle Ecke und küsste mich ungewohnt stürmisch.

Atemlos von seinem Überfall sah ich ihn verwundert an. »Danke«, flüsterte er nur und hielt mich immer noch fest. Ich wusste nicht, was ich dazu sagen sollte, also lächelte ich ihn nur an. »Ich geh schnell unter die Dusche«, erklärte er und küsste noch einmal kurz meine Lippen, bevor er den anderen zu den Garderoben folgten.

Travis, Lara und ich gingen inzwischen zum nahe liegenden Klub, der für die After-Show-Party reserviert worden war. Sofort kamen Kellner auf uns zu und reichten uns Champagner. Nach und nach trudelten die anderen Gäste ein, unter ihnen auch zahlreiche Groupies, die etwas von den großen Rockstars mitbekommen wollten. Shane und die anderen Bandmitglieder trafen eine halbe Stunde später ein und wurden augenblicklich von Reportern umringt.

Sein Blick suchte meinen und ich nickte ihm auffordernd zu. Er musste mit den Leuten reden, das hatten ihm alle, einschließlich mir, gesagt. Also beobachtete ich, wie sie gefühlte Stunden ausgefragt wurden, und war froh, als offenbar alle Fragen gestellt worden waren und die Presseleute abzogen.

An deren Stelle traten jetzt Fans, die Autogramme haben wollten. Auch das musste Shane über sich ergehen lassen, denn dafür waren diese Partys unter anderem da. Nach einer Weile wurde es mir zu bunt (vielleicht war auch ein Mädchen, das unbedingt eine Unterschrift auf ihrem Dekolleté wollte, der Auslöser). Etwas zu heftig stellte ich mein Glas ab und wandte mich zu meinen Freunden.

»Könnt ihr ihm ausrichten, dass ich im Hotel bin?«, fragte ich Lara und Travis. Beide nickten, Lara mitfühlend, weil ich ihr erzählt hatte, wofür ich die nächsten Wochen da war, Travis war eher irritiert.

Vor dem Gebäude standen Taxis bereit und ich stieg in das Vorderste ein. Der Fahrer startete den Wagen schon, bevor ich ihm die Adresse des Hotels gesagt hatte, das glücklicherweise nur ein paar Minuten entfernt lag. Vor dem Eingang entrichtete ich den geforderten Betrag und ließ mir vom Portier die Tür öffnen.

Als ich im Aufzug zu unserem Stockwerk stand, vibrierte mein Handy in meiner Hosentasche. Im Sperrbildschirm las ich Laras Nachricht: »Er fragt nach dir.« Sofort ließ ich es in meine Handtasche fallen. Warum fragte er nach mir, wenn ich mich sowieso verhalten musste, als ob ich nur eine

Freundin der Band war? Mir stiegen die Tränen in die Augen, als mir wieder bewusst wurde, dass mein Shane mich vor allen außer seinen engsten Freunden verleugnete.

In unserem Zimmer zog ich mich aus und ging duschen. Das warme Wasser tat mir gut, doch es linderte nicht die Enttäuschung über die Situation. War das wirklich so lange aushaltbar oder würde ich vor dem Ende der Tour einknicken? Ich legte meine Stirn an die kühlen Fliesen, um zur Ruhe zu kommen. Das Wasser prasselte über meinen Rücken. Plötzlich spürte ich zwei kalte Hände an meinen Hüften und schrie erstickt auf.

»Wieso gehst du einfach ohne mich?«, fragte Shane hinter mir und ich entspannte mich sofort.

»Du warst beschäftigt und mir war langweilig«, antwortete ich patzig.

»Du hast bestimmt, dass ich mich um Fans und die Presse kümmern soll«, sagte er, während er eine Hand um meine linke Brust schloss und mich mit der anderen an sich zog. Sein Schwanz presste sich hart an meinen Hintern. Federleicht küsste er mich hinter das Ohr und zwirbelte meinen Nippel. Leise stöhnte ich auf, weil seine Berührungen sofort in meinen Unterleib schossen. »Wenn du ein paar Minuten gewartet hättest, wäre ich mit dir gefahren.«

Ich konnte nichts erwidern, weil er sich mit den Fingern meiner anderen Brust widmete und mit den Lippen über meine Schulter strich, also stöhnte ich nur kaum hörbar. Endlich legte er seine rechte Hand auf meinen Venushügel. »Ich kümmere mich lieber um dich als um die anderen«, raunte er, während er begann, meine Perle zu umkreisen. Es war unfassbar, wie geil er mich mit ein paar Berührungen machen konnte. Ohne seine Liebkosungen zu unterbrechen, positionierte er mich so, dass meine Beine gespreizt waren und ich mich mit beiden Armen an der Wand abstützen musste.

Shane spreizte mit den Fingern meine Schamlippen und ich spürte seine Eichel vor meinem Eingang. Wieder verwöhnte er meinen Kitzler mit leichten Berührungen und knetete meine Brust hart. Das reichte mir natürlich nicht aus.

»Shane, bitte …«, bettelte ich ihn an, damit er endlich in mich eindrang.

»Willst du, dass ich dich ficke?«, fragte er. Warum fragte er so was? War das nicht offensichtlich?

»Gott ja!«, stöhnte ich, als er mit den Zähnen über meinen Hals fuhr.

»Dann sag, dass du nicht mehr ohne mich gehst«, forderte er nun.

»Ja«, keuchte ich nur, weil er meine Brustspitze zwischen seinen Fingern rollte. Er hielt inne und gönnte mir keine neuen Lustschauer, die durch die Berührung seiner Finger über meinen Körper rieselten. »Ich geh nicht mehr ohne dich«, versprach ich ihm.

Endlich stieß er seinen Schwanz in mich und füllte mich aus. Mit harten Bewegungen vögelte er mich und streichelte weiter meine Knospe, sodass ich innerhalb weniger Minuten kurz vor meinem ersehnten Orgasmus stand. Ich drehte mein Gesicht in seine Richtung und sofort lagen seine Lippen auf meinen. Der Kuss erstickte mein Stöhnen, als ich kam und er fast gleichzeitig mit einem letzten harten Stoß in mich spritzte.

Shane

Wir standen noch einige Minuten unter dem warmen Wasser, bis ich es schaffte, mich von ihr zu lösen. Ich griff nach dem Duschgel und begann Alinas schönen Körper einzuschäumen. Als ich gemerkt hatte, dass sie nicht mehr bei der Party war, hatte ich Panik bekommen. Um sicherzugehen, dass ihr nichts passiert war, hatte ich Lara gefragt, wo sie war. Die erklärte mir nach einer Schimpftirade über mein Verhalten meiner Freundin gegenüber, dass sie sich auf dem Weg ins Hotel befand.

Nur kurz hatte ich Ben erklärt, dass ich gehen musste, und war auch schon in ein Taxi gesprungen. In Rekordgeschwindigkeit war ich an unserem Zimmer angekommen und hatte zum Glück die Dusche gehört.

Während ich dazu überging, nun auch Alinas Haare zu waschen, was ich sonst nie tat, überlegte ich, ob es klug war, wie ich sie behandelt hatte. Doch ich dachte an die Überraschung, die ich für den nächsten Tag geplant hatte, und ließ mich durch ihre wohligen Geräusche ablenken, die sie jetzt von sich gab. In kreisenden Bewegungen massierte ich ihre Kopfhaut, in der Hoffnung, dass sie sich entspannte. Schließlich lehnte sie sich an mich, sodass ich auch etwas von dem duftenden Schaum abbekam. Mich beschlich das Gefühl, dass ich mich langsam in einen Softie verwandelte, und verzog dabei das Gesicht. Zum Glück sah meine Freundin meine Grimasse nicht.

Mit der Brause spülte ich uns beide ab und half Alina schließlich aus der Duschkabine. Ich wickelte sie in ein Handtuch, ihre Haare in ein zweites und trocknete mich dann selbst schnell ab. Alina ging schon zum Bett und wirkte, als hätte sie immer noch weiche Knie von ihrem Orgasmus. Sie krabbelte unter die Decken und platzierte sich so, dass ich mich direkt hinter sie legen konnte. Sie war schon fast eingeschlafen, als ich ihr eine gute Nacht wünschte, aber sie antwortete noch mit »Bis später«.

Alina

Nach einigen Nächten, in denen ich zu Beginn noch Panik bekommen hatte, war ich inzwischen ruhig, als Shane mich mit seinem Albtraum weckte. Er lag über mir, krallte seine Hände in meine Arme und murmelte den Namen seiner toten Schwester, als könnte er ihr damit helfen.

»Shane«, sagte ich leise. »Alles ist gut, ich bin da.« Er hörte nicht auf, etwas war heute anders. »Shane«, probierte ich es etwas lauter und versuchte, mich aufzurichten. Nach einigen Versuchen ließ er es zu und riss die Augen auf. Er schlang die Arme wieder um mich und legt den Kopf an meine Schulter. Immer noch sagte er ständig »Sarah, Sarah« und ich wusste nicht, warum er nicht damit aufhörte. Also streichelte ich über seinen Kopf. Nach einigen Minuten war er wieder ruhiger, ließ mich aber nicht los. Vorsichtig legte ich mich zur Seite und hoffte, dass er wieder einschlief. Mein Arm wurde schwer, und ich ließ meine Hand einfach auf seinem Kopf liegen. Kurz darauf begann er, sich wieder zu winden. Wieder begann ich, durch seine Haare zu streichen, und hörte nicht auf, bis ich einschlief.

Als ich aufwachte, hatte ich das Gefühl, beobachtet zu werden. Ich öffnete die Augen und begegnete natürlich Shanes Blick, der mich kritisch musterte.

»Morgen«, sagte er, ohne seinen Blick zu lösen.

»Guten Morgen«, gähnte ich. Ich fühlte mich wie

erschlagen, weil ich in der Nacht mindestens zwei Stunden wach gewesen war. Außerdem taten mein Arm und meine Schulter weh.

»Hab ich nicht geträumt?«, fragte er. Er sah aus, als wartete er seit Stunden darauf, dass ich wach wurde, um mir diese Frage zu stellen.

»Doch«, antwortete ich ihm mit einem erneuten Gähnen. »Aber es war anders.«

»Wie, anders?« Seine Mimik bewölkte sich leicht.

»Du hast mich nicht losgelassen und bist nicht wachgeworden. Irgendwann hast du dich beruhigt und ich bin wieder eingeschlafen.« Sein Blick verdunkelte sich weiter und ich spürte, dass er etwas sagen wollte, es aber nicht tat. »Was glaubst du, warum es anders war?«

»Gestern, als du plötzlich weg warst …«, begann er und strich sich mit einer nervösen Geste über die Haare. Genau wie ich es in der Nacht getan hatte. »Ich hatte Panik, dass dir etwas passiert ist«, beendete er schließlich den Satz und sah verlegen aus. Deswegen war er so bestimmend gewesen, als wir miteinander geschlafen hatten … Umständlich robbte ich ihm ein Stück entgegen und schmiegte mich an ihn. Sofort legten sich seine Arme wie ein Schraubstock um mich.

»Ich gehe nicht mehr ohne dich«, sagte ich ihm, wie schon gestern.

»Versprichst du es?«, fragte er noch einmal nach. Gott, war er süß!

»Indianerehrenwort«, murmelte ich. Am liebsten würde ich noch eine Runde schlafen. »Shane?«, fragte ich deshalb.

»Ja, Princess?«

»Wann muss ich aufstehen?«

»Wann du willst.« Das war mein Stichwort. Innerhalb von Sekunden war ich wieder eingeschlafen und fühlte mich sehr wohl in Shanes Armen.

Die Band war heute zu Gast in einer Fernsehshow, nur Shane nicht, denn der durfte das erste Mal schwänzen. Als ich mittags wieder aufgewacht war, hatte er mir versprochen, dass wir dafür etwas unternehmen würden. Allein das hatte mich stutzig gemacht. Etwas zusammen zu machen außerhalb unserer Wohnungen und ohne die Band … das hatten wir noch nie getan, so komisch es sich anhörte.

Ich zog eines meiner luftigen Kleider an, denn es war relativ warm in Straßburg, als Shane aus dem Bad kam. Er war schon fertig angezogen. Seine Finger legte er auf meinen Bauch, als er mich von hinten umarmte.

»Bist du so weit?«, fragte er zwischen zwei Küssen auf meinen Hals. Ich nickte zur Antwort und lehnte mich gegen ihn. Wollte ich überhaupt etwas unternehmen? Gerade machte er mir die Entscheidung schwer. »Nimm eine Jacke mit, auf dem Wasser ist es kühl«, meinte er noch.

»Wasser?«, fragte ich, als ich mich von ihm löste und mich herumdrehte. Er grinste nur mysteriös und nahm seine Lederjacke, die ihn fast überall hin begleitete. Aus meinem Koffer suchte ich einen Schal und eine Strickjacke heraus und legte dann meine Hand in seine. Zusammen fuhren wir in die Lobby und stiegen dann in einen Wagen. Shane sagte nichts zum Fahrer, offenbar wusste der schon Bescheid. An einem Bootsanleger hielt er an und öffnete erst mir, dann Shane die Tür. Ein Mann um die 60 erwartete uns und begrüßte uns freundlich auf Deutsch. Auch er half mir gentlemanlike ins Boot, Shane kam hinter mir her.

Unter einem kleinen Dach stand eine gepolsterte Bank, davor ein Tisch, der mit Kerzen, Wein und Flammkuchen gedeckt war. Ich grinste über beide Ohren, als ich sah, wie viel Mühe er sich gegeben hatte. Er grinste schief – offenbar fühlte er sich nicht zu hundert Prozent wohl bei der Sache.

»Danke«, hauchte ich und küsste ihn auf die Wange.

Der Kapitän tuckerte mit uns über die Nebenarme der Ill durch die Altstadt. Fasziniert bewunderte ich die Fachwerkhäuser, die direkt am Ufer standen, trank hervorragenden Wein mit meinem Freund und futterte den leckeren Flammkuchen. Die ganze Zeit über hielt er meine Hand. Als er bemerkte, dass ich fröstelte, half er mir in meine Jacke und drapierte den Schal um meinen Hals und mein Dekolleté. Shane saß sichtlich entspannt eben mir.

»Besser als ein Fernsehauftritt?«, fragte ich ihn irgendwann. Er legte den Arm um mich und sagte: »Viel besser.«

Nach sechs Wochen auf Tour war ich froh, dass Shane einige Veranstaltungen nicht besuchen musste. Wann immer er frei hatte, unternahmen wir Ausflüge, je nachdem, was die Städte, in denen wir waren, gerade boten. Shane hatte jede freie Minute verplant, um mir die Tour so angenehm wie möglich zu machen. So grantig er auch sein konnte und so schwierig es manchmal war, mit ihm zu reden, er war einfach unglaublich süß. In Wien hatte er das Riesenrad am

Prater tatsächlich für eine halbe Stunde nur für uns gemietet, und wir waren ungesehen dorthin und auch wieder ins Hotel gekommen.

Wenn ich zwischendurch nach Hause musste, versuchte ich, so viel mit ihm in Kontakt zu bleiben wie möglich. Ich wusste von Josh, dass er dann viel launischer war, als wenn ich dabei war. Es waren immer nur zwei oder drei Tage, die ich in Deutschland verbrachte, aber er schaffte es, die Bandmitglieder und die Crew an den Rand des Wahnsinns zu treiben. Pünktlich zu jedem Konzert war ich wieder in der jeweiligen Stadt, weil Shane es geschafft hatte, die Flüge genauso zu buchen, dass es passte. Zusätzlich hatte er immer Fahrer engagiert, die mich vom Flughafen abholten.

Gerade hatten wir noch in einer kleinen Trattoria (in der sonst natürlich keine Gäste waren) zu Abend gegessen und jetzt saßen wir auch schon wieder in einem Wagen und fuhren zum Fumicino Airport. Shane war jetzt schon noch wortkarger als sonst. Die Jungs würden heute Abend mit dem Bus weiter nach Sizilien fahren und ich würde in drei Tagen nachkommen. Kaum merklich drückte er meine Hand, als wir von der Autobahn zum Flughafen abfuhren.

»Shane, in drei Tagen lande ich schon wieder in Palermo«, sagte ich und versuchte, dabei fröhlich zu klingen.

»Mmmhmm«, machte er nur. Ihm war einfach nicht zu helfen.

»Tust du mir einen Gefallen?«, fragte ich ihn zuckersüß.

»Mmh«, machte er wieder. Unfassbar.

»Sei nett zu den anderen.« Er sah mich verwundert von der Seite an. »Weißt du, es gibt Menschen, die auch mal mit anderen Menschen reden.« Ich zwinkerte ihm zu, damit er mich nicht zu ernst nahm.

»Ich versuch's.« Das war wenigstens ein Anfang.

Der Fahrer hielt an einem Seiteneingang des Flughafens und holte mein Handgepäck aus dem Kofferraum, während mein Freund mir beim Aussteigen half. Er brachte mich so weit es ging und zog mich dann wie üblich in eine dunkle Ecke. Der Kuss, den er mir schenkte, war bittersüß wie jeder Abschied, aber wir wussten beide, dass es nur kurz war. Trotzdem vergrub er eine Hand in meinen Haaren und drückte mich mit der anderen an seine Brust, als ob wir uns jahrelang nicht sehen würden. Er ließ seine Zunge mit meiner tanzen, streichelte und neckte sie. So vorsichtig wie möglich löste ich mich nach gefühlten Stunden von ihm.

»Ich muss los«, hauchte ich in sein Ohr und drückte ihm noch einen Kuss auf die Wange.

»Sag Bescheid, wenn du da bist«, forderte er. Ich nickte und ließ auch seine Hand los. Wie in einem kitschigen Film sah er mir so lange nach, bis ich durch alle Kontrollen gegangen war und dann um eine Ecke bog. Noch einmal ging ich zurück – er stand immer noch wie angewachsen da – und warf ihm eine Kusshand zu. Sein Lächeln ließ mich dahinschmelzen.

Shane

Es war notwendig, dass sie nach Hause flog, und ich hatte auch noch alles geplant. Dabei hasste ich es, wenn sie ging. Und sie hatte recht – ich ließ es die anderen spüren. Schon als ich wieder zum Wagen ging, erreichte meine Laune den Tiefpunkt. Ich ließ mich zum Tourbus fahren und stieg ein. Normalerweise würde ich jetzt nichts sagen, doch ich hatte Alina versprochen, nett zu sein.

»Hi!«, sagte ich deswegen in die Runde. Alle sahen mich verwundert an. »Ich weiß. Sorry.« Das musste reichen.

Mein Platz war ganz hinten, dort verschanzte ich mich und wartete, bis Alina Bescheid sagte, dass sie gut angekommen war. Natürlich wusste ich genau, wann die Maschine landen sollte, und ich trackte sie auch auf meinem Handy. Es war verrückt, schon klar, aber irgendwie hatte ich das Gefühl, ihr näher zu sein. Das Flugzeug war gerade gestartet, als sich Josh mit zwei Flaschen Bier in der Hand mir gegenüber setzte. Eigentlich hatte ich keine Lust auf Gesellschaft. Aber es war ganz schön armselig, ein Flugzeug zu stalken.

»Cheers«, sagte Josh, als er mir die Flasche gereicht hatte. Ich nickte ihm kurz zu.

»Hat sie dir gesagt, dass du ein Arsch bist, wenn sie nicht da ist?«, fragte er ganz unverfroren.

»Nicht so.« Sie hatte sich doch deutlich netter ausgedrückt. Josh lachte, wahrscheinlich über meinen genervten Gesichtsausdruck.

»Sie tut dir gut«, meinte er jetzt. Kurz dachte ich über seine Worte nach, dann nickte ich bedächtig. Das tat sie wirklich. »Shane, ich weiß, warum du sie verstecken willst, aber das wird nicht für immer gut gehen.« Ich trank einen Schluck und nickte wieder. Auf die Idee war ich selbst schon gekommen. »Liebst du sie?«

»Bist du bescheuert?« Was stellte er denn für Fragen! Sie war meine Freundin, wir verstanden uns gut und der Sex war fantastisch.

Wieder lachte er schallend, bevor er noch einen Schluck trank. »Denk drüber nach«, meinte er noch.

Die nächsten Minuten saßen wir einfach schweigend da und schauten aus dem Fenster in die dunkle Landschaft.

Nach knapp zwei Stunden und zwei weiteren Bieren, die ich mit den Jungs zusammen getrunken hatte, kam endlich die Nachricht von Alina, dass sie angekommen war. Ich atmete auf.

Alina

Die Zeit in Deutschland hätte ich mir auch sparen können. Als ich am Morgen danach in meinem eigenen Bett ganz allein aufgewacht war, fühlte ich mich wie erschlagen. Und das, obwohl ich keinen Freund neben mir liegen hatte, der mich mitten in der Nacht weckte. Den ganzen Tag verbummelte ich, weil ich nicht fit genug war, um mit Reza zu trainieren. Abends war ich mit Lara verabredet, aber ich bat sie, dass sie zu mir kam. Ich hatte wirklich keine Lust, in irgendeine Bar zu gehen.

Als sie ankam, begrüßte sie mich mit einem herzlichen »Du hast auch schon mal besser ausgesehen«, aber sie umarmte mich und schon fühlte ich mich nicht mehr ganz so schlecht.

»Hab mir eine Erkältung eingefangen. Wahrscheinlich von der Klimaanlage im Flugzeug.«

»Kenn ich«, meinte Lara und ließ sich auf mein Sofa fallen. Klar, meine beste Freundin flog noch öfter und vor allem länger durch die Weltgeschichte als ich. »Wie läuft's mit Shane?«, fragte sie, nachdem ich ihr ein Glas Wein und mir einen Tee geholt hatte.

Ich begann von den Ausflügen zu erzählen, und wie er mich verabschiedet hatte. Auch was die anderen über seine Launen in meiner Abwesenheit sagten, berichtete ich.

»Ach du Scheiße! Du hast diesen Gesichtsausdruck!« Kurz stand ich auf dem Schlauch, bis ich checkte, dass sie mich gerade zitierte. Es war gefühlte Ewigkeiten her, als ich mit ihr dieses Gespräch geführt hatte – nur anders herum.

»Oh nein, meine Liebe. Spar es dir! Ich bin definitiv nicht verliebt«, intervenierte ich augenblicklich.

»Ach ja? Du siehst so verträumt aus. Deine Augen leuchten, deine Wangen werden ganz rosig …« Sie grinste diabolisch.

»Hör auf, mir meine eigenen Worte im Mund herumzudrehen! Und warum kannst du dich eigentlich so genau daran erinnern?«

Sie tippte sich nur an die Nase und trank einen Schluck.

»Ernsthaft, so süß, wie er manchmal sein kann, aber wie könnte ich in einen Mann verliebt sein, der nie redet, so gut wie keine zwischenmenschlichen Beziehungen unterhält und mich öffentlich verleugnet?« Ha! Wenn ich ihr damit mal nicht den Wind aus den Segeln genommen hatte.

»Erinnerst du dich an die drei Fragen?« Natürlich erinnerte ich mich, also nickte ich. »Beantworte sie!«, forderte sie mich auf.

»Ja, er weiß, dass ich mit dir verabredet bin. Ja, ich wäre jetzt lieber bei ihm in Italien, und ja: Ich habe mit ihm den besten Sex meines Lebens.« Gespielt resigniert stöhnte ich auf und zuckte mit den Achseln.

Meine allerbeste Freundin, die mich eindeutig zu gut kannte, grinste über das ganze Gesicht.

»Sagst du es ihm?«, fragte sie jetzt.

»Bist du bescheuert?«, fragte ich sie entrüstet. Shane, dem Eisklotz, sagen, dass ich in ihn verliebt war?! Gott bewahre! Dann könnte ich mir auch gleich selbst in den Arsch treten.

Als ich am nächsten Morgen aufwachte, fühlte ich mich trotz zwölf Stunden Schlaf noch schlechter als am vorherigen Tag. Durch die Nase bekam ich keine Luft, mein Hals fühlte sich an wie frisch sandgestrahlt und mein T-Shirt klebte mir am Leib, weil ich nassgeschwitzt war. Nachdem ich mich mühsam aufgerappelt hatte, ließ ich mir ein Bad ein und lag stundenlang im Wasser. Ich stellte es mal wärmer und mal kälter, je nachdem, wie es gerade besser für mich war.

Um Shane nicht zu beunruhigen, schickte ich ihm ein paar Nachrichten und versuchte, mit allem, was die Hausapotheke hergab, meine Erkältung zu bekämpfen. Meine Mutter schüttelte nur den Kopf, als ich zu ihr ging und nach Medikamenten fragte. Sie gab mir, was sie hatte, doch meinte, dass ich unmöglich am nächsten Tag wieder in ein Flugzeug steigen konnte.

Den Rest des Tages verbrachte ich mit meinen neuen Freunden, den Taschentüchern und Tee, auf der Couch und zappte durch die Kanäle. Am Ende blieb ich bei einem Doku-Sender hängen und sah mir stundenlang Dokumentationen über Tierbabys an. Auch nicht verkehrt. Ich bekam zwar kaum etwas richtig mit, aber das war schlussendlich auch egal. Das Wichtigste war, dass ich mich ausruhte, um am nächsten Tag fit zu sein.

Kapitel 12

Alina

Meine Mutter saß neben mir und legte mir etwas Eiskaltes auf die Stirn. Vor Schreck zuckte ich zurück und öffnete gleichzeitig die Augen. Es war hell und ich lag auf meiner Couch.

»Was machst du hier?«, fragte ich. Meine Stimme hörte sich an, als hätte ich zwei Flaschen Whiskey getrunken und dazu eine Stange Zigaretten geraucht.

»Es ist schon Mittag und ich habe nichts von dir gehört. Das Thermometer sagt, dass du 40,5 Grad Körpertemperatur hast.«

»Verdammt! Ich muss noch Wäsche waschen und packen und dann muss ich …«

»Alina, du fliegst heute nirgendwohin. Maximal fahren wir zum Arzt. Obwohl das nicht nötig ist, denn der ist schon auf dem Weg hierher.«

»Mom, das geht nicht! Shane wartet auf mich und …« Während ich sprach, versuchte ich, mich aufzurichten, doch schon das war zu anstrengend.

»Schaffst du es ins Bett?«, fragte sie, ohne auf meine Einwände einzugehen.

»Ich weiß nicht …«, antwortete ich ihr wahrheitsgemäß.

Sie sagte nichts weiter, sondern half mir, aufzustehen und mich in mein Bett zu legen. Der Arzt kam eine halbe Stunde später und hatte schon Antibiotika mitgebracht. Er verbot mir, in der nächsten Woche irgendetwas Anstrengendes zu tun. Als ich sicherheitshalber nachfragte, meinte er, dass auch ein Flug nach Italien dazu gehörte. Meine Mutter hielt sich im Hintergrund undmischte sich nicht ein. Dafür war ich auch eindeutig schon zu alt.

»Kannst du mir mein Handy bringen?«, bat ich sie, als der Arzt wieder weg war. Sie zog eine Braue nach oben. »Ich muss Shane Bescheid sagen, dass ich nicht komme«, erklärte ich weiterhin. Sie drehte sich auf dem Absatz um und brachte mir mein Telefon bevor sie ging. Als ich es entsperrte, sah ich, dass Shane mir 14 Nachrichten geschickt hatte. Weil ich keine Kraft hatte, sie zu lesen, schrieb ich ihm einfach, dass ich nicht kommen konnte.

Keine zehn Sekunden später klingelte es in meiner Hand.

»Princess, was ist los?«, fragte Shane. Es hörte sich an, als hätte er gerade einen Marathon im Sprint hingelegt.

»Der Arzt sagt, ich muss liegen bleiben …«, begann ich zu erklären.

»Arzt? Was ist passiert? Warum hast du nichts gesagt? Du hast nicht geantwortet, ich dachte, irgendwas wäre passiert …« Er brach einfach ab und beendete seinen Wortschwall nicht.

»Mach dir keine Gedanken. Ich hab mir eine Grippe mit Mandelentzündung eingefangen und mit 40 Grad Fieber darf ich nicht fliegen.« Ich versuchte, ihn zu beruhigen.

»Du hast was?« Shane wurde laut. Oh. Er wurde nie laut.

»Ich nehme Antibiotika, in ein paar Tagen …«

»Warte kurz«, unterbrach er mich einfach. Schon wieder.

Im Hintergrund hörte ich ihn reden. »Ben! Ich kann heute nicht spielen … Ich muss nach Deutschland fliegen … Ach fick dich doch!«

»Shane, hör auf«, versuchte ich es, obwohl ich wusste, dass er es nicht mitbekam. Wieder hörte ich Shane reden, doch er sprach so schnell und auf Englisch, dass ich ihm mit meinem schwammigen Hirn nicht folgen konnte.

»Alina, ich … die anderen sagen, dass ich ein Konzert nicht … schwänzen kann.« Ich musste ein bisschen lachen, denn das Wort »schwänzen« betonte er überdeutlich. Er hatte es von mir gelernt.

»Das kannst du auch nicht. Deine Fans erwarten dich und du kannst die Jungs nicht im Stich lassen. Ich bleib hier liegen und wenn ich halbwegs fit bin, komme ich dahin, wo ihr gerade seid.«

»Was sagt dein Arzt?« Dieses Mal klang er einfach nur besorgt. Mein Herz zog sich ein bisschen zusammen.

»Er meint, es dauert ungefähr eine Woche.«

Ich hörte, wie Shane in Italien laut ausatmete. »Das ist lang«, sagte er schließlich.

»Glaub mir, ich wäre jetzt auch lieber in Sizilien, aber ich schaffe es keine zehn Schritte weit.«

»Ach Fuck.« Das war das Einzige, was er sagte.

»Shane, können wir morgen noch mal telefonieren? Ich bin echt fertig …« Den Satz brachte ich nicht zu Ende, sondern gähnte und hustete gleichzeitig.

»Princess, wenn ich was tun kann …« Er hörte sich leicht verzweifelt an.

»Das wird schon wieder, ich werde schon nicht sterb…« Verdammt. Warum hatte ich das gesagt?

Lange Zeit kam von ihm nichts. »Meld dich morgen, okay?«, bat er mich irgendwann.

»Klar, mach ich. Viel Erfolg nachher.« Meine Stimme klang schläfrig und mein Kopf fühlte sich an, als wäre er auf dem Jahrmarkt mit Zuckerwatte gefüllt worden.

»Schlaf gut, Princess.«

»Bis später.« Mein Telefon rutschte aus meiner Hand. Zum Glück landete es auf der weichen Matratze und nicht auf dem Boden.

Shane

Gerade bekam ich einen Eindruck davon, wie es war, ein Tier im Zirkus zu sein. Obwohl ich für mich selbst sehr oft diese Metapher gebraucht hatte, traf sie auf keinen Fall zu. In der Flughafenlounge lief ich ständig im Kreis und irritierte die anderen Gäste. Es war mir scheißegal. Der nächste Flug ging erst in zwei Stunden und ich wartete schon mehr als eine. Nachdem Ben mir klargemacht hatte, dass ich auf die Bühne musste und dann das schlechteste Konzert aller Zeiten gespielt hatte, war ich zum Flughafen gefahren. Die Lounge war ein Witz und der Airport insgesamt zum Lachen. Unter anderen Umständen hätte ich auch gelacht, aber gerade war mir nicht danach. Überhaupt nicht.

Alina war zu Hause und hatte sich dermaßen neben der Spur angehört, dass ich sogar die zweite Zugabe abgesägt hatte, und einer der anderen den Bass übernehmen musste. Es war mir egal, doch es brachte auch nichts, hier mitten in der Nacht zu warten. In der Lounge saßen vielleicht fünf Menschen und alle sahen mich an, als wäre ich irre. Ich war es auch. Alleine, dass sie sich einen halben Tag lang nicht gemeldet hatte, hatte mich wahnsinnig gemacht. Als ich die Nachricht las, dass sie nicht kommen könnte, wäre mir beinahe das Herz stehen geblieben. In nur ein paar Sekunden gingen mir alle Dinge durch den Kopf, die passiert sein konnten. Nur, dass sie krank war, daran hatte ich nicht gedacht.

Der Kaffee aus dem Automaten schmeckte entsetzlich und die Lounge ging mir auf den Sack. Also wanderte ich eine Weile draußen herum, eigentlich auf der Suche nach einem dieser Glaskästen, in denen man rauchen durfte. Als ich nach gefühlten Stunden keinen gefunden hatte, fragte ich einfach eine Flughafenmitarbeiterin.

Die reagierte aber gar nicht so, wie ich erwartet hatte, sondern rastete regelrecht aus. Sie umarmte mich und quietschte laut in mein Ohr. Nachdem ich sie wieder von mir geschoben hatte, flüsterte sie ständig meinen Namen und zog einen Stift aus der Tasche. Mir ging ein Licht auf – offenbar war sie eines der kreischenden Fangirls, die sonst vor den Hallen auf uns warteten. Immerhin zeigte sie abwechselnd auf ihren Schlüssel und eine Tür. Sie ging vor und ich folgte ihr nach draußen. Dort standen wenigstens eine Bank und ein Aschenbecher.

Da sie offenbar kein Wort Deutsch oder Englisch sprach, deutete ich auf meine Uhr, um sie zu fragen, wie lang ich bleiben konnte. Sie machte eine beruhigende Geste. So verbrachte ich also die restlichen zwei Stunden in einer Ecke des Rollfeldes, immer mal wieder unterbrachen andere Mitarbeiter meine Gedanken, weil sie auch Autogramme wollten. Manche brachten dafür Kaffee mit und eine sogar einen Muffin. Manchmal war es doch ganz praktisch, wenn man öffentlich erkannt wurde.

Alina

Es war schon richtig hell, als ich meine Lider ein Stückchen hob. Noch immer kam es mir wie eine unfassbar große Anstrengung vor. Langsam setzte ich mich auf, um an die Tasse auf meinem Nachttisch zu kommen, die meine Mutter dort abgestellt hatte. Shane stand wie so oft am Fenster … Moment!

»Shane?«, krächzte ich. Er wirbelte herum und musterte mich besorgt. Sofort erkannte er, was ich vorhatte, und reichte mir den lauwarmen Tee. »Was machst du hier?«

»Du bist krank.« Super Begründung.

»Das weiß ich auch, aber du musst in Palermo sein!« Wieder musste ich husten. Shanes Blick huschte hin und her.

»Brauchst du irgendwas?«, fragte er leise.

»Mir ist nur kalt …« Shane ging ins Wohnzimmer und brachte die Decke von meinem Sofa mit. Zögernd sah er mich an, während er die Decke über mich breitete. »Kommst du zu mir?«, fragte ich, weil er keine Anstalten machte, sich weiter zu bewegen. »Nur kurz, nicht, dass ich dich anstecke.« In Windeseile hatte er seine Boots und die Jeans ausgezogen und legte sich zu mir. Seine Arme umschlangen mich regelrecht, sodass ich kaum Luft zum Atmen hatte. Nach ein paar Sekunden bemerkte er es und entspannte sich ein bisschen.

»Ich hab mir Sorgen gemacht«, flüsterte er, als er mir ein paar verschwitzte Strähnen aus der Stirn strich und mir tief in die Augen sah. Ich küsste ihn kurz auf die Wange und kuschelte mich dann wieder an ihn.

»Wann musst du wieder zurück?« Mein Hirn brachte es nicht zustande, über den Tourplan nachzudenken.

»Übermorgen spielen wir in San Marino.«

»Okay, vielleicht kann ich dann mit …«

»Du wirst nicht mitkommen!«, bestimmte er. »Du bleibst so lange im Bett, bis es dir wieder gut geht.« Immer wieder strich er über meinen Kopf und es war mir ein bisschen unangenehm, dass ich wahrscheinlich wie ein Zombie aussah.

»Na gut«, maulte ich, aber ich wusste, dass er recht hatte.

Die meiste Zeit, die Shane bei mir war, verschlief ich. Er nutzte die Zeit zum Arbeiten. Es musste ziemlich lustig aussehen, wie mein Kopf auf seinem Bauch lag und er über mich drübergreifen musste, um an die Tastatur seines Notebooks zu kommen. Doch er wollte es so. Wenn ich irgendetwas brauchte, sprang er auf und holte es mir. Er war wirklich süß.

An den Telefonaten, die er mit Ben führte, merkte ich, wenn ich mal wach war, dass sie sich scheinbar ständig E-Mails schickten. Mehr als einmal versuchte ich, ihm klarzumachen, dass er nicht bei mir bleiben musste und die Band ihn brauchte, aber er wollte es nicht hören.

Wie ich so da lag und nichts zu tun hatte, dachte ich darüber nach, was Lara gesagt hatte. Ab und zu warf ich Shane aus dem Augenwinkel einen Blick zu. Beim letzten Mal musste ich wohl zu auffällig gewesen sein.

»Was ist, Princess?«, fragte er mit einem Grinsen.

»Ach, nichts … Ich … ich hätte gerne Palermo gesehen«, erfand ich schnell. Das war auch die Wahrheit, hatte aber nichts mit meinen aktuellen Gedanken zu tun.

»Wir können irgendwann noch mal hin«, meinte er. In meinem Magen flatterte es ein bisschen. »Irgendwann« klang schon mal ganz gut.

»Das wäre schön«, gähnte ich und schloss wieder die Augen.

Am nächsten Nachmittag beobachtete meine Mutter schmunzelnd, wie Shane sich von mir verabschiedete. Er kniete vor meinem Bett und sah mir tief in die Augen.

»Ich schreib dir, wenn wir fertig sind. Ruf an, wenn du kannst.«

»Mach ich«, versprach ich ihm, als er mich auf die Stirn küsste. Noch ein letztes Mal sah er mich an, doch meine Mutter räusperte sich.

»Shane, dein Wagen ist da«, sagte sie.

Unsere Finger waren immer noch verschränkt und er küsste meinen Handrücken, bevor er mich losließ und von meiner Mom nach unten begleitet wurde.

Der Arzt hatte am Ende recht behalten. Es dauerte mehr als eine Woche, bis ich mich wieder gut genug fühlte, um fliegen zu können. Shane hatte mir bereits einen Flug nach Prag gebucht und ich war ganz aus dem Häuschen, als ich meinen Koffer packte.

Wieder stand meine Mutter im Türrahmen. Sie hatte einfach ein Talent dafür, mich in den unpassendsten Situationen zu beobachten.

»Nichts Ernstes, also?«, fragte sie jetzt. Sie bezog sich auf ein Gespräch, das wir vor Wochen geführt hatten, als ich ihr erklärt hatte, »The Strange« bei ihrer Tour zu begleiten.

»Mom, bitte!«, stöhnte ich.

»Also bei eurem Abschied sah das aber ganz anders aus …« Sie grinste mich an.

»Ach, da war ich bloß sentimental«, winkte ich ab.

»Ich meinte nicht dich, mein Schatz.« Mein Kopf ruckte herum, als ich verstanden hatte, was sie sagte. »Er liebt dich.« Die einzige Erwiderung, die mir einfiel, war, heftig den Kopf zu schütteln.

»Los, pack deinen Koffer, ich fahre dich zum Flughafen«, sagte meine Mutter mit einem immer noch wissenden Grinsen.

Der Flug hatte gefühlte Ewigkeiten gedauert, genauso wie die Fahrt durch die ganze Stadt. Ich wusste, dass die Jungs schon mit dem Soundcheck fertig waren, also ging ich direkt in den Garderobenbereich, als ich an der Location ankam. Die Sicherheitsleute waren alle instruiert und ich hatte quasi überall Zugang.

Leise öffnete ich die Tür zu Shanes Raum. Er saß auf der Couch, hatte den Kopf in den Nacken gelegt und die Augen geschlossen. Ein paar Minuten sah ich ihn nur an, bis er mich bemerkte. Als er den Blick hob und mich sah, breitete sich ein glückliches Strahlen über sein Gesicht. Wie in Zeitlupe ging ich auf ihn zu und er stand auf. Er schloss mich in seine Arme und legte seinen Kopf auf meinen. Einige Minuten blieben wir einfach so stehen, bevor er mich zärtlich küsste.

Unsere liebevolle Begrüßung wurde jedoch schnell unterbrochen. Josh und Ben stürmten in die

Garderobe und riefen laut: »Sie ist wieder da! Sie ist wieder da!«

Lachend drückte ich sie beide und sah sie fragend an. Josh schüttelte kaum merklich den Kopf. Hoffentlich hatte Shane sich benommen.

Während die Vorband spielte, saßen wir zusammen und die anderen erzählten mir, was ich verpasst hatte. Shane beteiligte sich kaum am Gespräch, aber er hatte den Arm über meine Stuhllehne gelegt und streichelte über meine Schulter. Immer wenn ich ihn ansah, lächelte er. Jetzt wusste ich wieder, warum ich überhaupt hier war.

Da ich die Show inzwischen in- und auswendig kannte, sah ich nur meinem Freund zu, wie er in seiner Musik voll aufging. Was musste das für ein überragendes Gefühl sein, seine eigenen Songs so vielen Leuten zu präsentieren? Nach jedem Konzert war er so entspannt wie selten. Und er hatte vorher einfach aufhören wollen …

Das letzte Konzert der Europatour von »The Strange« war in Berlin. Schon in zwei Tagen würde das Abenteuer für uns vorbei sein und alles wieder in geregelten Bahnen stattfinden. Die letzten Wochen waren weitgehend unspektakulär verlaufen, wenn man das so sagen konnte – schließlich war ich mit einer Rockband unterwegs.

Am Abend vor dem letzten Tourtag stand ich auf dem Balkon unseres Hotelzimmers und sah mir die Stadt an. Irgendwie hatte ich in der letzten Zeit Gefallen daran gefunden.

Shane trat neben mich und reichte mir ein Glas Wein. Irgendwie war es seltsam, den Rockstar, den ich bei mehr als 30 Konzerten auf der Bühne gesehen hatte, mit einem Glas Wein zu sehen. Dennoch freute ich mich über die Selbstverständlichkeit, die unsere Beziehung inzwischen angenommen hatte. Auch wenn wir uns niemals gemeinsam in der Öffentlichkeit zeigten oder er der Presse sagte, dass es mich gab.

»Ich möchte dich um etwas bitten«, sagte Shane unvermittelt und verschränkte seine Finger mit meinen.

»Um was?«, fragte ich ihn überrascht, weil er selten als Erster das Wort ergriff.

»Komm morgen nicht zur Pressekonferenz.« In den anderen Ländern hatte ich ab und zu im Publikum gestanden, wenn sie Interviews gaben, bei denen er dabei sein musste.

»Warum nicht?«, fragte ich nach.

»Es wird viel los sein. Ich erzähl dir später alles.« Genau. Der Mann, der es kaum schaffte, mehr als drei Sätze aneinanderzureihen, würde mir alles erzählen. Ich beugte mich zu ihm und küsste ihn zärtlich wie immer. Das war definitiv eine meiner Lieblingsbeschäftigungen. Er nahm mir mein Glas aus der Hand, ohne den Kuss zu unterbrechen und stellte es irgendwo ab. Oder warf es auf die Straße. Im Grunde war es mir gleichgültig, denn er drängte seinen Körper gegen mich und drückte mich damit an das Geländer.

Shane

Wie fast immer trug ich meine Sonnenbrille und blickte mich gelangweilt in der Menge um, in der Hoffnung, dass keiner der Pressetypen mich ansprach. Die Pressekonferenz wurde von neugierigen Zeitungs- und TV-Leuten bestimmt, die immer die gleichen Fragen stellten, und Ben, der sie mit einer unfassbaren Geduld beantwortete.

Zusätzlich waren um die hundert Fans ausgewählt worden, die dabei sein durften. Gerade, als unser Tourmanager verkündete, dass es eine Unplugged-Show geben würde, bei der nur geladene Fans anwesend sein durften, brach ein Tumult unter den Groupies aus.

Offenbar wollten alle dabei sein, wenn wir unsere Songs ohne Verstärker performten. Auf der Bühne würde uns wohl kaum etwas passieren und die Securities bemühten sich schon, Ruhe in die wogende Masse zu bringen, was nicht ganz einfach war.

Wie von selbst richtete sich mein Blick auf einen Schopf kastanienbrauner Haare, die Alinas zum Verwechseln ähnlich sahen. Auch die dunkelgrüne Bluse kam mir verblüffend bekannt vor. Ich war schon im Aufstehen begriffen, da erreichte sie die Eingangstür und drehte sich zu mir um.

Kapitel 13

Shane

Ich ging nicht zurück ins Hotel, nachdem die Interviews beendet waren, sondern fuhr mit den anderen in die Konzerthalle. Innerlich tobte ich, weil sie sich meinen Wünschen widersetzt hatte. Warum war sie nicht einfach im Zimmer geblieben? So spannend war das doch nicht, schließlich kannte sie alle Antworten schon!

Die Jungs fragten sich, warum ich so mies drauf war, das merkte ich, auch wenn es keiner aussprach. Die Komik dieser Situation war mir wohl bewusst, sonst war ich es, der nichts direkt sagte.

Mir war vorab klar gewesen, dass es eventuell zu Handgreiflichkeiten kommen könnte, so gut kannte ich die Fans inzwischen. Die Ankündigung war so neu, dass sie vorher nicht durch die Medien gegangen war, weil wir erst gestern das Angebot bekommen hatten. Aber genau aus diesem Grund wollte ich meine Freundin nicht im Gedränge wissen, sondern wohlbehalten im Hotel. Im Idealfall nackt in meinem Bett, wo sie auf mich wartete.

Wahrscheinlich würde sie nie verstehen, dass ich sie nicht verstecken wollte, weil ich sie verleugnete. Sie war die wahrscheinlich beste Frau, die man allen anderen vorstellen konnte. Es gab einen einfachen Grund, warum ich sie nicht offiziell als meine

Freundin mitnahm: Es war auch gefährlich. Und genau das wollte ich für sie nicht.

Das Gerede wäre vermutlich groß, wenn die Tochter und die Schwester eines waschechten Herzogs mit mir, dem schweigsamen, abgefuckten Rockstar zusammen wäre. Aber vielleicht war das ihr Ziel? Wieder mehr in die Öffentlichkeit zu geraten. Der erfolgreiche Songwriter und die Prinzessin. Das wäre doch mal eine Schlagzeile!

Alina

Das Konzert war mein Highlight und der Abschluss eines großartigen Abenteuers mit meinem Freund und der Band. Ich war wahnsinnig überrascht gewesen, dass Lara und Travis gekommen waren. Okay, die waren öfter dabei, dennoch war es toll, dass sie hier waren.

Wir applaudierten der Vorband, die wirklich gut gewesen war, und beobachteten die Bühnenbauer während der kurzen Pause. Shane hatte mir geschrieben, dass er keine Ablenkung wollte, also ging ich nicht zu ihm nach hinten. Wir warteten nur ein paar Minuten, da sahen wir sie auch schon, wie sie sich ihre In-Ears einstöpselten und sich mit ihren Instrumenten bereit machten. Ich strahlte meinen Freund an, der mein Lächeln kaum erwiderte. Er war wohl komplett konzentriert, das kannte ich bereits.

»The Strange« spielten immer das gleiche Set mit drei oder vier Variablen, die ich trotzdem in- und auswendig kannte, weil ich schon so viele Konzerte gesehen hatte. Der Beginn war wie immer fulminant, denn das Intro des neuen Albums gab es einfach her.

Im Laufe der Show nahm ich wahr, dass Shane wohl doch nicht so konzentriert war. Er machte Fehler. Das passierte ihm einfach nicht. Er war der Perfektionist der Band, das musikalische Brain, wie Josh es einmal genannt hatte. Die anderen waren wohl so in der Musik versunken, dass sie es nicht merkten.

Ich wartete darauf, dass er mir wie immer den ein oder anderen Blick zuwarf, doch er tat es nicht. Mein Magen zog sich unangenehm zusammen. War er sauer auf mich? Ja, ich war auf der Pressekonferenz gewesen, doch ich hatte mich unauffällig verhalten und mich vor dem großen Ansturm der Fans zurückgezogen.

In der nächsten Stunde begann es in mir zu brodeln. Immerhin hatte ich ihm nichts versprochen, sondern mich nur mehr im Hintergrund gehalten. Langsam ging mir diese Heimlichtuerei wirklich auf die Nerven.

Das Publikum forderte drei Zugaben, die »The Strange« ihnen gewährte. Schließlich war das der gebührende Abschluss der fast drei Monate andauernden Tour. Ich betrachtete das Konzert seit einer Weile mit einem ganz anderen Fokus. Wie konnte ich Shane milde stimmen? Er war nicht oft sauer auf mich, also war das nicht mein Spezialgebiet.

Gerade, als nur Tom den Rhythmus mit den Drums spielte, und alle Anwesenden den Refrain des erfolgreichsten Songs mitsangen, geschah es. Shane sah mich an und sein Blick war … eiskalt.

Wir warteten nach der Show im Backstagebereich auf die Band. Hier kamen keine Fans hin, denn wir wollten erst einmal im »inneren Kreis« auf die erfolgreiche Tour anstoßen. Um mich herum herrschte Euphorie, doch ich hatte ein mulmiges Gefühl. Eigentlich wollte ich nur noch mit Shane ins Hotel fahren und klären, was auch immer ihm auf dem Herzen lag. Außerdem mussten wir darüber sprechen, wie wir jetzt weitermachen würden.

Nach zehn Wochen auf Tour war die Situation eine komplett andere als zuvor.

Wie immer war mein Freund der letzte, der den Raum betrat. Ich hatte schon Ben, Josh und Tom beglückwünscht, als Shane hinterherkam. Ohne ein Wort ließ er sich auch von mir in die Arme schließen und ging dann weiter zu Travis, um in seine erhobene Hand einzuschlagen. Was war das denn? Kein Wort, kein Kuss? Hier wussten doch alle, dass wir zusammen waren!

Als er die Runde abgeschlossen hatte, holte er sich ein Bier aus dem Kühlschrank und ließ sich auf einen Sessel fallen. Ich sah seine Hand zur Innentasche seiner Jacke zucken, wo er seine Sonnenbrille immer verstaute, doch er holte sie nicht heraus. Die anderen hatten sich in Grüppchen verteilt und ich stand ganz allein im Raum herum. Da ich sowieso einer Konfrontation nicht aus dem Weg gehen konnte, holte ich mir auch ein Bier und setzte mich schließlich neben Shane. Er sah in alle Richtungen – nur nicht in meine.

»Hey, ihr wart wirklich gut heute!«, sagte ich, obwohl ich es nicht so meinte.

Shane drehte den Kopf und sah mich an. Er sagte nichts, sondern zog nur eine Augenbraue nach oben.

»Okay, ein paar Fehler können passieren.« Ich grinste ihn an, damit er meine Unsicherheit nicht bemerkte. Shane nickte nur langsam. »Bist du sauer auf mich?«, fragte ich ihn rundheraus.

»Sauer? Alina, ich bin alles andere als sauer«, sagte er in einem Tonfall, der Stahl in zwei Hälften teilen konnte.

»Was ist dann mit dir los?«

»Es kann so nicht gehen.«

»Ich wollte heute Abend sowieso mit dir sprechen, wir müssen es ändern, dass ich mich ständig verstecken muss. Das ist wirklich lästig«, erwiderte ich, froh, dass er es endlich einsah.

»Lästig?«, wiederholte er schneidend.

»Ja, ständig muss ich mich …«

»Lästig ist das falsche Wort, Alina. Es wird nicht mehr notwendig sein.« Seine Worte waren die Richtigen, doch der Tonfall stimmte nicht.

»Wie genau meinst du das?«, fragte ich deshalb mit einer Spur Unsicherheit. Er stand auf – warum tat er das? Ich erhob mich ebenfalls, um mit ihm auf Augenhöhe zu sein.

»Ich meine, dass es jetzt nicht mehr notwendig ist, dass du mir auf Schritt und Tritt folgst.« Shanes Stimme war so laut, dass sich die ersten zu uns herumdrehten.

»Aber du wolltest …«, begann ich, doch er schnitt mir das Wort ab.

»Aber was genau willst du? Du willst doch nur das Leben, das ich dir bieten kann!«, warf er mir an den Kopf.

»Shane, was …?« Seine Worte waren so unwirklich, dass er sie unmöglich ernst meinen konnte.

»Das, was du die letzten Wochen erlebt hast! Das Abenteuer, die Presse, die Öffentlichkeit und die Medien, die nach neuen Geschichten gieren!«

»Aber … nein, wir können auch einfach …« Ich brach ab, weil er noch einen Schritt auf mich zumachte. Mit seinem düsteren Gesichtsausdruck und den eiskalten Augen machte er mir schon ein bisschen Angst.

»Wir? Ein wir gibt es nicht. Du willst ständig meine Freundin sein und es mit aller Welt teilen. Du willst immer dabei sein, obwohl du es nicht sein solltest.«

»Shane, das war einmal heute«, intervenierte ich.

»Und sonst? Sonst bist du doch nur auf den Ruhm aus, den du durch mich bekommen würdest, weil du selbst nur eine mittelmäßige Studentin und verwöhnte Tochter bist.« Wenn er mir ins Gesicht geschlagen hätte, hätte es weit weniger wehgetan. Auch wenn er mir ein Messer in den Bauch gejagt hätte, es wäre halb so wild gewesen. Aber das?

»Shane«, flüsterte ich und stolperte zurück, doch hinter mir war eine Wand. Ich war gefangen.

»Geh einfach. Wir sind hier fertig«, zischte er.

Unfähig, irgendetwas zu sagen, starrte ich ihn nur mit offenem Mund an. Hatte er das gerade wirklich gesagt? Und auch so gemeint? Er sagte nie etwas, ohne es auch so zu meinen. Noch immer sah Shane mich aus eiskalten Augen an, als ob ich mich dadurch in eine Eisskulptur verwandeln könnte. Sein Starren wurde jedoch durch meine winzige beste Freundin unterbrochen, die ihn einfach zur Seite schubste. Sie funkelte den Mann an, der bis vor ein paar Sekunden mein Freund gewesen war, und nahm mich an der Hand. Geduldig zog sie mich nach draußen, über die Straße zum Parkplatz. Dort stand Travis' riesiges Auto, das sie eigentlich nie fuhr. Da ihr Freund aber nicht mitgekommen war, würde sie es wohl oder übel tun müssen. Warum war Travis nicht hier? Und wie würde er nach Hause kommen? Innerlich lachte ich mich selbst aus, weil mir gerade jeder Gedanke lieber war, als über Shanes Worte zu grübeln.

»Hotel oder nach Hause?«, fragte Lara, nachdem sie mich ins Auto gesetzt hatte.

»Nach Hause«, flüsterte ich. Es war mir unmöglich, jetzt ins gleiche Hotel zu fahren, in dem auch Shanes Zimmer war. Lara tippte auf ihrem Handy herum. Wahrscheinlich sagte sie ihrem Freund Bescheid.

Die vier Stunden Fahrt verbrachten wir schweigend. Meinen Kopf hatte ich angelehnt und so starrte ich an die Decke. Ich versuchte, einfach nicht daran zu denken, was gerade passiert war. Lara sagte vorsichtshalber auch nichts dazu. Der Himmel färbte sich schon leicht grau, als wir bei mir zu Hause eintrafen.

»Soll ich mit reinkommen?«, fragte Lara leise. Kopfschüttelnd schnallte ich mich ab und beugte mich zu ihr herüber, um sie zu umarmen.

»Danke«, hauchte ich in ihr Ohr. Ich öffnete die Tür und ging die große Treppe unseres Hauses hinauf. Lara wartete, bis ich die Tür von innen geschlossen hatte.

Es klopfte leise an meine Schlafzimmertür, aber ich hatte keine Lust, etwas zu sagen. Seit ungefähr zwölf Stunden starrte ich meine Zimmerdecke an und versuchte, zu verdrängen, was Shane gesagt hatte. Natürlich gelang es mir nicht.

Meine Mutter kam herein, obwohl ich sie nicht darum gebeten hatte. Im Schlepptau hatte sie meinen Koffer, den ich einfach nicht mehr abgeholt hatte. Zusätzlich hatte sie eine Kiste in der Hand. Obendrauf lagen Klamotten von mir, die bis vor Kurzem noch in Shanes Kleiderschrank gelegen hatten.

»Willst du drüber reden?«, fragte meine Mom vorsichtig. Ich schüttelte den Kopf. Langsam wurde ich genauso wortkarg wie Shane. Sie stand noch eine Weile im Türrahmen und musterte mich, bevor sie endlich ging. Als sie ging, liefen die ersten Tränen über meine Wangen. Bisher hatte ich mich im Griff gehabt und hatte nicht geheult. Doch als ich realisierte, wie schnell er mich aus seinem Leben verbannen konnte, war es mir nicht mehr möglich, sie aufzuhalten.

Kapitel 14

Alina

Nachdem die ersten Tränen meine Wangen benetzt hatten, hörten sie nicht mehr auf. Nur wenn ich für ein paar Stunden schlief, hatten meine Tränendrüsen ein bisschen Pause. Ich warf mich unruhig im Bett hin und her, ohne wirkliche Erholung zu finden.

Wie konnte Shane bloß so von mir denken? Für ihn und die Band hatte ich so viel auf mich genommen und ich hatte es gerne getan. Immerhin hatte er mich darum gebeten, ihn zu begleiten. Oder hatte ich mich aufgedrängt? Schon bei der Aufnahme des Albums war es eher Zufall gewesen, dass ich dabei gewesen war. Aber wenn ich an diesem einen Tag nicht einfach ins Studio gefahren wäre? Und wenn ich ihm nicht gesagt hätte, dass er die Jungs nicht im Stich lassen durfte? Ja, ich hatte mich eingemischt, aber niemals war ich auf Publicity aus, nur weil ich seine Freundin war.

Nachdem ich meine Mutter verscheucht hatte, die am Morgen wieder ungefragt meine Wohnung betreten hatte, schloss ich von innen ab und ließ den Schlüssel stecken, damit keiner mehr hier hineinkam. Ständig wollte sie darüber reden, was geschehen war. Auch Lara hielt nicht still. Pausenlos rief sie an oder schrieb Nachrichten. Irgendwann machte ich mein Handy einfach aus, sodass ich endlich Ruhe zum Nachdenken hatte.

Ich ließ jede Konstellation Revue passieren, in die ich mich hätte hineindrängen können. Jedes Mal, wenn ich ihn zu etwas überredet hatte oder wenn ich auch nur einen Wunsch geäußert hatte. Ja, es waren viele Situationen. Aber waren es nicht ebenso viele gewesen, in der Shane etwas getan hatte, was gut für uns gewesen war?

All die kleinen Ausflüge, die wir unternommen hatten und die er im Geheimen geplant hatte. Wie er zu mir geflogen war, als ich mit Grippe im Bett gelegen hatte, nur weil er nicht wollte, dass ich allein war. Darum hatte ich ihn in keiner Weise gebeten. Und wenn er das nur getan hatte, damit ich die Füße stillhielt und ihn nicht weiter bedrängte?

Wieder und wieder versuchte ich, die Geschehnisse der letzten Monate aus seiner Sicht zu betrachten. Doch das war gar nicht so einfach. Wie sollte man auch einen Menschen verstehen können, der verschlossener war als die missmutigste Auster? Er hatte so viel für sich behalten, was für mich vielleicht wichtiger gewesen wäre, um ihn zu verstehen. Die Geschichte seiner Familie zu Beispiel: Ich hatte ihm geholfen, wo ich konnte, aber dennoch wollte er mich nicht einweihen.

Während ich in meiner Küche herumkramte, auf der Suche nach etwas Essbarem, auf das ich Lust hatte, ging mir ein weiterer Vorwurf seinerseits durch den Kopf. Ja, ich war nicht die allerbeste Studentin, was aber nicht daran lag, dass ich zu blöd war. Vielmehr hatte ich mein Studium wegen ihm vernachlässigt – ohne ihm daraus ein Strick drehen zu wollen. Es war meine Entscheidung gewesen und ich hätte sie auch anders fällen können. Es war mir nun mal nicht unbedingt das Wichtigste, in möglichst kurzer Zeit mit dem Studium fertig zu werden. Und ich war sicherlich kein verwöhntes Mädchen. Zwar mochte es auf den ersten Blick so aussehen, aber gerade Shane hätte es besser wissen müssen.

Was war also in den letzten Stunden vor dem Konzert passiert, das ihn so umdenken ließ? War es wirklich nur die Tatsache gewesen, dass ich bei dieser dämlichen Pressekonferenz aufgetaucht war? Was war denn so schlimm daran?

Ich pfefferte meinen Küchenschrank zu, weil wirklich nichts darin meine Aufmerksamkeit fesselte, und legte mich wieder in mein Bett. Auch hier konnte ich mich nicht richtig fallen lassen, weil Shane eben auch hier gewesen war. Als ich den Blick hob, sah ich den noch immer nicht ausgepackten Trolley und wieder schossen mir die Tränen in die Augen.

Und dann hatte er mir diese ganzen Dinge auch noch vor allen seinen – und meinen – Freunden an den Kopf geworfen. Ich meine, wie bescheuert ist das denn? Er hätte doch einfach ein paar Stunden warten können. Auf der After-Show-Party hätte ich mich so oder so nicht an ihn gehängt, wie immer.

Es machte mich wütend, dass er so über mich dachte. Und es machte mich traurig, dass es ihm offenbar so leichtfiel. In den letzten Wochen hatten wir fast jeden Tag zusammen verbracht und uns nie wirklich gestritten. Im Gegenteil, wir hatten eine eigenartige Symbiose aufgebaut. War ich für ihn nur eine Art Anker gewesen, damit er die Zeit auf Tour überstand? Oder tatsächlich nur eine Fickbeziehung, wie ich es zu Beginn betitelt hatte? Natürlich wäre das extrem einfach für ihn gewesen und die paar

Brocken, die er mir hingeworfen hatte, waren dafür gewesen, dass ich nicht herumzickte.

Es hörte sich nach einer logischen Erklärung an und doch schickten diese Gedanken einen Schmerz durch mich, der mich zu zerreißen drohte. Ich rollte mich auf meinem Bett zu einer Kugel zusammen und hoffte, dass ich so davor sicher war, zu zerbrechen. Stumm rannen mir die Tränen aus den Augenwinkeln und durchnässten die Matratze.

»Alina! Mach auf! Du weißt, dass Travis auch die Tür eintreten kann!« Lara hatte also die schweren Geschütze aufgefahren. Nachdem ich mich vier Tage nicht gemeldet hatte, stand sie jetzt auf der Matte. Es war nur eine Frage der Zeit gewesen. Eigentlich hätte ich sie viel früher erwartet. Eine Minute überlegte ich, ob ich wirklich die Tür öffnen sollte. Bestimmt sah ich aus wie der Tod. Aber bei meiner besten Freundin war das egal.

Nachdem sie noch einmal sehr vehement gegen die Tür gehämmert hatte, schlurfte ich durch den Flur und öffnete sie. Zu meiner Überraschung stand neben ihr nicht Travis, sondern Louisa, meine Schwägerin.

»Scheiße, er hat einen Zombie aus dir gemacht!«, rief Lara so sensibel, wie es ihre Art war. Meistens liebte ich sie dafür, doch gerade hatte ich nicht die Kraft dazu.

»Hi«, sagte ich nur. Die Tür hielt ich offen, denn die beiden würden nicht gehen, ohne mich vorher ausgequetscht zu haben.

»Wow«, sagte jetzt auch Louisa, keinesfalls positiv beeindruckt.

»Okay, wir haben was zu essen und Wein mitgebracht, aber du brauchst vorher eine Dusche. Lass dir Zeit!« Lara machte eine wedelnde Handbewegung in Richtung Badezimmer. Ich wusste, dass ich keine Chance hatte. Also ergab ich mich meinem Schicksal und ging ins Bad. Um den Spiegel machte ich einen großen Bogen, sondern zog mich nur schnell aus und stellte mich unter warmes Wasser.

Als ich fertig war, fühlte ich mich durchaus besser. Jetzt traute ich mich auch, mein Spiegelbild zu betrachten. Meine Nase war rot vom Heulen und meine Augen rot geädert und blutunterlaufen. Mit den Augenringen konnte ich tatsächlich als Komparse bei »The Walking Dead« mitspielen. Immerhin bewegte ich mich auch in etwa in der gleichen Geschwindigkeit.

Im Schlafzimmer zog ich mir bequeme Sachen an und warf dem Koffer einen strafenden Blick zu. Darin war mein Lieblingsshirt, das ich jetzt hätte gut gebrauchen können. Doch wahrscheinlich würde ich es so schnell nicht schaffen, die Sachen auszupacken. Da würde ich mir wohl ein neues Lieblingsstück zulegen müssen. Das war bedeutend einfacher.

Lara und Louisa hatten im Wohnzimmer alle Fenster aufgerissen. Der Septemberwind wehte durch meine Wohnung und brachte den Geruch der Wiesen und Felder mit sich. Auf dem Tisch standen schon Pizza und Getränke bereit. Die beiden Mädels sahen mich abwartend an, als ich im Türrahmen verharrte.

»Okay, sagt, was ihr zu sagen habt«, forderte ich die beiden auf, nachdem ich mich gesetzt hatte.

»Shane ist ein Arsch.« Lara war die Erste, die nach einer Weile das Wort erhob.

»Jep«, schloss Louisa sich an. Ich warf ihr einen Blick zu, der funkelnd sein sollte, es aber wahrscheinlich nicht war. »Lara hat mir erzählt, was er gesagt hat. Das kann er ja wohl nicht ernst meinen!«

»Offenbar tut er das aber. Und jetzt muss ich eben damit klarkommen«, sagte ich trotzig. In diesem Moment reagierte ich tatsächlich wie eine verwöhnte Tochter, was mir einen Stich versetzte.

»Iss«, sagte nun Lara und schob mir ein Stück Pizza hin. Erst betrachtete ich es nur kritisch, aber dann grummelte mein Magen so laut, dass ich schließlich doch hineinbiss. Die Mädels warteten ab, bis ich das zweite Stück auch noch gegessen hatte, dann fing Lara an.

»Du kannst nicht für immer hier drinbleiben, weißt du?«, fragte sie ein bisschen oberlehrerhaft. Das war mir schon klar, also nickte ich langsam.

»Alina, du darfst dich von einem Kerl nicht so herunterziehen lassen. Das hast du nicht verdient und du weißt es.« Kurz erinnerte ich mich an die Situation, als sie über Wochen nicht mit Aaron gesprochen hatte, nur weil der ihr einen Antrag gemacht hatte. Offenbar sah sie es mir an und schnaubte. »Du weißt, dass die Situation nicht vergleichbar ist.«

»Süße, Shane wird schon merken, was er für einen Riesenfehler mit seinem bescheuerten Auftritt gemacht hat, glaub mir«, intervenierte Lara jetzt.

»Ja, klar! Erst beschimpft er mich als ruhmgeiles, verwöhntes Mädchen und dann merkt er, dass es nicht wahr ist! Großartiger Plan, BFF.« Ich trank einen Schluck aus meinem Glas. Der Wein war nicht halb so gut, wie der in … Schluss jetzt, Alina, schimpfte ich mit mir selbst.

Louisa drehte ihr Glas in der Hand und sah mich abwartend an. »Trotzdem kannst du hier nicht so herumvegetieren. Denk doch mal an dein Studium, an deine Pferde. Was soll Reza ohne dich machen?« Natürlich schaffte sie es, auch noch den letzten wunden Punkt in mir zu treffen.

»Ich … keine Ahnung. Ich denke, ich brauche nur eine Weile, um das alles zu verarbeiten«, gestand ich schließlich ein. Meine beste Freundin und meine Schwägerin nickten synchron.

Shane

Die anderen erwarteten von mir, dass ich zu den Presseterminen ging und mich wie ein normaler Mensch benahm, was ich auch tat. Allerdings nur, wenn andere Augen als die meiner Freunde auf mich gerichtet waren. Es war gut, direkt nach der Tour noch etwas zu tun zu haben, sonst wäre ich in ein Loch gefallen. Wir waren fast noch mehr unterwegs als vorher, was mich dazu zwang, Zeit mit den anderen zu verbringen.

Keiner von ihnen hatte bisher offensiv angesprochen, wie ich mit Alina umgegangen war, und das war auch besser für sie. Das war wirklich das letzte Thema, über das ich auch nur ansatzweise sprechen wollte. Jeder von ihnen hatten mir nach dem Streit gemischte Blicke zugeworfen. Ja, ich war ein Idiot gewesen, auch das sagten sie mir, dennoch waren sie die Einzigen, von denen ich Verständnis erwarten konnte. Auch Travis, dessen Freundin Alina nach Hause gefahren hatte, brachte mir, wenn auch nur einen verschwindend geringen Teil, davon entgegen. Sie kannten mich eben schon ewig. Doch in so eine Situation wie mit ihr war ich noch nie hereingestolpert. Denn genauso war es gewesen. Ich hatte keine Beziehung gewollt, so wie ich es ihr von Anfang an gesagt hatte. Aber die Prinzessin hatte sich hinterrücks in mein Leben geschlichen und es gründlich auf den Kopf gestellt. Warum hatte ich sie nicht einfach nach dem ersten Sex aus meinem

Zimmer komplementieren können wie sonst auch? Ach ja, weil der Sex verdammt gut gewesen war. Und weil ich aus irgendeinem Grund mehr davon gewollt hatte. Mehr von ihr.

Gedanklich suchte ich immer wieder den Punkt, an dem sie sich so weit in mein Leben geschlichen hatte, dass ich sie nicht mehr hinausbekam. Als ich sie mit zu Bens Party genommen hatte? Oder als sie im Studio aufgetaucht war und ich sie als meine Freundin vorgestellt hatte? Definitiv aber an dem Tag, als ich sie bat, mit auf Tour zu gehen. Das war DER Fehler gewesen. Niemals hätte ich es so weit kommen lassen dürfen. Dann hätte sie auch nicht für ein solches Chaos in meinem Kopf und in meinem Leben gesorgt.

Nachdem wir heute das vorerst letzte Interview gegeben hatten, saßen wir gemeinsam in Bens Wohnung. Offenbar war dieser Abschluss auch der Startpunkt, an dem sie anfingen, mir auf den Sack zu gehen. Josh hielt mir ein Bier hin und setzte sich neben mich.

»Willst du das irgendwann wenigstens klarstellen?«, fragte er direkt. Ich wusste, was er meinte, würde ihm aber sicherlich nicht darauf antworten. »Du weißt, dass sie das nicht verdient hat.« Scherzkeks. Wie wollte er denn beurteilen, was ich wusste und was nicht? »Denk drüber nach«, sagte er und stand auf.

So ging das den ganzen Abend weiter. Ständig ging mir jemand damit auf den Sack. Als am Ende auch noch Tom neben mir saß und in abgewandelter Form das Gleiche sagte wie die anderen, riss mein Geduldsfaden.

Ohne ein Wort stand ich auf und verließ Bens Wohnung. Zu meinem Hotel war es nicht weit, also ging ich zu Fuß. Ein Taxi hätte sich definitiv nicht gelohnt.

Im Zimmer angekommen warf ich die Tür hinter mir zu und lehnte mich dagegen. So lange es ging, sah ich mich nicht darin um, sondern starrte auf den Boden. Über kurz oder lang musste ich mir eine neue Bleibe suchen.

Kapitel 15

Alina

Noch immer hatte ich nicht ganz verstanden, warum Shane so reagiert hatte. Auch nach drei Wochen, in denen ich mir diese Frage ungefähr eine Millionen Mal gestellt hatte, kam ich auf keine sinnvolle Antwort. Die konnte er mir wahrscheinlich nur selbst geben, aber ich würde mich hüten, ihn danach zu fragen. Insgesamt wollte ich nicht einmal darüber nachdenken, mit ihm zu sprechen. Schweren Herzens hatte ich Lara gebeten, mir keine Neuigkeiten von »The Strange« zu erzählen, und hielt mich auch von Zeitungen und sozialen Medien fern, um nichts mitzubekommen.

Am schlimmsten war jedoch, dass ich nicht einmal mit Josh, Ben oder Tom sprechen wollte, die mir sehr ans Herz gewachsen waren. Ich wusste nicht, wie sie dazu stehen würden. Entweder sie unterstützten seine Entscheidung oder hielten ihn für verrückt. Da ich jedoch sämtliche Kontakte, die etwas mit Shane zu tun hatten, blockiert hatte, würde ich es wohl so schnell nicht erfahren.

Leider waren Semesterferien. Ja, ich meine leider – denn so konnte ich mich nicht mit Vorlesungen und Seminaren ablenken. Erst in einer Woche fing das Wintersemester an, doch ich hatte schon begonnen, mich darauf vorzubereiten. Zusätzlich trainierte ich mit Reza und einigen anderen Pferden, die ich in den letzten Monaten sträflich vernachlässigt hatte. Der ganze Trubel um die Band und meine Trennung von Shane hatten dazu geführt, dass mein Fokus sich völlig verschoben hatte. Nach einem Sommer voller Abenteuer versuchte ich jetzt, alles wieder richtig zu sortieren. In meinem Kopf wirbelte noch viel durcheinander, sodass ich sehr ruhig war, um auf meine Gedanken hören zu können. Daher kam ich auch nicht richtig mit Menschenansammlungen zurecht. Sie waren zu laut, zu fröhlich, zu anstrengend.

Also blieb ich zu Hause. Nicht eingesperrt in meiner Wohnung wie am Anfang, sondern einfach im Haus meiner Eltern und in den Ställen. Es tat mir gut, wie jetzt gerade vor meinen Büchern zu sitzen und die Skripte aus den letzten Semestern noch einmal durchzugehen. So war ich gewappnet, wenn alles wieder losging. Ich überlegte sogar, einige Klausuren zu wiederholen, denn sie waren nicht so gut gelaufen, wie ich gehofft hatte.

Die Unterlagen von Zivilrecht waren so langweilig, dass ich mein Gehirn dazu zwingen musste, bei der Sache zu bleiben. Aus Erfahrung wusste ich, dass es kein gutes Ende nehmen würde, sollte ich abschweifen. Da ich aber wusste, dass mich die Berechnung von Erbanteilen nicht weiter fesseln würden, stand ich auf und sah hinaus auf die Weiden. Es war erst Nachmittag, also konnte ich noch einiges mit den Pferden machen.

Nachdem ich mich umgezogen hatte, ging ich in den Stall, um nach ihnen zu sehen. Reza stand in der Box und sah mich kritisch an. Wahrscheinlich hatte er Angst, dass ich bald wieder einfach so verschwinden würde. Ich beschloss, dass ich ihn nie wieder so vernachlässigen durfte. Meine Mutter hatte zwar weiter mit ihm gearbeitet, dennoch hatte es der persönlichen Beziehung zwischen mir und dem ängstlichen Tier einen kleinen Bruch eingebracht. Wenn ich mich Reza ausgiebig widmen würde, könnte ich den Riss hoffentlich kitten. Aus der Kammer holte ich alles, um ihn zu putzen und ihm so zu zeigen, dass ich für ihn da war.

Manchmal beschlich mich das Gefühl, dass es mich mehr beruhigte als den Hengst, aber das war nebensächlich. Ich spürte seine Wärme und seine Nähe. Nach einigen Minuten, in denen ich ihn ausgiebig striegelte, ließ er sich spürbar mehr auf mich ein. Auch meine Gedanken kamen nicht mehr ins Schlingern. Manche Menschen glaubten es nicht, aber die Arbeit mit Tieren war eine gute Therapie. Egal, was man hatte, sie gaben einem das Gefühl, zu verstehen. Und das war für mich gerade das Beste, was ich machen konnte.

Lara verzweifelte beinahe an mir, weil ich kaum mit ihr sprach, was so gar nicht meine Art war. Aber ich wusste, dass sie es eigentlich verstand. Auch sie hatte es mit Travis nicht immer leicht gehabt. Wobei, eigentlich war es anders herum gewesen. Noch eher konnte Louisa mir dabei helfen. Aber es war für mich im Moment nicht der richtige Weg, mit anderen darüber zu sprechen.

Irgendwann lehnte ich mich einfach an Rezas warmen Hals. Er schnaubte leise, unternahm aber nichts dagegen. Mit den Fingern strich ich durch seine Mähne und ließ sie hindurchgleiten. Es erinnerte mich an Shane, wenn er nachts aufgewacht war …

Gewaltsam stoppte ich die Tränen, die sich mal wieder zeigen wollten, und sammelte meine Sachen ein. In meiner Wohnung leuchtete mein Handy auf – ich hatte schon wieder Nachrichten von Lara, die fragte, ob ich mit ihr ausgehen wollte. Trotzig ignorierte ich mein Telefon und ging duschen, um mich danach auf dem Sofa einzurollen und irgendeinen Horrorfilm anzusehen. Am besten einen, bei dem ganz viel Blut spritzte. Oder einen mit Zombies. Diese ganzen Schnulzen konnte ich im Moment nicht aushalten.

Kaum hatte das neue Semester begonnen, atmete ich deutlich freier. Und das, obwohl ich sonst immer lieber andere Dinge getan hatte, als hier zu sein. Jetzt konnte ich wieder in den alten Gebäuden herumlaufen, mir spannende Diskussionen mit Kommilitonen liefern und war einfach abgelenkt. Wie ich mir vorgenommen hatte, konzentrierte ich mich ganz auf meine Vorlesungen. Einige Dozenten wunderten sich, als ich zwei Veranstaltungen in Folge in der ersten Reihe saß. Das war zwar der Inbegriff des Streber-Daseins, aber es war mir egal. Sonst hatte ich mich eher im Mittelfeld aufgehalten, doch in den kommenden Monaten würde das Jurastudium ganz oben auf meiner Prioritätenliste stehen.

Während ich mir auf meinem Notebook Notizen zu dem machte, was der Professor erzählte, bemerkte ich, dass die anderen nicht zuhörten. Sie tuschelten ununterbrochen, aber ich wusste nicht, warum. Als ob es ein Stichwort gegeben hatte, hatten sie begonnen, hinter vorgehaltenen Händen Informationen auszutauschen. Ich versuchte weiterhin, der

Vorlesung zu folgen, doch meine Kommilitonen machten es mir wirklich schwer.

Als ich mit meiner Geduld am Ende war, zog ich mein Handy aus der Tasche und sah den Grund, weshalb der Professor nur noch mit sich selbst sprach. In der kommenden Woche stand die Jura-Fakultätsfeier an und alle planten fröhlich mit. Die Partys waren legendär, denn es gab die besten Mottos, Specials und die lustigsten Geschichten danach. Die meisten Menschen dachten wahrscheinlich, dass Juristen wirklich langweilig waren, aber das war definitiv nicht richtig.

Mittlerweile hatte der Dozent es aufgegeben, uns etwas beibringen zu wollen, und betrachtete genauso stumm wie ich das Spektakel. Die alles entscheidende Frage nach über vier Wochen, die ich nur zu Hause verbracht hatte, war: Würde ich die Feier besuchen? War ich bereit dafür, auf Hunderte andere Menschen zu treffen? Ich konnte es mir eigentlich nicht leisten, fernzubleiben, denn diese Veranstaltungen waren wichtig, um Kontakte zu knüpfen und ein Netzwerk für mein späteres Berufsleben aufzubauen. Doch mein Verstand sträubte sich dagegen, solche Menschenmassen auf mich wirken zu lassen.

Natürlich hinterfragte es keiner, ob ich auftauchen würde. Die nächste Amtshandlung der Fachschaft war, alle Studenten zu Diensten einzuteilen. Ein »Nein« galt hier nicht. Seufzend trug ich mich für den Aufbau am Freitag ein, denn ich hatte keine Lust, während der Feier hinter der Theke zu stehen und Leute zu bedienen. So hatte ich wenigstens auch noch die Wahl, dass ich spontan nicht erscheinen konnte. Zufrieden mit meinen Überlegungen fuhr ich nach

Hause, um mich direkt umzuziehen und zu Reza zu gehen.

Er war ein fester Pfeiler meiner psychischen Stabilität geworden. Denn zum Glück konnte er mir weder verbal in den Hintern treten noch mir widersprechen. Auch wenn ich manchmal das Gefühl hatte, dass er es doch tat. So wie gerade, als er eine Runde an der Longe lief und mich immer wieder vorwurfsvoll ansah. Als ob er meine Gedanken erraten konnte.

Als mir auch das zu blöd war, putzte ich ihn und kehrte in meine Wohnung zurück. Ich sah, dass Lara versucht hatte, mich anzurufen, und rief umgehend zurück, damit sie nicht mit einem SEK meine Wohnung stürmte.

»BFF! Was ziehst du bei der Juraparty an?« War ja klar, dass sie auch von der Veranstaltung wusste.

»Ich weiß nicht nicht mal, ob ich hingehe …«, antwortete ich leise und machte mich bereit.

»WAS? Du kannst da nicht nicht hingehen! Außerdem gehe ich mit dir. Wenn du zu Hause sitzt wie die letzten Wochen, hab ich also keine Begleitung.«

»Was ist mit Travis? Du kannst doch mit ihm gehen«, versuchte ich, sie mit meiner besten Waffe zu schlagen. Travis und sie klebten ja förmlich aneinander.

Lara schnaubte ins Telefon und hörte sich an wie Reza, wenn er keine Lust hatte, sich meine wirren Gedanken weiter anzuhören. »Als ob Travis auf eine Studentenparty geht. Das glaubst du doch selbst nicht!« Ja, okay, sie hatte recht. »Wir gehen am Wochenende shoppen und kaufen dir ein heißes

Outfit. Damit wirst du mich dann begleiten und vielleicht endlich mal wieder einen Kerl …«

»Ich hab kein Interesse an Männern«, unterbrach ich sie resolut.

»Na gut, dann eben nicht. Trotzdem gehst du mit.« So wie sie es sagte, war eine Erwiderung zwecklos. Ich ergab mich meinem Schicksal und wir verabredeten uns zum Einkaufen.

»Lara, so geh ich bestimmt nicht!«, rief ich aus der Umkleidekabine. Sie hatte mir ein Kleid ausgesucht, das ich unmöglich tragen konnte. Meine Brüste sahen riesig in dem gerafften grünen Oberteil aus, und der Rock war so knapp, dass ich mich kurz gefragt hatte, ob es überhaupt ein Kleid war. Es hätte auch als Top durchgehen können.

Meine beste Freundin öffnete einfach die Tür der Kabine und stieß einen leisen Pfiff aus.

»Du siehst echt heiß aus«, meinte sie bewundernd.

»Ich sehe aus wie eine Nutte. Die schon viel verdient hat, denn der Fummel ist abartig teuer.« Ich schob meine Unterlippe vor und verschränkte meine Arme. In dem Augenblick lief ein Verkäufer an der offenen Tür vorbei und stolperte beinahe über seine Füße, als er mich ansah.

Lara zwinkerte mir zu, denn sie hatte es eindeutig auch gesehen. Genervt verdrehte ich die Augen. »Ich will keinen Kerl aufreißen!«, sagte ich ihr noch einmal.

»Ist doch egal. Du kannst auch heiß aussehen und alleine nach Hause gehen!«

Was ich auch versuchte, sie ließ keinen Widerspruch mehr gelten. Leicht widerstrebend ließ ich mir das grüne Etwas einpacken und bezahlte es genauso ungern.

Als wir anschließend noch einen Kaffee trinken gingen, fragte ich sie, was es sonst Neues gab. Sie erzählte, was sie die letzten Wochen getrieben hatte. Ich merkte, wie sie ab und zu Sätze begann und sie nicht zu Ende führte, sondern versuchte, sie in eine andere Richtung zu lenken. Offensichtlich hatte sie etwas mit den Jungs von »The Strange« unternommen. Ich war froh, dass sie sich an meine Bitte hielt, mir nichts über Shane oder die anderen zu erzählen. Wenn ich jetzt nur über die Situation nachdachte und seinen Namen in Gedanken aussprach, begannen meine Hände zu zittern. Schnell schloss ich meine Finger um mein Latte-macchiato-Glas und hoffte, dass Lara es nicht merkte. Die war aber so in ihrer Geschichte versunken, dass es ihr nicht auffiel.

Irgendwann lenkte sie das Thema auf die anstehende Party und ich war froh darüber. Ich erzählte ihr, dass ich mich nur für den Aufbau eingetragen hatte. Entgegen meiner Argumentation freute sie sich, dass wir so den ganzen Abend einfach feiern konnten. Während des Gespräches fragte ich mich, warum ich so geworden war. Mir war nicht nach feiern und ich sah diese Party eher als Pflichttermin an, statt mich darauf zu freuen.

Früher wäre ich schon Tage vorher hibbelig gewesen und hätte schon längst mein Outfit zurechtgelegt gehabt. Und jetzt? Jetzt saß ich hier und versuchte, mich von Laras Freude anstecken zu lassen.

Der Hauch von nichts war auch eine Woche später nicht länger geworden. Ich stand samstagabends vor meinem großen Spiegel und drehte mich um mich selbst. Noch immer war ich skeptisch, was den Verlauf des Abends anging, und hoffte, dass die Party besser werden würde, als ich es mir gerade vorstellte.

Auf der Fahrt in die Stadt zerstreuten sich meine Bedenken etwas. Was hatte ich schon zu verlieren? Ich hatte es verdient, endlich mal wieder Spaß zu haben! Außerdem musste ich keineswegs jemanden mit nach Hause nehmen. Nachdem ich mehrfach tief durchgeatmet hatte, kam ich zu dem Schluss, dass ich es einfach auf mich zukommen lassen würde.

Lara holte ich auf dem Weg zum Campus ab. Sie war fröhlich wie immer und hatte sich nur halb so schick gemacht wie ich. Das war jedes Jahr so. Die Jurastudenten legten sich mit ihrem Outfit ins Zeug und die Gäste von anderen Fakultäten kamen in Jeans und T-Shirt.

Nach zwei Stunden stellte ich fest, dass ich mich völlig umsonst vor der Situation gefürchtet hatte. Es war wirklich halb so schlimm, mal wieder auf Menschen zu treffen. Lara und ich waren umringt von Studenten verschiedenster Fachrichtungen und wir unterhielten uns mit allen möglichen Leuten. Langsam taute ich auf und war froh darüber, hier zu sein.

Der Kreis der hauptsächlich männlichen Menschen um uns herum verschob sich ein bisschen und es trat ein weiterer Kerl zu uns. Einer, den ich ziemlich gut kannte und seit einiger Zeit nicht mehr gesehen hatte.

Mit seinem typischen Grinsen sah er mich an und ich fühlte mich sofort in die Vergangenheit versetzt.

Die braunen Locken waren verwuschelt, wie damals, nur etwas kürzer. Mein Blick schweifte über seinen Körper und ich sog zischend den Atem ein. Da stand Max, mein Exfreund, und er hatte sich ernsthaft erdreistet, ein T-Shirt von »The Strange« zu tragen.

»Alina«, sagte er nur mit seiner dunklen Stimme. Wie in Trance spürte ich, wie Lara meine Hand nahm.

»Max«, brachte ich zittrig und sehr leise hervor.

»Wie geht es dir?«, fragte er mich, als er noch ein Stück näher gekommen war und jetzt direkt vor mir stand.

»Gut«, fiepste ich. Lara drückte meine Finger etwas fester.

»Schön dich zu sehen. Ich hatte gehofft, dich hier zu treffen. Vielleicht … können wir mal etwas zusammen machen?«

»Ich … ich muss weg«, stammelte ich und ergriff die Flucht. Meine beste Freundin hinter mir herziehend verließ ich den Raum und dann so schnell wie möglich auch das Gebäude.

Draußen angekommen stoppte ich abrupt und lehnte mich an eine der konischen Säulen vor der juristischen Fakultät. Mindestens zehn Mal atmete ich einfach nur ein und aus, versuchte, meine Gedanken und Emotionen zu sortieren. Lara sagte nichts und hielt nur meine Hand. Als ich nach Minuten nichts tat, nahm sie mich in den Arm und beruhigte mich mit ihrer Anwesenheit.

»Alina?«, fragte die gleiche Stimme wie schon einige Zeit vorher, hinter mir.

»Max … es tut mir leid.« Mehr Worte fand ich nicht. Sein Blick war irritiert, als er mich so sah. Völlig aufgelöst in den Armen meiner besten Freundin, obwohl er mich nur gefragt hatte, ob wir miteinander ausgehen würden.

»Was hab ich dir getan?«, fragte er verwirrt. Wie früher konnte er es einfach nicht gut sein lassen. Was machte er eigentlich wieder hier? Er war doch längst zurück in die USA gegangen!

»Nichts … es ist nur … nichts.« Ich unterließ es, ihm eine weitere Antwort zu geben, und wandte mich ab. Lara schien mich zu verstehen und schlich mit mir in Richtung Parkplatz.

»Willst du wieder rein?«, fragte ich, als wir bei meinem Auto angekommen waren.

»Nein. Willst du, dass ich mit dir komme?«

Mit einem stummen Kopfschütteln bedeutete ich ihr, dass das nicht nötig war, und startete den Wagen.

Wir schwiegen, während ich sie zu ihrer und Travis' Wohnung fuhr. Auch als sie sich verabschiedete, sagte sie nicht mehr als »Bleib tapfer« und stieg dann aus. Ich sah, dass in der Wohnung Licht brannte und auch eine Bewegung. Travis wartete wohl auf seine Freundin. Eine Träne stahl sich aus meinem Augenwinkel, als ich abwartete, bis Lara im Haus war.

Die Fahrt nach Hause war mir nie so lang vorgekommen wie an diesem Abend. So vorausschauend wie möglich fuhr ich über die dunkle Landstraße, während ich versuchte, meine Tränen aufzuhalten.

Mein Weg führte mich nicht in meine Wohnung, als ich das Auto vor unserem Haus geparkt hatte, sondern zu den Ställen. Längst heulte ich unkontrolliert und hasste mich selbst dafür. Wie konnte mich ein simples T-Shirt so aus dem Konzept bringen?

Ohne mich darum zu kümmern, dass die anderen Pferde unruhig wurden, ging ich zu Rezas Box. Er schnaubte leise, als er mich erkannte, und ich fragte mich, ob es ihn wunderte, dass ich mitten in der Nacht hier auftauchte. Nachdem ich die Tür geöffnet hatte, stupste er mir mit seiner weichen Schnauze gegen die Schulter und drehte seinen Kopf dann leicht. Das brachte mich dazu, laut zu schluchzen. Ich lehnte mich gegen seinen Hals und ließ meinen Tränen freien Lauf. Reza schien zu spüren, dass ich noch einige Zeit brauchen würde, und ließ sich im Stroh nieder. Weil ich seinen Halt brauchte, setzte ich mich neben ihn und legte meine Wange an sein weiches Fell.

Verstohlen schlich ich im Morgengrauen vom Stall zu unserem Haus. Hoffentlich traf ich weder einen der Angestellten noch meine Mutter. Ich musste ein unfassbar seltsames Bild abgeben. In einem Cocktailkleid, wirre Haare, verlaufenes Make-up und Strohhalme in der nicht mehr vorhandenen Frisur und auf dem leuchtend grünen Stoff. Viel Schlaf hatte ich nicht gefunden, aber Reza hatte mir geholfen, mit meinen Gedanken zurechtzukommen. Klar, er sprach ja nicht mit mir oder so, doch er strahlte eine ungeheure Ruhe aus, sodass ich nach meinem Ausbruch wieder normal atmen und nachdenken konnte.

Als ich mich jetzt aus dem Kleid schälte und unter die Dusche stellte, traf ich eine Entscheidung. Ich konnte mich nicht länger von Shane beeinflussen lassen, obwohl er nicht mal in meiner Nähe war. Er hatte mit mir Schluss gemacht, mich von sich gestoßen und mir Dinge vorgeworfen, die nicht wahr waren. Es gab nicht einmal einen winzigen Anschein, dass sich das noch einmal ändern würde, also würde ich es auch nicht mehr mein Leben bestimmen lassen.

Entschlossen föhnte ich meine Haare, als ich mit Duschen fertig war, und zog mich an. Als Erstes würde ich die Post aufmachen, die sich seit ein paar Tagen stapelte. Dann wollte ich meine Vorlesungen für die kommende Woche vorbereiten und ich musste mich noch bei Lara melden, dass ich in Ordnung war.

Also öffnete ich Werbebriefe, Rechnungen und sonstigen Papierkram und sortierte alles auf meinem Schreibtisch. Als Letztes hatte ich noch einen Umschlag in der Hand, der nur meinen Namen und meine Adresse trug. Kein Absender und damit keinen Hinweis, was darin sein konnte. Ich löste den Kleber des Kuverts und schielte skeptisch hinein. Der Umschlag enthielt lediglich zwei Karten. Auf einer stand »Einladung« auf der anderen »Alina«. Zuerst öffnete ich die mit meinem Namen darauf.

Alina,
Ich hoffe, dir geht es gut. Die ganze Geschichte tut mir wahnsinnig leid und ich weiß nicht, wie es so weit kommen konnte.
Anbei eine Einladung zur Vernissage, auf der die Bilder zu unserem letzten Album vorgestellt werden. Ich hoffe, dass du kommst und wir alle würden uns freuen, dich zu sehen. Shane wird nicht da sein.
Josh

Die Hand, die das Papier hielt, begann unkontrolliert zu zittern. Hatte ich nicht gerade erst eine

Entscheidung getroffen? Ich wollte – nein, musste – Shane aus meinen Gedanken verbannen, sonst würde ich wohl nie wieder aus dem Haus gehen können, ohne Angst zu haben, zusammenzubrechen. Gestern Abend hatte ich die Kontrolle verloren, und zwar aus einer völlig harmlosen Situation heraus, das durfte mir nicht immer passieren, wenn es nur die geringste Andeutung zu meinem Ex gab.

Mir blutete das Herz, denn Josh hatte es sicherlich nur gut gemeint, dennoch zerriss ich seinen Brief und die Einladung in winzige Schnipsel und ließ sie wehmütig in den Papierkorb rieseln. Den Tränen, die ich erahnen konnte, gab ich keine Chance. Ich stand auf, straffte die Schultern und begann, meine Wohnung zu putzen.

Kapitel 16

Shane

Seit nunmehr drei Stunden starrte ich auf exakt die gleiche Stelle. Jeden Tag war es eine andere, dennoch konnte ich mich aus dieser seltsamen Starre nur selten lösen. In den letzten zwei Wochen, in denen ich nichts Produktives zu tun gehabt hatte, hatte ich nur an genau eine Person gedacht.

In der ersten Woche war es noch leichter gewesen. Wir hatten Interviews gegeben, waren ständig in Action und ich hatte noch diese dämliche Ausstellung vorbereiten müssen. Jetzt war alles gesagt, alles geplant und alles so langweilig, wie selten zuvor.

Mit einem Glas Whiskey in der einen und meinem Block inklusive Kugelschreiber in der anderen Hand saß ich auf dem Sessel in meinem Schlafzimmer und betrachtete aufmerksam die Stelle in meinem Bett, wo Alina immer geschlafen hatte. So als ob sie nach dem nächsten Blinzeln dort auftauchen würde. Auch wenn ich schon mehr Alkohol intus hatte, als mir guttat, und es erst vier Uhr nachmittags war, wusste ich natürlich, dass das unmöglich war. Schließlich konnte sich Alina nicht einfach hierherapparieren. Der Gedanke versetzte mir einen Stich, wie immer bei solchen Erinnerungen. Warum zur Hölle merkte ich mir Begriffe aus den »Harry Potter«-Filmen? Ach ja richtig, weil Alina mich gezwungen hatte, ihn mit ihr anzusehen.

Damals – auch wenn es erst einige Wochen her war – hatte ich so getan, als ob es mich tierisch nerven würde, aber letztendlich hatte ich es genossen, ihr dabei zuzusehen, wie sie mit dem bebrillten Zauberer lachte und mitfieberte.

Immer wieder verlor ich mich in solchen Gedanken. Seit zwei Wochen hatte ich nichts aufs Papier gebracht. Weder Ideen, noch Skizzen oder Texte, Melodien … Normalerweise war ich immer, wenn ich Freizeit hatte, in irgendeiner Form kreativ. In den letzten beiden Wochen gelang mir aber einfach überhaupt nichts.

Mein Handy vibrierte auf dem Nachttisch, aber ich ignorierte es. Wahrscheinlich versuchten die anderen mal wieder, mich zu erreichen. Ich wollte nicht erreicht werden. Sie würden mir wohl kaum helfen können, aus dem tranceähnlichen Zustand aufzutauchen. Ich gab mir selbst nur noch eine Woche dafür, ihr hinterherzutrauern, dann musste ich wieder arbeiten. Okay, das hatte ich letzte Woche auch schon beschlossen.

Während ich meinen Drink schlückchenweise trank, überlegte ich – wie jeden Tag –, ob ich richtig gehandelt hatte. Und wie immer kam ich zu dem Schluss, dass Alina es nicht verstanden hätte. Sie hätte nicht gecheckt, dass sie in meiner Nähe immer unsicher gewesen wäre. Dass ihr immer irgendetwas hätte passieren können. Die Wochen, die wir fast ausschließlich gemeinsam verbracht hatten, waren schön gewesen. Es war jemand für mich da gewesen, nur für mich. Keiner meiner Freunde, die mich immer nur mitzogen, weil wir uns ewig kannten. Alina war … eine Art Ruhepol für mich gewesen, sie war mir so wichtig geworden wie kaum ein Mensch zuvor. Aber ich hätte es niemals zulassen dürfen. Die Konsequenzen aus so einem egoistischen Verhalten hatte ich schon einmal gespürt und fühlte immer noch die Sehnsucht nach meiner Familie und denen, die mir nahe gestanden hatten.

Ben, Josh, Tom, Travis und noch einige andere hatten mich zwar ein Stück weit aufgefangen, aber keiner von ihnen hatte das abgefuckte Gefühl nachvollziehen können, das einen durchdrang, wenn man seine ganze Familie verlor. Und das nicht wegen eines tragischen Unfalls, sondern wegen einer einzigen selbstsüchtigen Handlung. Ich hätte schon damals so reagieren sollen, nämlich es denen überlassen sollen, die etwas davon verstanden, und nicht auf eigene Faust zu handeln. Alina hätte niemals mein Anker werden dürfen, vielmehr hätte ich mit jemandem sprechen sollen, der sich professionell damit auseinandersetzte.

Und wieder hatte ich das Mädchen verletzt, das mir so wichtig geworden war.

Ben rief mich täglich mehrere Male an. Ich ignorierte es, weil ich genau wusste, was er von mir wollte. In den nächsten Tagen standen die Besprechungen für das nächste Album an, für alles, was wir in Zukunft planten. Eine Schlüsselfigur darin war ich, denn ich war derjenige, der kreativ war. Klar hatten die anderen großes Talent, aber Songs schreiben konnte keiner von ihnen. Ich war froh, dass ich schon in der Woche nach der Tour meine Auftragsarbeiten abgeschlossen hatte, als mein Adrenalinspiegel den Verlust meiner Prinzessin noch ausgeglichen hatte.

Denn in den vergangenen drei Wochen hatte ich rein gar nichts zustande gebracht. Weder irgendwelche Ideen noch Konzepte oder Hinweise darauf, dass mein Hirn noch normal funktionierte. Alles, was es konnte, war, sich daran zu erinnern, wie schön das Leben noch vor einigen Monaten gewesen war. Wieder und wieder rappelte mein Handy, bis ich es schließlich ausstellte, weil ich hoffte, dadurch meine Ruhe zu haben. Aber Pustekuchen!

Eine halbe Stunde später rumpelte es vor der Tür und jemand schlug harsch dagegen. Innerlich stöhnte ich, doch ich versuchte, keinen Laut von mir zu geben, damit sie dachten, dass ich nicht da wäre. Weiterhin erstarrt saß ich in meinem Sessel und stierte auf den Esstisch. Es half nichts, das war mir schon lange klar.

»Shane, wir wissen, dass du da bist! Mach auf! Wir kommen so oder so rein!« Bens Stimme war weder ruhig noch bestimmt, sondern wütend und aufgebracht.

»Kumpel, im Ernst, du weißt, dass uns das bisschen Holz nicht abhält«, mischte Josh sich jetzt auch noch ein.

Ich riss mich aus meinen Erinnerungen los, in die sie ungebeten eingedrungen waren, und schlurfte zur Tür. Als ich sie öffnete, fiel Ben mir geradezu entgegen, als ob er Anlauf genommen hätte, um gegen sie zu rennen.

»Was?!«, herrschte ich sie an.

»Wie ›Was?!‹??? Du meldest dich vier Wochen lang nicht, obwohl wir schon längst verabredet waren, und besitzt jetzt die Frechheit zu fragen, was wir wollen?«

»Fick dich, Ben!«, antwortete ich.

»Fick dich, Shane! Ich weiß, wo dein Problem liegt, also bieg es gefälligst gerade!«

Oberflächlich gelangweilt drehte ich mich um und setzte mich wieder. Sollten die drei doch tun, was sie wollten. Tom hatte sich bisher im Hintergrund gehalten und setzte sich nun schweigend mir gegenüber. Einige Minuten sagte keiner von uns etwas.

»Alina«, stellte er jetzt mit ruhiger Stimme fest.

»Fick dich«, antwortete ich wieder. Ein gepflegtes »Fick dich« half oftmals weiter.

»Du warst unfair. Und sie weiß nicht, warum.« Die anderen beiden standen wie bestellt, aber nicht abgeholt im Raum herum und beobachteten, wie Tom und ich uns gegenseitig anfunkelten. »Du bist noch ein größeres Arschloch, als ich dachte, wenn du es nicht klarstellst«, meinte er. Wenn Tom so drastische Worte fand, meinte er es wirklich ernst. Und ich wusste, dass er recht hatte, doch ich kannte auch Alina. Sie würde sich von mir, meiner Geschichte und dem, was ich wollte, nicht aufhalten lassen.

»Und?«, fragte ich deshalb nur und verzog dabei hoffentlich keine Miene.

»Wir wissen alle, dass du so nicht bist. Warum bist du es ihr gegenüber?« Der Penner wusste auch genau, dass ich seine scheiß rhetorische Frage nicht beantworten würde. »Das mit Sarah …«

»Halt die Fresse und rede nicht über Sarah!«, herrschte ich ihn an, während ich aufsprang. Ich konnte es nicht fassen, dass er ihren Namen in den Mund nahm. Keiner von ihnen hatte es getan seit … nur Alina hatte mich direkt darauf angesprochen, doch ich hatte ihr nicht böse sein können, weil … sie es nicht wusste. Tom starrte mich immer noch an, er war kaum überrascht. Wahrscheinlich hatte er meine Reaktion vorausgesehen.

»Kommst du zur Ausstellung?«, wechselte Josh jetzt abrupt das Thema. Die bescheuerte Ausstellung juckte mich kein Stück.

»Nein, und jetzt raus!« Mein Tonfall war leise, aber so eisig, dass keiner von ihnen mehr etwas sagte. Sie drehten sich synchron zur Tür und gingen endlich.

Meine Finger massierten meine Schläfen, in der Hoffnung, ein bisschen Linderung zu erhalten. Mein Schädel tat seit Tagen weh, weil ich immer und immer nur über eine Person nachdenken konnte. SIE wollte einfach nicht aus meinem Gehirn verschwinden. Wahrscheinlich besaß sie eine Voodoo-Puppe von mir, der sie 24 Stunden am Tag Nadeln in den Kopf rammte. Verübeln konnte ich es ihr nicht. Ich hatte sie behandelt wie den letzten Dreck, obwohl sie jemanden verdient hatte, der sie auf Händen trug. Derjenige war ich aber mit Sicherheit nicht. Sollte sie doch ihren verfickten Prinzen mit dem verfickten Pferd finden. Jeder war besser dafür geeignet, sie glücklich zu machen, als ich.

Als ich es nicht mehr aushielt, rief ich Danny an. Er war einer von den Roadies und ich wusste, dass er immer Gras am Start hatte. Nach dem bestimmt zehnten Klingeln ging er endlich ans Telefon.

»Shane«, begrüßte er mich gleichgültig.

»Hast du was für mich?«, fragte ich. Er wusste schon, was ich meinte.

»Wo soll ich hinkommen?«, fragte er, statt mir eine Antwort zu geben. Ich nannte ihm das Hotel und die

Nummer meiner Suite und wartete. Während ich hier herumsaß und mir ausmalte, wie das Gras meinen Verstand betäuben würde, genehmigte ich mir noch einen Whiskey. Die Leute vom Zimmerservice wunderten sich mit Sicherheit, warum die Flaschen in der Bar immer leer waren, aber es interessierte mich einen Scheiß.

Endlich klopfte es, und ich stand ohne Umschweife auf, um die Tür zu öffnen.

»Reichen dir zehn Gramm?«, fragte er, als er ein kleines Päckchen aus der Tasche seines schwarzen Hoodies zog.

»Vorerst«, murmelte ich und ging in die Suite, um Bargeld zu holen. Ich drückte ihm einen Hunderter in die Hand und bedeutete ihm, dass er gehen konnte. Dannys blaue Augen blitzten kurz auf und er nickte. Ohne ein weiteres Wort verschwand er aus dem Zimmer.

In meinem Gitarrenkoffer fand ich schließlich die Papers, die ich seit Jahren darin aufbewahrte. Seit ich meine Zigaretten nicht mehr selbst drehte, waren dennoch immer welche darin. Man konnte ja nie wissen, was passierte. Meine Kippen lagen noch auf dem Balkon, weshalb ich mich dahin setzte, um alles Weitere für mein Vorhaben zusammenzusuchen. Aus einem Stück der Zigarettenschachtel rollte ich einen Filter zusammen, vermischte das Gras mit ein bisschen Tabak und verarbeitete alles dann zu einem ganz ansehnlichen Joint. Tatsächlich zögerte ich ein paar Sekunden, bevor ich ihn anzündete und den ersten Zug gierig inhalierte. Ich lehnte mich zurück und genoss den süßlichen Rauch, der durch meine Lunge strömte. Noch konnte ich keine Erleichterung feststellen, also rauchte ich weiter. Bis er fertig war und ich nur noch das Papier des Filters in der Hand hatte.

Endlich beruhigten sich meine Gedanken um Alina so weit, dass ich nicht jedes Mal, wenn ich ihren Namen dachte, zusammenzuckte. Mit den Fingerspitzen trommelte ich einen Beat auf meinem Knie, während ich über die Stadt sah. Die Dämmerung hatte bereits eingesetzt, sodass die Silhouetten der Hochhäuser von einem gelblichen Schimmer bedeckt wurden. Der Nebel, der um sie herum waberte, tat sein Übriges, um ein Schauspiel zu bieten, das an dystopische Filme erinnerte, in denen nur noch wenige Menschen existierten. Der Lärm der Straßen erreichte mich kaum und so konnte ich den Anblick einfach genießen und mir vorstellen, wie es wäre, wenn nur noch eine Handvoll Menschen hier wohnen würden. Alles wäre ruhig, jeder würde sich selbst der Nächste sein und keiner würde sich darum kümmern, was irgendwelche Bands auf irgendwelchen Bühnen spielten. Meine Anwesenheit wäre so unwichtig, wie die aller anderen …

Danny kam noch drei oder vier Mal vorbei, um mir neuen Stoff zu bringen. Jedes Mal sah ich ihm an, dass er etwas sagen wollte, doch er tat es zu seinem Glück nicht. Wie immer setzte ich mich dann auf den Balkon, rauchte genüsslich meinen Joint und schlief ein, während ich über die Unwichtigkeit der Menschen nachdachte.

Langsam begann ich auch, wieder zu schreiben, wenn sich der Nebel des Marihuanas etwas gelichtet hatte, ganz nüchtern war ich jedoch nie. Immer, wenn die Wirkung so weit nachließ, dass ich an eine bestimmte Person dachte, kiffte ich wieder.

Als ich an einem Song herumbastelte, der »Broken City« heißen würde, bemerkte ich, dass mir das Gras ausging. Also rief ich mal wieder meinen neuen Lieblingsroadie an. Der kam aber dieses Mal nicht alleine. Ich betrachtete den schlaksigen Typen eingehend, bevor ich beide hineinließ. Auffordernd sah ich Danny an, doch der nickte nur zu dem Neuen herüber.

»Junge«, begann der und hob abwehrend die Hände, als ich ihn anknurrte. »Willst du runterkommen oder dich aufputschen?« Was für eine Frage!

»Runter«, antwortete ich zweisilbig. Mehr brauchte er schließlich nicht zu wissen.

»Okay, vielleicht hab ich dann was, was dir besser hilft, als ständig zu kiffen.« Ich runzelte die Stirn und konnte mir fast denken, was er mir anbieten wollte. Ohne weitere Worte zu verlieren, legte er einige Utensilien auf den Couchtisch. »Probier's einfach aus und sag dann Bescheid. Danny lässt dir noch Gras da.« Damit stand er auf und machte sich auf den Weg zur Tür.

Noch war ich mir nicht darüber im Klaren, was ich damit anfangen sollte. Klar, hatte ich schon ab und zu gekifft, als ich jünger gewesen war, aber härtere Drogen? Vorerst begnügte ich mich damit, mir noch einen Joint zu bauen, und ließ das Zeug liegen.

Das Gras war mir noch nicht ausgegangen, da entschied ich mich dennoch, es zu versuchen. Marihuana erbrachte seinen Dienst eben nicht mehr wie am Anfang. Ich sträubte mich dagegen, das Zeug zu spritzten, also schnupfte ich das Heroin einfach. Natürlich ging dann etwas von der Wirkung verloren, aber es würde schon ausreichen. Besser als die winzige Betäubung, die mir ein Joint inzwischen nur noch brachte. Fast sofort entfaltete sich die Wirkung und ich hatte seit Wochen das erste Mal das Gefühl, wieder atmen zu können. Ich lehnte mich im Sessel zurück und wartete auf die gesamte Betäubung, die der Stoff mir einbringen würde.

Morgens wachte ich schweißgebadet auf, sämtliche Kleidung klebte an meinem Körper. Noch immer wacklig auf den Beinen stieg ich unter die Dusche. Fataler Fehler. Das Wasser brachte auch meinen Verstand auf Touren, der natürlich mal wieder nur ein Thema kannte. Was würde die Prinzessin wohl sagen, wenn sie mich jetzt so sehen würde? Ich grinste etwas in mich hinein. Das würde sie wohl endgültig abschrecken. Vielleicht hätte ich es so versuchen sollen. Dann hätte ich mir nicht den ganzen Scheiß ausdenken müssen, um sie loszuwerden.

Scheinbar seelenruhig ging ich wieder ins Wohnzimmer, ohne mir mehr als Shorts und einen Pulli anzuziehen. Scheiß drauf, hier war sowieso niemand, der sich dran stören konnte. Das weiße Pulver wartete schon auf mich und lag einladend auf dem Tisch. Skeptisch betrachtete ich die Spritzen, die der schlaksige Typ dagelassen hatte, doch ich ließ sie einfach liegen. Bis jetzt brauchte ich sie noch nicht.

Kapitel 17

Alina

Zurück aus den Ställen sprang ich zuerst unter die Dusche. Aus dem Nebenzimmer hörte ich, dass mein Handy klingelte. Es war das Lied, das ich Lara zugeordnet hatte. Ich konnte sie gleich noch zurückrufen. Nachdem ich mich abgetrocknet und meine langen Haare in ein Handtuch gewickelt hatte, griff ich nach meinem Morgenmantel und ging ins Wohnzimmer. Das Smartphone zeigte sieben unbeantwortete Anrufe und fünf Nachrichten von Lara an. Ich rief sie schnell zurück, irgendetwas Wichtiges musste vorgefallen sein. Meine beste Freundin ging nach dem ersten Klingeln dran.

»Alina, wo warst du, verdammt noch mal?«, fauchte sie mich an. Was zur Hölle …?

»Ich habe mit Reza trainiert, du weißt, dass ich mein Handy nicht mit zu den Pferden nehme. Was ist los mit dir?«, fragte ich sie genervt.

»Wir brauchen dich hier. Also, Shane braucht dich.« Shane? Was ging denn hier vor?

»Lara, ich habe seit Wochen nichts von Shane gehört. Du erinnerst dich daran, dass er nichts mehr mit mir zu tun haben wollte?«

»Das ist jetzt egal. Du musst schnell kommen. Super schnell.« Sie hörte sich tatsächlich gehetzt an. Im Hintergrund hörte ich Stimmen, konnte aber nicht verstehen, was sie sagten.

»Ehrlich gesagt ist das jetzt echt schlecht … ich hab nachher …«

»Alina, es ist jetzt scheißegal, was du nachher vorhast.« Sie unterbrach mich. Okay?! »Schwing deinen Hintern in dein Auto und komm her, ich schicke dir die Adresse.« Damit legte sie auf. Das konnte doch nur ein schlechter Scherz sein.

Trotz des Zerwürfnisses zwischen Shane und mir war sein Name immer noch wie ein Zauberwort für mich. Ich zog mir also eilig eine Jeans und ein Shirt über, griff nach meiner Handtasche und ging hinaus. Mein Auto stand wie immer direkt vor dem Haus. Lara hatte mir die Adresse geschickt, ich kopierte sie schnell in meine Navigationsapp und fuhr los.

Eine Viertelstunde später war ich mir sicher, dass das nicht stimmen konnte. Die App führte mich in ein Industriegebiet, in dem die Hälfte der Gebäude leer zu stehen schien. Jetzt, am Samstag, war keine Menschenseele zu sehen. Ich fuhr weiter durch die leeren Straßen, als mein Handy über die Freisprecheinrichtung klingelte.

»Wo bleibst du?«, fragte Lara aufgebracht.

»Keine Ahnung, du hast mir eine falsche Adresse geschickt. Ich bin in einem Industriegebiet, hier ist gar nichts. Und das Navi meint, ich sei in zwei Minuten da.«

»Gott sei Dank!«, stieß Lara hervor. Hörte ich da wirklich Erleichterung aus ihrer Stimme? »Fahr einfach weiter geradeaus und bieg am Ende der Straße rechts ab. Wir warten hier auf dich.«

Nachdem ich um die Ecke gebogen war, sah ich sie. Travis' Porsche und ein riesiger schwarzer SUV standen am Straßenrand. Ein kleines Grüppchen hatte sich vor einem alten Backsteingebäude versammelt, dessen Fenster entweder eingeschlagen oder mit Brettern vernagelt waren. Das Tor vor dem Eingang hing schief in den Angeln und stand offen. Ich parkte hinter dem Freund meiner besten Freundin, stieg aus und ging auf sie zu.

»Lara, was soll der Scheiß?«, fragte ich genervt. Auf ein Bandtreffen mit Ben und Josh hatte ich heute wirklich keine Lust.

»Shane ist da drin, er lässt keinen an sich ran. Du musst zu ihm gehen!«, antwortete Josh an Laras Stelle.

»Könnt ihr mir mal erklären, was hier abgeht? Das mit Shane und mir ist vorbei, das wisst ihr wohl alle.« Die ganze Band und meine beste Freundin hatten erlebt, wie er mich vor versammelter Mannschaft abserviert hatte. Ben, Shanes bester Freund, kam auf mich zu und fasste mich an den Schultern.

»Alina, bitte. Du weißt, dass Shane so etwas wie ein Bruder für mich ist. Er ist da drin und eine Gefahr für sich selbst. Der einzige Mensch, der je wirklich an ihn herangekommen ist, warst du. Du bist ihm näher als jeder von uns. Also, ich bitte dich nur einmal darum: Geh mit uns da rein und hol ihn zurück.«

Die Eindringlichkeit, mit der er sprach, machte mir Angst. Mein Magen fühlte sich flau an. Kurz schloss ich die Augen und atmete tief durch, bevor ich Ben antworten konnte.

»Was ist passiert?«, fragte ich ihn.

»Nachdem … die ganze Sache war für ihn nicht

so einfach. Er hat sich verändert seit der Trennung von dir. Seit ein paar Wochen schottet er sich völlig ab. Die ganze Woche konnte ich ihn nicht erreichen und er ist nicht zu den Proben gekommen.« Bis hierher hörte es sich ganz nach dem Shane an, den ich glaubte zu kennen. Ben blickte kurz zu Josh und Travis, die ihm zunickten. Die ganze Situation wurde immer seltsamer. »Wir bekamen den Tipp von einem Bekannten, dass er hier ist. Vorhin waren Josh und ich kurz drin, aber er will nicht mit uns reden. In dem Haus leben Junkies, Alina. Shane ist völlig neben der Spur.« Junkies? Was? Aber Shane hatte doch nie etwas mit Drogen zu tun gehabt!

»Ben, komm endlich zum Punkt«, bat ich ihn, weil die Geschichte immer abstruser wurde.

»Er hat eine Mischung aus Heroin und Kokain intus. Er ist völlig wirr und aggressiv. Ein Typ hat gemeint, dass er ständig etwas von einer Prinzessin faselt.« Das war dann wohl ich …

Ich hatte mir vor Monaten eingeredet, dass ich Shane nicht helfen konnte. Er hatte mich von sich weggestoßen, den Grund dafür kannte ich bis heute nicht. Doch das Flehen in den Augen seines besten Freundes ließ mich nicht los. Ein weiteres Mal atmete ich tief ein und fragte ihn: »Wo ist er?«

Ben war offensichtlich erleichtert und stieß die Luft aus, die er wohl angehalten hatte. Er nahm meine Hand und zog mich mit durch das Tor in das Gebäude. Die Metalltreppe in den ersten Stock war rostig und quietschte unter unseren Füßen. In einem großen Raum lagen Dinge verstreut, die man sonst für einen Campingausflug benötigte: Schlafsäcke, Gaskocher, Matratzen und Klamotten.

Ich versuchte, in dem schummrigen Licht etwas zu erkennen, doch ich musste abwarten, bis meine Augen sich daran gewöhnt hatten. Ben hatte meine Hand losgelassen und ging weiter in den Raum hinein. In der Ecke lag jemand zusammengerollt wie ein Kätzchen. Das konnte aber nicht Shane sein … oder doch?

Ich folgte Ben, der neben der Matratze stehen geblieben war und resigniert auf die Person hinabstarrte. Als ich neben ihm stand, war mir klar, warum er so niedergeschlagen war. Ich erkannte Shane lediglich an seinen Tattoos, sonst war wenig von ihm übrig geblieben. Er lag, nur mit einer zerfledderten Jeans bekleidet, auf dem provisorischen Lager. Seine schönen Haare waren bis auf ein paar Millimeter abrasiert. Die Hände hatte er über seine Augen gelegt.

Ich kniete mich neben ihn auf den Boden und strich über seinen Arm. »Shane …«, wisperte ich an seinem Ohr. Er reagierte nicht. »Shane, sieh mich an«, flüsterte ich etwas lauter. Langsam bewegten sich die Hände von seinem Gesicht weg. Seine Lider hoben sich und er sah mich aus blutunterlaufenen Augen an. Sein Blick war verschleiert, die Pupillen derartig erweitert, dass von seinen hellblauen Iriden nur noch ein schmaler Rand zu sehen war.

»Princess?«, fragte er heiser. Seine Stimme klang nicht wie seine eigene.

»Gott, Shane, was tust du dir bloß an?" Meine Stimme zitterte, weil ich versuchte, die Tränen zu unterdrücken, die sich in meinen Augenwinkeln bildeten. Er bewegte sich ungelenk, sodass er den Kopf in meinem Schoß ablegte und mir seine Arme um die Taille schlang. Ich strich ihm über den Rücken – seine Wirbelsäule stach hervor, weil er so abgemagert war. Von seinem ehemals so athletischen Körper war nicht mehr viel geblieben. Seine Atmung, die ich an meinem Bauch spürte, war unregelmäßig und flach. Mit einem stummen Flehen sah ich zu Ben hinauf, der mich überrascht ansah.

»Wir müssen ihn hier rausschaffen und in ein Krankenhaus bringen«, brachte ich mühsam beherrscht hervor. Shanes Arme legten sich fester um mich. Mit einer Hand strich ich über seine Stoppeln auf dem Kopf, während ich mit der anderen mein Smartphone aus meiner Handtasche angelte, die ich neben mir fallen gelassen hatte. Ich wählte Laras Nummer per Kurzwahl. Sie nahm den Anruf sofort entgegen.

»Ruf einen Krankenwagen, wir kommen gleich raus«, sagte ich nur. Ben war immer noch wie erstarrt und somit keine große Hilfe. Ich versuchte aufzustehen, doch Shane ließ mich nicht los.

»Ben, du musst mir helfen, ich schaffe das nicht alleine«, zischte ich ihn an. Offenbar half das, denn er kam auf uns zu und versuchte, Shanes Arme von mir zu lösen. Der wiederum schlug wild um sich und erwischte mich an der Wange. Ben gab den Versuch wieder auf.

Ich beugte mich hinunter, um Shane ins Ohr zu flüstern: »Ich gehe nicht weg. Wir bringen dich hier raus und dann wirst du wieder fit. Ich gehe nicht ohne dich, okay?« Ein leichtes Nicken gab mir Gewissheit, dass er mich verstanden hatte.

Zusammen schafften Ben und ich es, ihn aufzurichten. Wir legten uns jeweils einen seiner Arme über die

Schulter. Ich schnappte mir noch schnell Shanes Jacke, in der normalerweise alle seine wichtigen Sachen waren. Die anderen Junkies beachteten uns entweder gar nicht oder starrten uns aus leblosen Augen an. Mehr schlecht als recht beförderten wir ihn die Treppe hinunter. Schon als wir auf den Eingang zugingen, waren die Sirenen des Krankenwagens zu hören. Die Sanitäter kamen auf uns zu und wollten Shane auf die Trage legen. Er hatte aber offensichtlich andere Pläne, denn er wollte mich nicht loslassen. Ich half den Sanitätern, nahm seine Hand und ging neben der Trage mit zum Wagen. Der Rettungsassistent fragte gar nicht erst nach, als ich mit einstieg.

Ich hörte, wie der andere draußen Ben befragte, der ihm die Situation schilderte. Auf die Frage hin, was Shane genommen hatte, meinte er nur: »Speedball.« Ich konnte mit dem Begriff nichts anfangen, die anderen anscheinend schon. Ich hörte nicht auf, über Shanes Kopf zu streichen, das beruhigte sowohl mich als auch ihn. Der Sanitäter auf der anderen Seite der Trage tat alles, um seinen Patienten zu stabilisieren. Er legte einen Zugang und hängte einen Tropf auf. Kurz darauf fuhren wir los, Lara hatte mir signalisiert, dass sie dem Rettungswagen folgen würden. Der Weg in die Klinik schien ewig zu dauern. Während der Fahrt fragte ich mich, was Shane wohl dazu getrieben hatte, sich derartig abzuschießen. In den Wochen, die wir zusammen gewesen waren, hatte nichts darauf schließen lassen, dass er etwas mit Drogen zu tun hatte. Seine Hand, die meine bisher umklammert hatte, entspannte sich zusehends und ließ mich schließlich los. Ich schlug die Hände vor mein Gesicht und weinte still vor mich hin. Der Rettungsassistent informierte mich leise, dass Shane jetzt schlief und im Krankenhaus weitere Maßnahmen eingeleitet werden würden. Mehr als ein schwaches Nicken brachte ich nicht zustande.

In der Notaufnahme durfte ich nicht weiter als bis zur Anmeldung mitgehen. Ich suchte in Shanes Jacke nach seinem Ausweis und beförderte diesen sowie sein Smartphone zutage. Das Telefon war natürlich tot, half mir jetzt aber auch nicht weiter. Ich versuchte, so gut wie möglich die Formulare auszufüllen, die eine Schwester mir gereicht hatte. Nach ein paar Minuten kamen auch die anderen herein.

Ben und Josh liefen auf mich zu und bestürmten mich schon auf dem Weg mit Fragen. Ich winkte ab, weil ich selbst keine Antworten darauf kannte. Lara drückte mich an sich, nur um mich kurz darauf an Travis weiterzureichen. Er flüsterte mir ein inbrünstiges »Danke« ins Ohr. Ich setzte mich wieder und bat Ben, mir mit den Aufnahmedokumenten zu helfen. Er wusste so viel mehr über ihn als ich.

Wir warteten einige Zeit, ich konnte gar nicht sagen, wie lange. Meine Wange begann leicht zu brennen, dort wo Shanes Hand mich erwischt hatte, weil Ben ihn von mir wegziehen wollte. Ben und Josh verhielten sich still und wollten meine Fragen nicht beantworten. Um zu wissen, warum Shane so weit gegangen war, musste ich herausfinden, was in seiner Vergangenheit vorgefallen war. Seine Bandkollegen wussten es, weil sie alle auch gute Freunde waren. Ich bat sie inständig, mir zu helfen, doch sie taten es nicht.

Josh war derjenige, der mir wenigstens einen Anhaltspunkt gab. »Alina, im Ernst. Shane hatte eine schwierige Zeit, aber wenn er wollte, dass du davon erfährst, hätte er es dir erzählt.«

Als nach Stunden der behandelnde Arzt kam, um uns mitzuteilen, dass Shane stabil war und wir ihn sehen konnten, waren wir alle mehr als erleichtert. Seine Freunde gingen vor, Lara und ich gaben ihnen ein wenig Zeit. Schließlich ging auch ich in sein Zimmer. Schon am Gesicht der Jungs erkannte ich, dass das keine gute Idee gewesen war. Shanes Augen blitzten mich an.

»Danke, dass du die Jacke mitgenommen hast. Und sorry für den Stress.« Seine Stimme war noch immer nicht die alte, er sah auch weiterhin blass und dünn aus. Die Augen, die sonst strahlten, wurden durch die Augenringe überschattet. »Leb wohl«, sagte er nur noch und drehte sein Gesicht von mir weg.

Kurz war ich ihm dankbar dafür, weil er so die Tränen nicht sehen konnte, die schon wieder über meine Wangen liefen. Dann überkam mich aber meine Wut auf ihn und seine Verschlossenheit. Ich warf die blöde Jacke, die er so liebte, auf sein Bett und ging ohne ein weiteres Wort hinaus. Lara folgte mir in einigem Abstand.

Shane

Ich konnte Alina so nicht sehen. Also sie sollte mich nicht so sehen. Meine Emotionen hätten unterschiedlicher nicht sein können. Ich war wütend, weil sie mich da rausgeholt hatte, unglücklich, weil ich mich dermaßen dumm abgeschossen hatte, ohne ein Grundmaß an Kontrolle zu behalten. Außerdem schämte ich mich, dass Ben, Josh und Travis mich so mitleidig ansahen, als ob meine ganze Familie gestorben wäre. Oh Moment – Déjà-vu! Die Situation ähnelte der vor 14 Jahren so sehr, dass es eigentlich unfassbar war.

Bevor die anderen irgendetwas sagen konnten, fragte ich: »Was war mit ihrem Gesicht?« Jeder hatte sehen können, dass die eine Hälfte so rot war und brennen musste wie Feuer.

Travis sah mich abschätzig an. So hatte ich ihn selten erlebt. »Abgesehen davon, dass sie wegen dir stundenlang geheult hat und du sie dann abgefertigt hast, als wäre sie nicht mehr wert als der Dreck an deinen Schuhen?« Obwohl seine Stimme ruhig war, kannte ich ihn lange genug, um zu wissen, wie aufgebracht er in Wirklichkeit war. Also nickte ich kurz. »Du hast sie mit der Hand erwischt, als du um dich geschlagen hast.« Er wartete meine Erwiderung nicht ab, sondern ging einfach. Mein Atem stockte, als ich begriffen hatte, was er meinte. Mein Magen rebellierte und ich wusste, dass das nicht von dem Heroin oder von den anderen

Medikamenten stammte. Würgend hing ich über dem Mülleimer, den Ben mir geistesgegenwärtig gereicht hatte. Sie hatte mir geholfen, obwohl ich sie derartig abgewiesen hatte, und als Dank hatte ich sie auch noch geschlagen? Mir wurde klar, dass ich nie ein größeres Arschloch gewesen war als in den letzten paar Monaten. Eigentlich hatten die letzten Stunden alles getoppt, was ich jemals gebracht hatte. Meine Freunde sahen mich immer noch an, als wollten sie mich abwechselnd umarmen und mir eine runterhauen.

»Ich bin müde«, sagte ich irgendwann, um sie loszuwerden. Beide nickten und verabschiedeten sich kurz.

Als ich endlich alleine war, konnte ich nichts tun, als an die Decke zu starren. In den letzten Wochen hatte ich mich betäubt, aber jetzt hatte ich keine Möglichkeit mehr dazu. Meine Gedanken kreisten natürlich unaufhörlich um Alina. Um das, was sie für mich aufgegeben und getan hatte, und darum, wie ich sie behandelt hatte. Ich hatte die Frau, die ich lie… Halt stopp! Fuck! Das war genau das, was ich nicht denken durfte. Alina war Geschichte, nach heute sowieso. Sie würde – mit Recht – nichts mehr mit mir zu tun haben wollen, und das konnte nur richtig sein. Ich hatte keine Ahnung, wie sich die nächsten Wochen und Monate entwickeln würden, aber es war einfach besser, wenn sie darin keine Rolle spielte.

Sie hatte meine Behandlung nicht verdient, aber ich konnte es nicht mehr zurücknehmen. Nichts, was ich getan oder gesagt hatte, würde ich ungeschehen machen können. Vielleicht würde ich es irgendwann einmal klarstellen. Ihr sagen, was wirklich passiert war, und warum sie niemals die Frau an meiner Seite sein konnte. Oder besser gesagt, dass ich nie der richtige Mann für sie wäre. Sie brauchte jemanden, an den sie sich anlehnen konnte, der sie liebte, der sie beschützte. Und ich war ein Wrack, das inzwischen offensichtlich nur noch mit Drogen klarkam. Wenigstens ein bisschen. Denn so richtig gut war es mir natürlich nicht gegangen. Aber die Illusion davon hatte mir ein beruhigenderes Gefühl gegeben. Eben weil ich wusste, dass Alina sich so nicht behandeln lassen würde und sich deswegen einen netten, freundlichen, langweiligen Mann suchen konnte, mit dem sie glücklich werden würde.

Wenigstens konnte ich mir jetzt sicher sein, dass ich sie endgültig abgeschreckt hatte.

Kapitel 18

Alina

Beinahe jeden Tag traf ich mich mit Lara. Ich schottete mich nicht ab, sondern versuchte, mit der Situation umzugehen. Nervös drehte ich meine Kaffeetasse in der Hand, was meine beste Freundin natürlich bemerkte, aber nicht weiter kommentierte.

»Hast du was von ihm gehört?«, fragte ich schließlich zögerlich. Lara sah mich an, als ob ihr jemand in die Seite gekniffen hätte.

»Na ja …«, begann sie. Sofort wurde ich hellhörig. Das war mehr als das »Nein« der letzten neun Tage.

»Sag mir, was du weißt«, forderte ich. Natürlich hatte ich keine Grundlage, um irgendetwas einzufordern, weil er mich abserviert hatte, aber ich versuchte es natürlich trotzdem.

»Er … macht gerade einen Entzug«, erwiderte sie schließlich ruhig. Mehr sagte sie nicht, obwohl ich ihr mit einer Geste bedeutete, fortzufahren.

»Und dann?« Ich konnte mich nicht so richtig artikulieren, weil ich auch nicht wusste, was ich genau hören wollte.

»Im Anschluss soll er wohl eine Therapie machen, wegen … aber er ist wohl nicht sehr aufgeschlossen.«

»Wegen was? Dem Tod seiner Familie?« Mit Absicht forderte ich sie heraus, was wirklich gemein war. Aber ich hatte das Gefühl, dass sie mir etwas verheimlichte.

»Ja … er will mit niemandem reden, aber die anderen sagen, dass es wichtig ist.« Lara wirkte zerknirscht, ich brachte nur ein aufgebrachtes Schnauben zustande. Damit hatte ich ihre Aufmerksamkeit.

»Was weißt du?«, fragte sie mich schließlich. Ich erzählte ihr von den Tattoos, bei denen viele einzelne Elemente gleich angeordnet waren, von den Albträumen, die uns beide begleitet hatten … Sie hörte mir zu und nickte zwischendurch, sagte aber nichts.

»Weißt du mehr als ich?«, fragte ich, nachdem ich alles losgeworden war. Sie schüttelte den Kopf und ich war erleichtert. Nicht, weil ich es nicht gerne gewusst hätte, sondern weil sie mir nichts vorenthalten hatte. Ich konnte damit leben, dass Shane mir nicht alles sagte, oder gesagt hatte. Wahrscheinlich würde ich wohl keine Chance mehr bekommen, dass er mir jemals irgendetwas erklären würde, aber dennoch war es mir wichtig, dass er mit seiner Vergangenheit abschließen konnte. Doch wenn meine beste Freundin mir jetzt auch noch Dinge nicht sagen würde, die sie wissen müsste, weil ihr Freund im Bilde war … damit würde ich kaum klarkommen. »Hat Travis dir nichts erzählt?«, fragte ich sie, rein aus Interesse, nicht um ihr zu nahe zu treten.

Sie schüttelte den Kopf. »Ich weiß nur das Gleiche wie du. Dass es eine Tragödie in seiner Familie gegeben haben muss und er deshalb so abweisend anderen Leuten gegenüber ist. Was genau damals geschah, hat Travis nicht erzählt. Sie sind eben eine eingeschworene Gemeinschaft, was das betrifft.«

»Also sind sie schon so lange befreundet?« Keine Ahnung, warum es mich überhaupt noch interessierte, welche Verbindungen Shane zu den Jungs hatte.

Lara trank einen Schluck aus ihrer Tasse. »Ja. Nach dem Tod seiner Eltern war Shane wohl viel bei Joshs und Travis' Familie, genau wie die anderen. Seine Mutter hat sich um ihn gekümmert, was ich am Anfang, als ich sie kennengelernt hatte, kaum glauben konnte.« Sie verzog das Gesicht zu einer Grimasse. Der Start von Lara bei Travis' Familie war mehr als durchwachsen gewesen. »Gelebt hat er eigentlich bei seinen Großeltern, aber die meiste Zeit war er bei Reeks und hat dort auch angefangen, in der Band zu spielen.«

Witzigerweise war das mehr, als Shane mir je über seine Jugend erzählt hatte. Es stimmte mich ein bisschen melancholisch, dass ich so etwas von Lara erfahren hatte. Aber Schwamm drüber, was machte ich mir jetzt noch Gedanken darüber?

»Es war gut für ihn, dass er sie alle als Bezugspersonen hatte«, sagte ich deswegen nur leise. Lara nickte wieder bedächtig.

»Shanes Großeltern kommen nächste Woche hierher, vielleicht will er mit ihnen reden«, erzählte sie. Wieder zog sich mein Magen zusammen. Ich hatte nicht einmal gewusst, dass er noch Familie in den Staaten hatte.

»Okay«, flüsterte ich, weil der Kloß in meinem Hals nicht mehr als das zuließ.

»Alina, was ist los?«, fragte Lara nach einer kurzen Pause.

»Ich … keine Ahnung, ich weiß nicht, wie ich es dir erklären soll …« Das war die Wahrheit. Bei dem Versuch, mein Gehirn dazu zu bringen, mir den

Grund für meine Traurigkeit rational darzulegen, geriet ich in eine Sackgasse.

»Süße, es ist nicht deine Schuld, was passiert ist. Und auch nicht, dass er es dir nicht erzählt hat. Er ist schon lange so und keiner weiß, ob sich das jemals ändern wird.« Klar hatte sie recht. Dennoch war ich nicht froh darüber, dass ich so vieles nicht gewusst hatte, obwohl ich immerhin so viel mit ihm geteilt hatte. Die Vergangenheit jetzt wieder aufzurollen und ihr nachzutrauern, machte überhaupt keinen Sinn! Also straffte ich meine Schultern und stellte meine Tasse resolut auf dem Tisch ab.

»Ich weiß. Er ist ein Sturkopf, aber das kann mir jetzt egal sein. Es hat nichts mehr mit mir zu tun und ich lasse mich damit nicht mehr belasten«, entschloss ich mich laut, in der Hoffnung, dass Lara mich in den richtigen Situationen daran erinnern würde.

Sie hob ihre Hand zu einem High Five und ich schlug mit Freude ein. »Richtig so, BFF! Lass es hinter dir, so schwer es auch ist. Irgendwann suchst du dir einen richtigen Kerl!« Ich hoffte inständig, dass sie mir nicht ansah, dass mir ihre letzte Ansage einen Stich versetzte.

Shane

Die Ärzte hatten gesagt, dass es nach einer Woche besser werden würde. Dass ich nicht mehr ständig kotzen und zittern würde und dass die Schmerzen weniger würden. Nach nun mehr neun Tagen war es besser. Ja. Aber definitiv immer noch scheiße. Ich hatte mich für einen kalten Entzug entschieden, obwohl alle sagten, dass das kein Zuckerschlecken werden würde. Aber was hatte ich für eine Wahl? Ich hätte mich auch weiter mit Heroin abschießen können und irgendwann an einer Überdosis sterben können. Nicht unbedingt das Schlechteste, wenn ich die letzten Tage betrachtete. Die Entzugsklinik war eine der besten, die es im Umkreis gab, also wussten die Leute hier wohl, was sie taten. Ich war nicht der Erste hier, der einen kalten Entzug machte. Dennoch hatte ich teilweise das Gefühl, dass sie mir Mist erzählten.

Als ich meine Tasse (ja Tasse – aus Plastik, Gläser bekamen wir hier nicht) vom Nachttisch nahm, verschüttete ich die Hälfte des Wassers, weil meine Hand immer noch unkontrolliert zitterte. Ich hoffte, dass ich, nachdem ich etwas getrunken hatte, nicht alles wieder auskotzen würde. Wäre nicht das erste Mal. Auf dem Flur hörte ich Stimmen und ich wusste wieder, dass gleich die Inquisitoren antanzen würden. Meine Kumpels kamen mit beständiger Nervigkeit vorbei, um mit mir zu reden. In der Regel ignorierte ich sie.

Heute waren es Josh und Travis, die auf der Matte standen. Natürlich, ohne anzuklopfen, hatten sie mein Zimmer betreten. Aber gut, sie wussten, dass sie auch darauf keine Antwort bekamen.

»Hey«, sagte Josh.

»Wie geht's dir?«, fragte sein großer Bruder. Ich schenkte ihnen lediglich einen abschätzigen Blick und sah aus dem Fenster. Der November tat sein Bestes, es regnete schon den ganzen Tag. Die grauen Wolken, die seit Tagen den Himmel bedeckten, entsprachen exakt meiner Stimmung. Wie paradox wäre es auch gewesen, wenn es mir mit strahlend blauem Himmel so scheiße gegangen wäre?

Meine Kumpels faselten etwas von meinen Großeltern, Therapie, der Band und sonstigem Schnickschnack, der mich nicht im Geringsten interessierte. Ich wollte nur noch hier raus. Aber was dann? Was hatte ich im Leben, das mir Spaß machte? Oder mich auch nur befriedigte? Spaß brauchte ich nicht unbedingt, damit war es schon lange vorbei. Außer einige Momente in den letzten Monaten … Wie immer verbot ich mir den Gedanken an diese Augenblicke. Eigentlich waren es auch keine Augenblicke gewesen, sondern Monate, in denen ich mich wieder wie ein ganzer Mensch gefühlt hatte und es sich wieder so angefühlt hatte, als ob in meiner Brust ein Herz schlug. Jetzt war es wieder so wie vor ihr. In mir drin gab es nur eine beständige Gleichgültigkeit mir und meiner Umwelt gegenüber.

»… solltest Alina anrufen.« Bei Joshs Worten, deren Zusammenhang ich nicht mitbekommen hatte, zuckte ich zusammen. Das wäre wohl das Letzte, was ich tun würde. Josh sagte nichts weiter, auch

Travis hatte wohl gesagt, was gesagt werden musste, obwohl ich es nicht mitbekommen hatte. Ich hörte, wie sich die Tür öffnete, Schritte, wie sie ins Schloss fiel. Erleichterung durchflutete mich. Ich schlang meine Arme um meinen Oberkörper. Hatte er es tatsächlich gewagt, ihren Namen auszusprechen? Seit Tagen, nein eher seit Wochen, verbot ich mir selbst, ihn zu denken, und dann kam er hierher und besaß diese Dreistigkeit?

Die nächsten Tage vergingen mit faultierhafter Geschwindigkeit. Wie in Zeitlupe zogen die gravierendsten Ereignisse an mir vorbei. Also drei Mahlzeiten am Tag und drei Monologe von Ärzten. An jedem Tag, es müssten vier gewesen sein, waren einer oder mehrere meiner Freunde hier gewesen. Aber ich ignorierte sie noch mehr als zuvor. Heute waren die Stimmen, die von draußen erklangen, andere. Es klopfte und ich sagte nichts.

»Shane«, hörte ich meine Großmutter sagen. Ihre Stimme war zittrig, es hörte sich an, als hätte sie geweint. Was war bloß passiert?

»Junge, wie geht's dir?«, fragte mein Großvater. Sie waren wirklich von New York hierhergeflogen, um mir zuzusehen, wie ich mich quälte? Als eine Hand sich auf meine Schulter legte, zuckte ich zusammen und drehte reflexartig den Kopf. John, mein Cousin, war auch mit hier. Er sah fast genauso nerdmäßig aus wie vor einem Jahr, als wir uns das letzte Mal gesehen hatten. Er sagte nichts, sondern sah mich nur an. Ich wusste nicht, was in seinem Kopf vorging, denn er war hyperschlau. Keiner wusste wohl genau, was er dachte. Aber sein Blick war nicht mitleidig, sondern auffordernd. Als ich mich abwandte, sagte er immer noch nichts, sondern stellte sich nur ans Fenster und sah hinaus. Als ob er mich nur mit seiner Anwesenheit beehren wollte, ohne etwas zu fordern. Ich war ihm unglaublich dankbar.

Meine Grandma redete auf mich ein, aber ich bekam nur einen Bruchteil mit. Sie sprach von meinen Eltern und was sie in dieser Situation durchgemacht hätte. Ich war ihr immer noch dankbar, dass sie mich damals bei sich aufgenommen hatten, aber das ging eindeutig zu weit. Auch Grandpa unterstützte sie jetzt in ihrem Monolog. Wie ein Kleinkind versuchte ich, ihre Stimmen in meinem Kopf auszublenden, in dem ich laut an irgendetwas anderes dachte. Fehlte nur noch, dass ich mir die Hände über die Ohren legte.

»Ich denke, es ist genug«, intervenierte John irgendwann und sah mich noch einmal an. Er verstand mein kaum wahrnehmbares Nicken und komplimentierte die beiden nach draußen. Wieder eine Situation, in der ich erleichtert war. Und dankbar. John war ein echt guter Kerl.

Alina

Zögernd klopfte ich an die Tür von Travis' Wohnung. Es war bescheuert, denn ich war schon hundert Mal vorher hier gewesen. Doch heute traf ich das erste Mal auf die Band, seitdem Shane mit mir Schluss gemacht hatte. Abgesehen von den paar Stunden, als wir ihn ins Krankenhaus gebracht hatten. Das war jetzt knapp zwei Wochen her. Lara hatte mich explizit gebeten zu kommen und mir versprochen, dass die anderen mich auch in Ruhe lassen würden.

Zumindest soweit es Shane betraf.

Meine beste Freundin öffnete mir mit einem Strahlen die Tür. Offenbar war ich die Letzte, die eintraf, denn es befanden sich schon viele Menschen in der Wohnung. Sehr viele.

»Hi Süße! Verrätst du mir jetzt endlich, warum ich heute hier bin?«, fragte ich sie. Denn sie hatte mir gegenüber nur von einem kleinen »Beisammensein« gesprochen. Die rund vierzig Leute, die in Travis' und ihrer Wohnung herumstanden, waren dafür doch etwas übertrieben. Statt mir zu antworten, hob sie nur ihre linke Hand und ein wunderschöner Diamant funkelte mich an.

»Oh mein Gott«, kreischte ich, denn es war ja wohl klar, was das bedeutete. Ich umarmte sie und wir hüpften aufgeregt durch den Flur. Dass alle uns anstarrten, als wären wir komplett verrückt, ignorierten wir. Wir hielten erst inne, als sich eine große Hand auf Laras Schulter legte. Travis zwinkerte mir zu und strahlte genauso wie meine Freundin.

»Alina, schön, dass du gekommen bist«, sagte er, nachdem er mich kurz auf die Wange geküsst hatte.

»Na, wenn ihr mir gleich gesagt hättet, was der Anlass ist, hätte ich nicht so lange gezögert«, erwiderte ich lächelnd.

»Aber dann wäre es doch keine Überraschung mehr gewesen«, empörte Lara sich. Travis lachte wieder und zog mich an der Hand mit sich, den anderen Arm um seine Verlobte gelegt. Nacheinander reichte er mich an die Menschen weiter, die ich kannte. Josh, Ben und Tom umarmten mich, als hätten wir uns seit Jahrzehnten nicht gesehen. Auch ich war erleichtert, dass unsere Freundschaft noch immer Bestand hatte, nach allem, was passiert war. Offenbar nahmen sie es mir kein bisschen übel, dass ich mich die ganze Zeit nicht gemeldet hatte, denn sie integrierten mich sofort in ihr Gespräch.

In der Ecke stand noch ein Kerl, den ich nie zuvor gesehen hatte. Sein Outfit war recht seltsam (ein kariertes Hemd zu einer gestreiften Hose. Hatte er etwa zwei unterschiedlich bunt gepunktete Socken an?), und so wie er in sein Buch vertieft war, wirkte er, als ob er nicht hierhergehören würde.

»Das ist John. Er ist … ein alter Freund«, sagte Josh jetzt, der meinen Blick zu dem komischen Vogel bemerkt hatte.

»Okay«, antwortete ich gedehnt. Das hörte sich selbst für meine Begriffe seltsam an. »Er ist der Cousin von ›Du weißt schon wem‹«, fügte er leise hinzu.

»Voldemorts Cousin ist hier? Verrückt«, rief ich und ich bemerkte, dass mich alle anstarrten.

»Alina«, zischte Ben. Sie waren an meine Ausbrüche immer noch nicht gewöhnt. »Natürlich ist er Shanes Cousin.«

»Das hab ich mir gedacht, Mann«, antwortete ich und tat absichtlich so, als ob es mir nichts ausmachen würde. Grundsätzlich konnte er ja nichts dafür, mit dem verwandt zu sein, über den ich nicht sprechen wollte. Aber die Jungs waren schon irgendwie süß …

Wir setzten unser Gespräch fort, als wäre nichts passiert. Immer wieder spürte ich, dass John mich ansah, nur um dann seinen Blick wieder auf das Buch in seiner Hand zu senken. Irgendwann war es mir zu blöd und ich ging in die Küche, um mir etwas zu trinken zu holen. Aus dem Kühlschrank nahm ich mir ein Bier und öffnete es mit dem Flaschenöffner, der daneben auf der Arbeitsfläche lag.

»Bekomme ich auch eins?«, fragte eine mir unbekannte Stimme hinter mir. Ich zuckte zusammen, weil ich nicht bemerkt hatte, dass mir jemand gefolgt war. Langsam drehte ich mich auf dem Absatz herum und sah John im Türrahmen stehen.

»Klar«, sagte ich gespielt lässig. Ich holte eine weitere Flasche heraus und hielt sie ihm entgegen.

»Du bist Alina, richtig?«, fragte er und streckte mir seine Hand entgegen.

»Ja. John, oder?«, hakte ich nach, um höflich zu sein.

»Genau. Und ich bin auch nicht mit Voldemort verwandt«, schmunzelte er.

»Was ein Glück! Ich hatte schon Angst«, lachte ich. Er grinste mich an und lehnte sich an den Küchenblock. Einige Minuten sagte keiner von uns ein Wort.

»Du bist der Grund«, brach er das Schweigen.

»Der Grund wofür?«

»Wofür? Für alles. Für die unglaublichen guten Stücke, die er geschrieben hat, für die Tour, dafür, dass er Drogen genommen hat, und dafür, dass er jetzt mit keinem reden will.« Ich spürte, wie mein Magen sich zusammenzog. Wir hatten keine drei Sätze gesprochen und nun gab er mir die Schuld dafür, dass Shane in der Entzugsklinik war? Leise schnaubte ich und versuchte, mich an ihm vorbeizudrängeln.

»Ich sagte nicht, dass du schuld an der Situation bist. Das ist er selbst, er ist alt genug. Aber ich kenne ihn sein ganzes Leben und weiß, was ihn antreibt.«

»Ach ja? Wie schön. Und wie gut, dass ich noch nie ein Wort über dich gehört habe. So nah könnt ihr euch wohl dann nicht stehen«, zickte ich ihn an und er – er lachte.

»Als ob Shane irgendetwas freiwillig erzählen würde.« Er lachte immer noch und sah dabei so unfreiwillig komisch aus, dass ich auch lachen musste.

»Du hast recht. Sorry, bin wohl etwas empfindlich«, murmelte ich schließlich, weil mir meine Zickigkeit etwas peinlich war.

»Ist schon okay. Ich hätte es auch etwas netter angehen lassen können.« Er hielt mir seine Flasche zum Anstoßen hin und ich erwiderte die Geste. Als ob nichts passiert wäre, gingen wir wieder zurück zu den anderen.

So gut wie möglich versuchte ich, seine Worte zu verdrängen, doch es gelang mir nicht. Und natürlich sah ich nur die negativen Punkte in seiner Aufzählung. War ich tatsächlich der Grund dafür, dass Shane sich so kaputtmachte? Wenn ja, wollte ich es definitiv nicht noch einmal sein. Ich konnte nichts dafür, dass er so labil war, das war er schließlich schon seit Jahren, wie ich wusste, aber ich würde den Teufel tun und noch einmal für irgendetwas geradestehen, was ihn betraf.

Aus ein paar Metern Entfernung beobachtete ich Lara, wie sie schallend lachte. Sie unterhielt sich mit keinem ihrer Gäste, sondern lediglich mit Travis. Auch wenn sie es schwer gehabt hatten, beneidete ich die beiden um ihr Glück. Vor allem deswegen.

Shane

Die Wohnung war hell, großzügig geschnitten und auf jeden Fall zu groß für mich. Dennoch hatte ich den Mietvertrag unterschrieben, denn so etwas würde ich so schnell nicht wieder finden. Mein Therapeut würde stolz auf mich sein. Schon in der ersten Sitzung bestimmte er, dass eine eigene Wohnung der erste Schritt in die richtige Richtung wäre. Keine Ahnung, warum, aber ich hatte beschlossen, es zu versuchen. Dass ich schon zwei Tage später einziehen konnte, hatte ich ja nicht ahnen können. Jetzt stand ich in meinem neuen Wohnzimmer, mit nichts weiter als meiner Reisetasche und meinem Gitarrenkoffer in der Hand und sah mich um. Es fehlte mir an den kleinsten Dingen. Geschirr zum Beispiel. Wenigstens gab es hier eine Küche – mit der ich aber nichts anfangen konnte.

Ein weiterer Rat des Therapeuten war, andere um Hilfe zu bitten. Also rief ich Ben an und schilderte ihm die Lage. Er war zuerst perplex, als ich erwähnte, dass ich raus aus dem Krankenhaus war und direkt eine Wohnung hatte, zögerte dann aber nicht weiter. Er kündigte an, dass er in ein paar Stunden mit dem Nötigsten auftauchen würde.

Bis dahin hieß es also warten. Als ob ich das nicht schon die letzten zwei Wochen im Krankenhaus gemacht hätte! Ich suchte in den Küchenschränken herum, bis ich schließlich in der hintersten Ecke die hässlichste Tasse der Welt fand. Sie war gelb und grün mit kleinen Hühnern drauf. Für meine Zwecke würde sie ausreichen. Ich füllte sie halb mit Wasser, nahm sie mit ins Wohnzimmer und setzte mich in eine Ecke. Aus meiner Jackentasche suchte ich meine Zigaretten und steckte mir eine an. Das hier war also meine erste eigene Wohnung. Könnte schlimmer sein.

Ben hatte nicht zu viel versprochen. Nach drei Stunden, in denen ich nichts getan hatte, klingelte es und ich drückte auf den Öffner. Ein paar Minuten später stürmten verschiedene Menschen mit den unterschiedlichsten Gegenständen in mein neues Reich. Kartons, Tüten, Taschen und unförmige Gegenstände fanden ihren Weg in die Zimmer. Ich stand nur da und war verwirrt. Lara gab Kommandos und die Jungs hörten auf sie. Travis und die anderen schleppten Dinge, packten sie aus. Als ich ins Schlafzimmer ging, sah ich, dass Ben und Tom ein Bett aufbauten. Lara wickelte Kissen und Bettwäsche aus der Verpackung. Josh und John klapperten in der Küche mit meinem neuen Geschirr. Wo war ich hier gelandet?

Da ich mich nicht unnütz fühlen wollte, schnappte ich mir den Pappmüll und stapelte ihn im Flur. Ganz dumme Idee. Denn gerade klingelte es und ein Kerl kündigte durch die Sprechanlage die neue Couch an. Also räumte ich alles wieder beiseite und ließ die beiden Möbelpacker mitsamt schwarzer Ledercouch hinein. Sprachlos quittierte ich den Lieferschein und sah zu, wie sie meine Wohnung wieder verließen. Um mich wuselten alle herum, doch ich ließ mich auf das neue – sehr bequeme – Sofa fallen und starrte vor mich hin.

»Hey«, sagte Lara irgendwann neben mir und legte ihre kleine Hand auf meinen Arm. Ein kleiner Diamant, den ich noch nicht kannte, blitzte an ihrem Ringfinger.

»Glückwunsch«, sagte ich mit einer Geste auf den Verlobungsring. »Und danke«, fügte ich hinzu, denn ich wollte versuchen, in Zukunft etwas netter zu meinen Mitmenschen zu sein.

»Gerne, Shane«, antwortete sie und drückte meinen Arm, bevor sie aufstand. Ich verstand, was sie mir sagen wollte, und war froh, dass sie mich nicht für immer verfluchte, weil ich so ein Arsch gewesen war. Na ja, eigentlich war ich es immer noch, aber ich hoffte, dass sie es irgendwann vergessen würde.

Nachdem ich mich wieder aufgerafft hatte, räumte ich noch ein wenig herum. Die Jungs und Lara hatten ganze Arbeit geleistet und sogar einen Sixpack Bier in den Kühlschrank gestellt. Ich nahm mir eins heraus und setzte mich auf mein neues Sofa. Keine Ahnung, warum sie das alles für mich taten. Vielleicht, weil wir einfach Freunde waren? Aber dann hätte ich irgendwann auch mal etwas für sie tun müssen.

Der Psychodoc war wirklich erstaunt. Zwei Tage später saß ich ihm im Sessel gegenüber und berichtete kurz angebunden, dass ich jetzt eine vollständig eingerichtete Wohnung hatte. Er zog eine Augenbraue hoch und ich erzählte weiterhin, wie sehr meine Freunde mir geholfen hatten.

»Na gut, Mr. Morrow. Kommen wir also zum Kernpunkt. Warum sind Sie hier?« Wie ich solche Fragen hasste! Ich hätte mich darauf vorbereiten müssen, denn es war klar gewesen, dass er das wissen wollte.

»Weil meine Freunde mich dazu überredet haben«, presste ich zwischen den Zähnen hervor.

»Das ist der Grund, warum sie jetzt hier sitzen. Aber was ist der Grund, warum es so weit kam?« DER Grund? Es gab Hunderte. Dachte ich. Keine Ahnung. Was wusste ich schon? Sollte der mir das nicht sagen? Vorsichtshalber sagte ich nichts.

»Mr. Morrow. Ich kann Ihnen nicht helfen, wenn Sie mir nicht antworten. Es mag Menschen in Ihrem Umfeld geben, die Sie auch so verstehen, aber ich tue es nicht.« Menschen? Eigentlich gab es nur einen Menschen, der mich ohne Worte verstand und dem ich im Gegenzug auch jeden Gedanken im Gesicht ablesen konnte. Ich schüttelte den Kopf, um ihm zu bedeuten, dass ich es ihm nicht sagen würde.

Der Therapeut – ich hatte seinen Namen schon wieder vergessen – sah mich mit seinen durchdringenden Augen an.

»Ich habe hier eine Liste Ihrer Angehörigen. Da stehen nur drei Personen drauf. Was ist mit dem Rest Ihrer Familie?« Warum musste der Arsch direkt die Fragen stellen, die ich nicht hören wollte.

»Tot«, antwortete ich kalt und sah, wie er sich etwas auf seinem Notebook notierte.

»Was ist mit Freunden? Einer Lebensgefährtin?«, bohrte er weiter in meinen Wunden. Es fühlte sich an, als ob er Salz und Zitronensaft auf einer Schürfwunde verteilte. Gleichzeitig. Fehlte nur noch der Tequila. Wieder schüttelte ich nur den Kopf.

»Gibt es keine Frau in Ihrem Leben oder möchten Sie nicht über sie sprechen?« Der Penner kannte wirklich kein Erbarmen. Meine Finger krallten sich in die Armlehnen des Sessels, sodass die Knöchel weiß hervortraten.

»Es wäre hilfreich, wenn wir mit der betroffenen Person arbeiten würden. Offenbar kann sie mir dann wenigstens Ihre Mimik und Gestik übersetzen.« Arsch!

Nachdenklich drehte ich mein Smartphone in der Hand und betrachtete es dabei kritisch. Der Psychotyp hatte den Rest der Sitzung nicht lockergelassen, dass ich Alina bitten sollte, bei den Sitzungen dabei zu sein. Wenigstens teilweise. Ein weiterer Faktor war wohl meine Familie, aber hier konnte er wenigstens nicht angreifen. Meine Großeltern waren wieder zurück nach New York geflogen, nur John war noch hier. Ihm war egal, wo er an seinem wissenschaftlichen Zeug arbeitete, und meinte, mich vielleicht unterstützen zu können. Ich hatte das nicht weiter kommentiert, als er es mir im Krankenhaus mitgeteilt hatte. Er war so gut wie jeder andere von meinen Kumpels, denn sie kannten alle den Grund, warum ich in dieser dämlichen Therapie nicht über meine Eltern und Sarah sprechen wollte.

Und jetzt saß ich alleine in meiner Wohnung, ohne eine Ahnung, was ich zu Alina sagen sollte. Wieder spiegelten die Wolken, die ich durch mein großes Fenster im Wohnzimmer sehen konnte, meinen Gemütszustand wider. Sie trieben schnell über den Himmel, ab und an regnete es in Strömen, dann blitzte wieder einmal die Sonne hindurch. Es wäre das perfekte Bild für einen neuen Song. Ich kramte meinen Block heraus und machte ein paar Notizen. Mir war selbst klar, dass ich mich damit ablenkte – denn wofür sollte ich Songs schreiben? Meine Zukunft in der Band war unklar, außerdem hatte ich seit Ewigkeiten nichts zu Papier gebracht und hing damit hinterher.

Aus einem Reflex scrollte ich in meinem Telefonbuch zu ihrem Namen – warum auch immer ich ihre Nummer nicht gelöscht hatte – und drückte auf den grünen Hörer. Es klingelte und klingelte und ich war kurz davor aufzulegen, weil es mich wahnsinnig machte. Mein Herz trommelte in meiner Brust – vor Freude oder Nervosität –, weil ich vielleicht gleich mit ihr sprechen würde. Oder wenigstens ihre Stimme seit Wochen wieder hören würde. Kurz bevor ich die Hoffnung aufgab, dass sie den Anruf annehmen würde, hörte ich ein atemloses »Hallo?!« am anderen Ende der Leitung.

Alina

Hannah und Henry räumten gerade sämtliche Töpfe aus den Schränken, obwohl ich nur eine Minute die Küche verlassen hatte. Während ich versuchte, die beiden dazu zu bringen, sich etwas anderes zum Spielen zu suchen, klingelte auch noch mein Handy. Der Klingelton verriet mir, dass die Nummer nicht übertragen wurde.

»Hannah, nicht die Pfannen, komm, wir machen ein Puzzle«, rief ich, als die Kleine den nächsten Schrank öffnete. Wie schaffte Louisa das nur den ganzen Tag? »Henry, bring das Puzzle mit den Tieren und deine Schwester mit«, bat ich, denn er war manchmal etwas vernünftiger. Als ich beobachtete, wie Henry seine Schwester an die Hand nahm, atmete ich erleichtert aus.

»Hallo?« Endlich konnte ich den Anruf entgegennehmen. Die Zwerge setzten sich auf ihre Decke und packten das Puzzle aus. Okay, sie warfen die 20 Teile durch die Luft. Der Anrufer sagte nichts. »Hallo?«, fragte ich noch einmal. Wenn er oder sie nichts zu sagen hatte, konnte ich wenigstens gleich auflegen und mich um die Monster kümmern. Also wartete ich noch ein paar Sekunden, bis es in der Leitung tutete. Immerhin hatte ich nicht unfreundlich sein müssen, denn der Anrufer hatte von selbst das »Gespräch« beendet.

Ich krabbelte auf meinem Parkett herum, um die Teile des Puzzles einzusammeln. So verteilt kamen sie mir weit mehr vor. Mein Handy klingelte wieder, wieder mit unterdrückter Nummer.

»Was?«, blaffte ich, als ich auf den grünen Hörer gedrückt hatte. Hannah sah mich verwundert an.

»Alina«, hörte ich. Das war Shane. Mein Magen zog sich zusammen und ich musste wohl eine Grimasse schneiden, denn sie spiegelte sich in Hannahs winzigem Gesicht wider, bis sie begann, zu weinen.

»Sch, Hannah, alles ist gut«, versuchte ich, sie zu beruhigen, und nahm sie auf den Schoß. Henry sah mich verwundert an. »Lina?«, fragte er mit kleinen putzigen Falten auf der Stirn. Bevor er noch irgendwas sagen konnte, beendete ich das Gespräch dieses Mal wirklich selbst und drückte meine kleine Nichte an mich. Ich schaukelte mit ihr vor und zurück, um sie zu beruhigen. Na gut, sie hatte sich längst beruhigt. Meine Hand strich wie von selbst durch Henrys weiche dunkelbraune Locken, weil er sich an mich gekuschelt hatte.

Offenbar hatte er kein Erbarmen mit mir, denn mein Handy klingelte zum dritten Mal.

»Hallo?«, fragte ich wieder. Dieses Mal zitterte meine Stimme etwas und ich hoffte, dass er es nicht merkte.

»Hi«, sagte er nur.

»Was kann ich für dich tun?«, fragte ich ihn in meinem nüchternsten Tonfall. Ich hörte sein leises Lachen durch die Leitung, was mir eine Gänsehaut über den Rücken jagte.

»Du könntest mir einen Gefallen tun«, meinte er nur. Das Schnauben konnte ich nicht unterdrücken. Einen Gefallen? Warum zur Hölle sollte ich ihm noch irgendetwas Gutes tun?

»Inwiefern?«, fragte ich also nur.

»Ich … also mein Therapeut sagt, dass er mit dir reden will.«

»Wie schön für ihn«, zickte ich zurück.

»Alina, ich weiß, dass das nicht die beste Idee ist, aber …«

»Nicht die beste Idee? Shane, das ist die beschissenste Idee der Welt! Ich mach da bestimmt nicht mit. Du kannst doch nicht im Ernst meinen, dass ich mich jetzt von einem Therapeuten für irgendwas verantwortlich machen lassen werde.«

»Er wird dich nicht …« Ich ließ ihn nicht ausreden.

»Vergiss es einfach. Ruf mich nicht wieder an, ich mache dabei nicht mit.« Schnell legte ich auf, bevor er noch etwas sagen konnte. Am Ende würde er wahrscheinlich darum bitten, und das hätte ich ihm nicht abschlagen können. Wieder schaukelte ich vor und zurück, Hannah sah mich aus ihren großen grünen Augen erstaunt an.

Kapitel 19

Shane

Ich starrte auf mein Smartphone und versuchte, meine Gedanken zu sortieren. Mit ihrer Reaktion hätte ich rechnen müssen. Sowohl damit, dass sie erst einmal auflegte, als ich anrief, als auch, dass sie mich abblitzen ließ. Wobei »abblitzen« irgendwie das falsche Wort dafür war, wie sie mich abgekanzelt hatte. Nachdem ich gecheckt hatte, dass ihre Nichte und ihr Neffe bei ihr waren, hatte ich gehofft, dass sie weniger aufbrausend sein würde. Falsch gedacht.

Und ich konnte sie so gut verstehen! Vor ein paar Wochen hatte ich sie noch wie den letzten Dreck behandelt und jetzt bat ich sie um Hilfe? Wie konnte ich auch nur so blöd sein. Obwohl – gebeten hatte ich sie eigentlich um nichts. Sie hatte mich ja auch nicht gelassen. Zusätzlich hatte sie mir verboten, wieder anzurufen.

Langsam nahm ich mein Glas vom Tisch und wollte einen Schluck trinken, doch ich merkte, dass es mir nicht gelingen würde. Meine Kehle fühlte sich an, als ob jemand beide Hände darum geschlossen hatte, und mein Magen war ein einziger Stein. Also stellte ich es genauso langsam wieder ab.

Weil ich nicht besser wusste, was ich tun sollte, nahm ich wieder mein Smartphone in die Hand. Ich merkte, dass sich meine Gedanken in den letzten Tagen und Stunden um sie gedreht hatten, und jetzt hatten sie ihren Fixpunkt verloren. Es würde kein Treffen mit ihr geben, keine Therapiestunden mit ihr und überhaupt nichts, was auch nur ansatzweise sie und mich betraf. Alles war nicht nur in weite Ferne gerückt, sondern hatte sich einfach in Luft aufgelöst.

Aber was hatte ich anderes erwarten können? Es war meine eigene Schuld. Wieder rief ich mir den Grund dafür in Erinnerung, was mir eigentlich nie schwergefallen war. Außer in den letzten Tagen, weil das Verlangen, sie zu sehen, stärker gewesen war als die Zweifel und die Angst, dass es wieder passieren konnte. Es war richtig so, wie es war, sagte ich mir. Es war richtig so, wiederholte ich immer wieder wie ein Mantra in meinem Kopf.

Meine Finger machten sich selbstständig und ich schrieb dem letzten Verwandten, der in meiner Nähe war: »Sie hat Nein gesagt.«

Alina

»Nein«, sagte ich zum wiederholten Male. Wie oft wollten sie mich noch fragen? Allein schon, dass mich fünf Leute jeden Tag anriefen, nur um mich dazu zu drängen, zu Shanes blöder Therapie zu gehen. Was sollte das bringen? Wie schon John, dem ich gerade mit meiner Aussage mal wieder das Wort abgeschnitten hatte, würde der Psycho-Heini sowieso mir die Schuld in die Schuhe schieben und darauf hatte ich echt keinen Bock. Ich hatte genug zu tun. Mein Studium war anstrengend, Reza machte weitere Fortschritte und … ich wusste, dass ich Ausreden suchte.

»John, ich kann das nicht«, sagte ich irgendwann in versöhnlicherem Ton. Er wollte wohl auch nur das Beste für seinen Cousin.

»Alina, bitte, versuch es doch nur ein Mal. Wenn es dann für dich nicht aushaltbar ist, kannst du das immer noch sagen«, erwiderte er in einem Tonfall, dem ich nicht wirklich widersprechen konnte.

»Ich überleg es mir, John. Okay?«

»Danke, Alina«, sagte er und ich hörte die Dankbarkeit mitschwingen.

Als ich aufgelegt hatte, ließ ich mich in die Kissen meiner Couch zurücksinken. Drei Tage hatten alle auf mich eingeredet, dass ich es versuchen sollte. Shane helfen sollte. Dem Mann zur Seite stehen sollte, der mir zweimal das Herz gebrochen hatte. Der dafür verantwortlich war, dass ich mich kaum noch unter

Leute traute. Zumindest dann, wenn es nicht für die Uni war. Seit Wochen saß ich in meiner Wohnung, wenn alle meine Freunde ausgingen. Nur zu Laras Verlobungsparty war ich gegangen und das auch nur, weil sie mir erzählt hatte, dass nur ein paar Leute kommen würden. Und auch da war ich nicht besonders lang geblieben. Die Begegnung mit John und das, was er zu mir gesagt hatte, hatte meine Stimmung etwas getrübt – freundlich ausgedrückt.

Meine zwei liebsten Menschen konnten nicht verstehen, was mich so aus der Fassung brachte. Louisa und mein Bruder kamen immer wieder mit den Zwillingen vorbei, um mich aufzumuntern, aber sie ließen mich schnell mit den Zwergen alleine. Dann war ich ruhiger, als wenn ich mich mit Erwachsenen auseinandersetzen musste. Wir malten, spielten und setzten Puzzle zusammen, so als ob ich dafür üben würde, die Stücke meines Herzens wieder in die richtige Reihenfolge zu bringen, um dann die Bruchlinien zu kitten.

Doch selbst die beiden Zwerge schafften es kaum, mich abzulenken, seit ich mit ihm gesprochen hatte. Ich beobachtete, wie sie auf ihren Blättern und auf meinem Parkett herummalten. Louisa, die im Türrahmen stand, hatte ich registriert, doch ich tat so, als ob ich sie nicht bemerkt hätte.

»Was genau hält dich davon ab?«, fragte sie. Sie hatte mein Gespräch mit John gehört. Wenigstens meine Seite.

»Ich will ihm nicht begegnen«, presste ich hervor.

»Warum nicht? Du warst mit ihm zusammen und er braucht deine Hilfe.« Sie provozierte mich absichtlich.

»Um mich dann wieder für alles verantwortlich zu machen? Damit er mir wieder sagen kann, dass ich eine aufmerksamkeitsheischende Schlampe bin? Mit Sicherheit nicht!«

»Glaubst du immer noch, dass er das ernst gemeint hat?«

»Natürlich hat er das! Shane sagt nichts, was er nicht so meint!« Warum erdreistete sie sich auch, meine eigenen Erfahrungen infrage zu stellen? Ach ja, weil sie es objektiver betrachten konnte.

»Vielleicht solltest du da hingehen, um herauszufinden, warum er dir das alles gesagt hat«, meinte sie jetzt. Als ob ich mir das nicht schon selbst überlegt hatte. Ich lehnte meine Ellbogen auf die Knie und stützte meinen Kopf in meine Hände.

»Und wenn er es doch so gemeint hat?«, flüsterte ich und spürte die Tränen, die sich in meinen Augen sammelten. Louisa setzte sich neben mich und nahm mich in den Arm.

»Ich versteh dich. Er hat dein Herz gebrochen und dir Dinge an den Kopf geworfen, die nicht wahr sind. Du liebst ihn und er tut so, als ob du nur auf Ruhm aus bist.«

»Ich liebe …«, wollte ich protestieren, doch sie ließ es nicht zu.

»Süße, mach dir nichts vor. Ich weiß, wie das ist.« Auf ihrem Gesicht erschien ein trauriges Lächeln. Als ich über ihre Schulter blickte, sah ich Aaron, der nun auch noch in meiner Wohnung stand. Er kam zu uns rüber und setzte sich auf meine andere Seite.

»Es klingt wahrscheinlich wie aus einem kitschigen Liebesroman, aber jeder hat eine zweite Chance verdient. Du musst ihn nicht wieder in dein

Leben lassen, wenn du das nicht willst, aber du bist der Mensch, der ihm jetzt helfen kann«, meinte mein Bruder, klug wie er war.

Ich nickte an Louisas Schulter und drehte mich dann zu Aaron, der mich ebenfalls umarmte. Er strich mir über den Rücken und ich merkte, dass die beiden ein stummes Gespräch führten.

»Weißt du noch, was du damals immer zu mir gesagt hast?«, fragte er leise. Ich vermutete, dass er die Zeit meinte, als Louisa nicht mit ihm sprechen wollte, also nickte ich.

»Das Ergebnis ist zweitrangig. Wichtig ist, dass du weißt, was du fühlst«, erwiderte ich. Denn er war damals in einer beschissenen Situation gewesen. Nachdem er Louisa einen Antrag gemacht hatte, war sie einfach abgehauen, ohne es ihm zu erklären. Und hatte ihn nicht an sich herangelassen. Nachdenklich betrachtete ich Henry und Hannah, die mit grünen Wachsmalstiften meinen Boden verschönerten. Damals war Louisa schon mit den beiden schwanger gewesen, ohne dass sie es gewusst hatte. Ich liebte die beiden, doch war ich froh, dass meine Situation nicht wie ihre war. Wenigstens hatte ich die Chance, noch relativ heil aus der Situation herauszukommen, wenn Shanes Therapie vorbei war. Wenn es mir so gehen würde wie Louisa damals …

»Okay«, sagte ich schließlich, als ich die Entscheidung getroffen hatte, Shane zu helfen, wieder auf die Beine zu kommen. Mit diesem einen Wort verschloss ich den gesammelten Schmerz der letzten Monate in der hintersten Ecke meines Herzens und schwor mir, ihn nicht herauszulassen. Zumindest nicht so, dass es jemand merkte. Vielleicht, wenn ich alleine war. Oder bei Lara oder Louisa. Aber sicherlich würde ich Shane nicht zeigen, dass er in der Lage war, mich so zu verletzen, wie er es getan hatte.

Der Therapeut starrte mich an, als ob ich von einem anderen Stern kommen würde. Sollte er nicht professionell und unvoreingenommen sein? Okay, ich hatte mein Outfit mit Absicht so gewählt. Zu einer schwarzen Jeans und Ankle Boots trug ich eine dunkelrote Seidenbluse und Silberschmuck. Meinen Kaschmirmantel hatte er bereits an die Garderobe gehängt. Er beobachtete, wie ich ein paar lockere Strähnen meiner eleganten Frisur richtete und meine Beine überschlug. Während wir auf Shane warteten, sagte keiner von uns ein Wort. Wir taxierten uns schweigend. Die nächste Stunde würde sicherlich unterhaltsam werden. Wenn da nicht Shane wäre, der schließlich der Grund war, warum ich nun hier saß.

Meine Zungenspitze befeuchtete meine Lippen, die ich im gleichen Dunkelrot wie die Bluse gefärbt hatte. Mir war klar, dass Shane und ich so nicht ungleicher hätten wirken können. Und genau das war meine Absicht gewesen.

Ohne Ankündigung öffnete sich die Tür und Shane kam herein. Ich hatte ihm nicht Bescheid gesagt, dass ich heute hier sein würde, sondern in der Praxis angerufen und mit Dr. Lang den Termin besprochen. Er war tatsächlich Facharzt für Psychiatrie und Psychotherapie, was mir ein gutes Gefühl gab. Es gab zwar auch gute Therapeuten, die keinen Doktortitel hatten, aber irgendwie fühlte es sich besser an.

Shane stand immer noch in der Tür und ich spürte, wie er mich mit Blicken durchbohrte. Ich hatte ihm nur einen kurzen Seitenblick zugeworfen, weil ich fürchtete, ihn sonst anstarren zu müssen.

»Mr. Morrow, setzen Sie sich doch. Frau von Wildenburg ist so freundlich und wird heute und vielleicht auch bei unserem nächsten Termin anwesend sein«, sagte der Arzt, obwohl wir das so nicht ausgemacht hatten. Bei unserem Telefonat hatte ich lediglich einer Sitzung zugestimmt.

Shane setzte sich in den anderen Sessel, der vor dem Schreibtisch des Arztes stand. Und sagte nichts. War ja klar.

»Mr. Morrow, finden Sie es nicht nett, dass Frau von Wildenburg hier ist?«

»Sagen Sie doch Alina, Dr. Lang«, kam ich Shane zuvor. Meine Stimme tropfte geradezu vor Freundlichkeit. Der Arzt räusperte sich kurz, als er mein strahlendes Lächeln sah, das ich ihm schenkte.

»Also Mr. Morrow. Wir werden heute ein bisschen mit Fr… Alina sprechen, um herauszufinden, wo Ihr Problem liegt.« Das leise Lachen aus meinem Mund konnte ich einfach nicht aufhalten. Dr. Lang wusste, wie er Shane ärgern konnte. Der schnaubte nur leise.

»Wie haben Sie es geschafft, dass sie hier ist?«, fragte der Arzt jetzt auch noch.

»Gar nicht. Ich weiß nicht, warum sie hier ist«, erwiderte Shane kalt.

»Dann ist das alles bloß ein verrückter Zufall?« Dr. Lang war eigentlich recht witzig.

»Du hast gesagt, dass du nicht kommst«, zischte Shane jetzt in meine Richtung.

Ich verhielt mich weiterhin wie ein verwöhntes Gör und drehte meinen Kopf langsam in seine Richtung. Seine eisblauen Augen funkelten und er nahm mich damit gefangen. Für einen Moment ließ ich mich davon ablenken, bevor ich eine abwertende Geste machte.

»Ich habe es mir anders überlegt«, meinte ich nur und wandte mich wieder um. Wie so oft spürte ich seinen Blick, obwohl ich ihn nicht sehen konnte. Dr. Lang musterte mich mit erhobener Augenbraue. Das leise Gefühl, dass er mich durchschaute, beschlich mich und ich hoffte, dass er die Erkenntnis richtig einordnete.

»Alina, es freut mich, dass Sie hier sind. Es könnte durchaus hilfreich sein, Ihre … Beziehung zu Mr. Morrow zu beleuchten.« Ein kleines Lächeln umspielte jetzt seinen Mundwinkel. Da ich mich nicht umdrehen wollte, wusste ich nicht, ob Shane es wahrgenommen hatte.

»Wie lange waren Sie beide zusammen?«, fragte er mich jetzt direkt.

»Bevor ich die Band auf ihrer Europatour begleitet habe, führten wir etwa vier Monate eine Fickbeziehung«, antwortete ich zuckersüß. Neben mir hörte ich, wie Shane scharf die Luft einsog.

»Wie hat Ihre Beziehung ein Ende gefunden?« Dr. Lang tat sehr professionell, obwohl ich sah, dass ich ihn ein bisschen schockiert hatte.

»Shane sagte mir beim letzten Konzert, dass er meine ›Dienste‹ nicht weiter benötige«, erwiderte ich ruhig.

»Waren das seine Worte?« Ich fragte mich, wie lange er es noch zulassen würde, dass wir über ihn sprachen, als wäre er nicht anwesend.

»Nein, er hat es etwas anders ausgedrückt. Sinngemäß sagte er, dass ich nur auf Ruhm und Geld aus sei und er nichts mehr mit mir zu tun haben wolle.«

»Und haben Sie ihm je das Gefühl gegeben, aus der Beziehung Profit schlagen zu wollen?«

»Nicht bewusst«, sagte ich wahrheitsgemäß, während Shane gleichzeitig »Niemals« knurrte. Das war ja schnell gegangen. Ich versuchte, mir meine Freude nicht anmerken zu lassen, sondern weiterhin die distanzierte Zicke zu geben.

Dr. Lang wandte sich jetzt von mir hab und taxierte Shane. »Warum haben Sie ihr es dann gesagt?«

»Weil sie es anders nicht verstanden hätte«, antwortete er leise. Meine Finger verschränkten sich so fest miteinander, dass es beinahe wehtat.

»Weil sie was nicht verstanden hätte?« Der Therapeut beugte sich vor und hielt seinen Stift in der Hand, als ob er startklar wäre, des Rätsels Lösung niederzuschreiben. Shane erhob sich und wanderte im Raum herum.

»Dass …«, begann er, doch er führte den Satz nicht zu Ende. Das Leder meines Sessels knarrte, als ich mein Gewicht verlagerte. Das Verlangen, ihn anzusehen, seine Reaktion zu beobachten, wurde beinahe übermächtig. »Es wäre nicht gut gegangen«, sagte er irgendwann leise, ohne zu seinem Platz zurückzukehren. Er wanderte einfach weiter auf und ab.

»Mr. Morrow. Sie müssen das schon expliziter ausführen«, meinte Dr. Lang nach ein paar Minuten, in denen wir geschwiegen hatten.

»Sie hätte es nicht eingesehen. Sie wollte alles öffentlich, aber ich kann das nicht«, sprach er das aus, was ich immer befürchtet hatte. Oder gewusst hatte.

Er wollte mich verleugnen, und damit war ich nie richtig klargekommen.

»Wieso nicht?«, fragte der Therapeut schlicht und sah dabei auf seine Uhr. Shane tigerte in dem großen Büro herum und antwortete wieder nicht.

»Ist es wegen Ihrer Familie?«

Ich hörte, wie die Tür aufgerissen wurde und dann ins Schloss fiel. Shanes Schritte waren vorher kaum hörbar gewesen, doch jetzt waren sie verstummt. Der Arzt notierte sich etwas auf einem Zettel und nahm dann seine Brille ab, um mich anzusehen.

»Interessant«, meinte er und ich fühlte mich in einen schlechten Film hineinversetzt. »Wir sehen uns übermorgen, Alina. Selbe Zeit, selber Ort«, fügte er noch hinzu, was das Gefühl um ein Zehnfaches verstärkte. Er schenkte mir ein verschmitztes Grinsen und wandte sich wieder seinen Unterlagen zu.

Shane

Wenn es eins gab, was ich hasste, dann dieses Gefühl der Ohnmacht. Einer Situation ausgesetzt zu sein, auf die ich mich nicht vorbereiten konnte. Plötzlich in einer Lage zu sein, aus der ich nicht herauskam. Keine Ahnung, ob Alina das gewusst hatte, als sie einfach so zu der Sitzung aufgetaucht war. Ich hatte mich darauf vorbereitet, dem Psychotyp zu sagen, dass sie nicht kommen würde, dann hatte ich die Tür geöffnet. Und da saß sie: so schön wie immer, offensichtlich ruhig und gefasst, völlig souverän. Sie hatte mich vorgeführt und mir einmal mehr klargemacht, was ich für ein Arschloch war. Sie hatte es wieder als »Fickbeziehung« bezeichnet, obwohl sie wusste, dass ich diese Bezeichnung hasste. Sie hatte mit dem bescheuerten Arzt geflirtet und mich kaum eines Blickes gewürdigt.

Wie schon in der Praxis lief ich jetzt in meiner Wohnung auf und ab. Was hatte sie damit bezwecken wollen? Mit zittrigen Fingern fischte ich meine Zigaretten aus der Jackentasche und zündete mir eine an. Es war mir egal, dass alle Welt nicht mehr in geschlossenen Räumen rauchte, hier störte es ja keinen. Alina war meistens auf den Balkon … Fuck! Ich wollte nicht an Alina denken, was sie alles getan hatte, und wie und warum überhaupt. Es war die bescheuertste Idee gewesen, sie zu fragen, ob sie zur Therapie kommen würde. Wenn ich es einfach gelassen hätte …

Aber jetzt war es so gewesen. Und jetzt hatte sie sich mehr denn je in meinen Gedanken festgesetzt. Ich sah ihre langen schlanken Beine in den engen Jeans ständig vor mir. Genauso wie ihre vollen Brüste, deren Ansatz ich durch den Ausschnitt ihrer Bluse erahnen konnte. Ihr Lächeln, das sie nicht mir, sondern Dr. Lang geschenkt hatte …

In der Hoffnung, irgendetwas zu finden, was ich gegen die Wand pfeffern konnte, sah ich mich um. Doch alles hier hatten meine Freunde mitgebracht und ich wollte es nicht zerstören. Es blieb mir also nichts anderes übrig, als mit meiner Faust gegen die freigelegte Backsteinmauer zu schlagen. Einmal. Zweimal. Dreimal.

Ich sah meine aufgeplatzten Knöchel, spürte das Blut heruntertropfen und den Schmerz, der sich langsam ausbreitete, doch es befriedigte mich nicht. Langsam ließ ich mich auf dem Boden nieder, betrachtete meine blutende Hand, ohne etwas dagegen zu unternehmen, dass ich den Boden damit versaute. Mein Smartphone vibrierte in meiner Hosentasche. Nachdem ich es umständlich mit der linken Hand herausgezogen hatte, war mir klar, dass ich jetzt wirklich am Arsch war.

Alina

Ob es clever gewesen war, Shane vorzuwarnen, dass ich heute wieder bei Dr. Lang sein würde? Keine Ahnung. Jedenfalls hatte er mir vorgestern nicht auf meine Nachricht geantwortet, obwohl er sie gelesen hatte. Wobei ich das hätte ahnen können.

Jetzt saß ich im Wartezimmer der Praxis, weil der Therapeut erst alleine mit Shane sprechen wollte. Er hatte mich wieder hinausgeschickt, um zu warten. Ich saß schon zehn Minuten hier herum und gab den beiden noch maximal fünf Minuten. Dann würde ich gehen. Gelangweilt checkte ich mein Facebook-Profil, auf dem sich so gut wie nichts mehr tat, seitdem ich mich kaum noch irgendwo blicken ließ. Also war auch das reine Zeitverschwendung. Lara hatte mir eine Nachricht geschickt, dass ich mich nach der Sitzung melden sollte. Vielleicht würde ich das schon früher tun, als sie dachte.

»Alina, würden Sie nun wieder hereinkommen?«, fragte Dr. Lang, der die Tür nur einen Spalt breit geöffnet hatte. So elegant wie möglich erhob ich mich und versuchte, meine Unsicherheit zu überspielen.

In seinem Büro saß Shane auf dem gleichen Sessel wie beim letzten Mal. Kurz ließ ich meinen Blick über ihn schweifen, da er gerade in die andere Richtung sah. Als ich an seinen Händen ankam, sah ich den weißen Verband um seine rechte. Obwohl ich nachfragen wollte, schluckte ich nur und setzte mich schließlich.

»Shane«, forderte Dr. Lang ihn auf.

»Ich … es tut mir leid. Ich hätte das damals nicht sagen sollen«, sagte er leise. Er hatte sich zu mir gewandt, sah mir aber nicht in die Augen. Erst als er sich mit seiner bewährten Geste ein paar Mal durch die Haare gefahren war – okay, sie waren erst wieder knapp einen Zentimeter lang – dennoch hatte es dieselbe Wirkung auf mich, hob er seinen Blick. »Ich hätte es anders erklären sollen.«

Ich wusste, dass es gemein war, doch ich hob nur eine Augenbraue und strich mein cremefarbenes Wollkleid glatt. Sein Blick wanderte von meinem Gesicht zu meinen Beinen, die in einer schwarzen Strumpfhose und kniehohen Stiefeln steckten. Als er mich fertig gemustert hatte, sah ich in seinem Blick leisen Schmerz, doch ich konnte ihn nicht zuordnen. Kurz wandte ich mich zu Dr. Lang um, der nur zurückgelehnt und mit verschränkten Armen in seinem Sessel saß und uns abwartend ansah.

»Wie hättest du mir erklären sollen, dass du keinen Bock darauf hast, mit einer verwöhnten Prinzessin, die nur auf deinen Ruhm aus ist, zusammen zu sein?«, fragte ich ihn irgendwann. Die Worte hatte ich bewusst gewählt und bei seinem leicht spöttischen Spitznamen für mich zuckte er zusammen.

»Alina …«, hob er an, doch er wandte sich schnell ab. »Fuck. Ich muss von vorne anfangen«, sagte er schließlich.

»Tu dir keinen Zwang an«, erwiderte ich spitz.

Ohne mich anzusehen, begann er zu erzählen. »Es ist jetzt über 14 Jahre her. Als ich 16 war, entführten sie meine kleine Schwester.« Ich sah, wie er um

Fassung rang, und war kurz davor, meine Hand auf seine zu legen, aber ich beherrschte mich.

»Sarah«, sagte ich nur leise, damit er nicht hörte, wie sehr es mich rührte, dass er endlich, endlich mit mir darüber sprach. Er nickte nur und sah mir dann in die Augen. Die Traurigkeit in seinem Blick brachte mich beinahe um.

»Sie war erst 12. Sie wollten Lösegeld von meinen Eltern erpressen«, flüsterte er. Es wirkte so, als hätte er das noch nie in seinem Leben ausgesprochen. »Sie bekamen kein Lösegeld. Am Ende waren alle tot.«

Das war wohl nur die kürzeste Fassung der Geschichte, dennoch war es mehr, als er mir je erzählt hatte. Jetzt war der Moment gekommen, dass ich seine Hand nahm und kurz drückte. Der Gegendruck war ganz leicht, aber für mich wahrnehmbar.

»Warum waren Sie nicht im Haus, als die Entführer Ihre kleine Schwester kidnappten?«, fragte Dr. Lang. Eine Woche war seit der letzten Sitzung vergangen, weil Shane den vorherigen Termin abgesagt hatte. Er hatte mir jedoch eine Nachricht geschrieben, dass er ein paar Tage Zeit brauche, um seine Gedanken zu sortieren, und bat mich, danach wieder dabei zu sein. Hier saß ich nun und wartete wie so oft auf eine Antwort. Shane wollte es nicht sagen, das war ihm anzusehen. Also nahm ich wieder seine Hand und spürte, wie er sie leicht drückte. Als Erster.

»Ich hatte mich mit meiner Freundin verabredet. Meine Eltern hatten mich gebeten, zu Hause zu bleiben, damit Sarah nicht allein war.« Mehr als zwei Sätze am Stück sagte er selten. Er machte eine kurze Pause. »Ich war nur ein paar Hundert Meter von unserem Haus entfernt, aber ich habe es nicht mitbekommen. Ich war … beschäftigt.« Seine Miene blieb ausdruckslos, doch ich wusste, was er damit meinte.

»Du hättest nichts tun können«, sagte ich mitfühlend. Shane sah mich an, ich war verwirrt. Seine Augen blitzten und er ließ abrupt meine Hand los.

»Du hast ja keine Ahnung, Prinzessin«, sagte er kalt und stand auf. Ohne einen weiteren Blick verließ den Raum.

Shane

Wenn ich geahnt hätte, dass ich hier auf Travis und Lara stoßen würde, wäre ich sicherlich nicht in das Tattoostudio gegangen. Die Vorlage für das neue Tattoo hatte ich in der letzten Woche gezeichnet und trug sie ständig mit mir herum. Dass Alina vor ein paar Stunden die Dreistigkeit besessen hatte, mir zu sagen, dass ich nicht schuld war … das war nur der Tropfen gewesen, der das Fass zum Überlaufen brachte.

Travis saß im Wartebereich auf einem Stuhl und schien nervös.

»Hey Alter«, sagte ich und setzte mich neben ihn.

»Hey Shane. Was gibt's bei dir?«, fragte er. Ich zuckte nur mit den Schultern. »Zeig's mir schon, du kommst nie ohne eine Vorlage hierher.« Wie recht er hatte.

»Zeig erst deins«, forderte ich ihn auf. Er hob eine Augenbraue. Entweder fragte er sich, woher ich wusste, dass er schon fertig war, oder er wollte abchecken, ob ich ihn ablenken wollte.

Er zog sein Shirt hoch und drehte mir seine linke Seite zu. Unter der Folie erkannte ich zwei Pusteblumen, die Flugsamen zogen sich bis über seine Brust.

»Cool«, sagte ich nur, als ich es lange genug betrachtet hatte. Die Bedeutung erschloss sich mir nicht, aber das war ja seine Sache.

Zu meinem Glück kam gerade seine frisch verlobte Lara aus dem Hinterzimmer. Er sprang auf und rannte beinahe auf sie zu. Ein kleines Lächeln legte sich auf meine Lippen. So kannte ich den abgebrühten Dr. Reek noch nicht lange. Ich konnte nicht verstehen, was die beiden sagten, aber Lara schob ihre Haare beiseite und zeigte ihm etwas.

»Hi Shane! Komm rüber und sag mir, was du davon hältst«, rief sie. Widerwillig stand ich auf und ging zu ihr. Ich betrachtete die drei kleinen Pusteblumensamen hinter ihrem Ohr, die exakt denen entsprachen, die Travis auf seiner Brust hatte. Wie süß. Mein Magen zog sich etwas zusammen, als mir bewusst wurde, dass ihre Verbindung nun für immer auf ihren Körpern verewigt war.

»Es ist schön geworden«, sagte ich und drückte Lara kurz.

»Danke! Ich find es klasse!«, freute sie sich.

»Honey, wir müssen leider los«, warf Travis ein. »Deine Eltern warten«, fügte er hinzu und küsste sie kurz auf den Mund. Ich konnte diese zuckersüßen Liebesbekundungen nicht länger aushalten und verabschiedete mich kurz angebunden auf dem Weg zu meinem Termin mit dem Tätowierer meines Vertrauens.

Nachdem der meine Zeichnung inspiziert und auf meine Haut übertragen hatte, entspannte ich mich. Das Geräusch der Tätowiermaschine hatte seit Jahren eine beruhigende Wirkung auf mich und so konnte ich einigermaßen gut nachdenken, während ich hier herumlag.

Ich hatte keine andere Wahl, als Alina alles zu erzählen. Nicht nur, weil ich es ihr schuldig war, sondern auch, weil ich es sonst womöglich niemals loswurde.

Kapitel 20

Alina

Die Sitzungen bei Dr. Lang fügten sich nahtlos in meinen Terminkalender ein. Ich ging in die Uni, zweimal die Woche in seine Praxis, an den anderen Tagen trainierte ich mit Reza. Nachdem Shane bei der letzten Sitzung einfach gegangen war, hatte ich mit dem Therapeuten besprochen, dass ich so lange kommen würde, bis Shane alles losgeworden war. Keine Ahnung woher das Gefühl kam, aber ich wollte ihm helfen. Es war wichtig für ihn, über den Tod seiner Eltern und seiner Schwester zu sprechen. Die Überwindung, die es ihn kostete, war unübersehbar, dennoch sprach Dr. Lang mir Mut zu. Er würde irgendwann die ganze Geschichte erzählen. Und dann hatte ich endlich meine Pflicht getan, konnte Shane wieder aus meinem Leben verbannen und weitermachen wie bisher. Haha. Wer's glaubte.

Als ich zu Hause alle Termine in meinen Kalender übertrug, merkte ich, wie ich mich auf die nächsten Wochen sogar ein bisschen freute. So war ich bis kurz vor Weihnachten ziemlich beschäftigt. Das war gut, denn so hatte ich weniger Zeit darüber nachzudenken, was danach geschah. Und na ja, nach Weihnachten kam fast direkt Silvester und dann … neues Jahr, neues Glück? Konnte es so einfach sein?

Wieder einmal beschloss ich, es auf mich zukommen zu lassen. Auf Shane würde ich nicht unbedingt bauen.

In der einen Minute bedeutete er mir, dass er froh war, mich als Unterstützung zu haben, und im nächsten Moment verließ er wortlos die Praxis. Was hatte ich auch erwartet? Dass er seine Lebensgeschichte vor mir ausbreitete und wir dann bis an unser Lebensende glücklich zusammenleben würden?

Ich ging in die Küche, um mir eine heiße Schokolade zu machen und mich dann in eine Decke gekuschelt auf's Sofa zu begeben. Zwar war es erst fünf Uhr nachmittags, aber jetzt, Anfang Dezember war es um diese Uhrzeit schon stockdunkel draußen. Die Anrufe meiner Kommilitonen ignorierte ich geflissentlich und wunderte mich ein bisschen, warum sie es noch nicht aufgegeben hatten. Seit Wochen war ich auf keiner Party mehr gewesen, doch sie riefen immer noch an, um zu fragen, ob ich mitkommen wollte. Vielleicht im nächsten Jahr … erst musste ich diese Geschichte mit Shane auch für mich abschließen.

Als ich endlich eingemummelt auf der Couch saß und meine Nachrichten durchscrollte, entdeckte ich eine ungelesene von Josh. Er lud mich zur Band-Weihnachtsfeier am 22. Dezember ein. Mein Smartphone erkannte direkt den Termin und ich speicherte ihn, obwohl er beinahe mit einem anderen kollidierte. Shanes letzte Sitzung bei Dr. Lang war am gleichen Tag. Innerlich zuckte ich mit den Schultern und schickte Josh meine Zusage. Er antwortete nur mit diversen Feier-Emoticons, was mich zum Lachen brachte. Er war so unkompliziert. Warum konnte ich mich nicht einfach in ihn verlieben?

Wahllos zappte ich durch die Sender, weil ich weder über mein Liebesleben nachdenken noch eine Schnulze sehen wollte. Also blieb ich an einem Jahresrückblick hängen. Auch keine gute Idee, denn mein Gehirn begann sofort damit, seinen eigenen zu erstellen.

Am Dienstag nach meinen Vorlesungen fuhr ich zum nächsten Termin bei Dr. Lang. Natürlich war kein Parkplatz in der Nähe der Praxis frei, also musste ich noch geschlagene zehn Minuten durch den Schnee stapfen. Das hatte ich nicht eingeplant, also kam ich auch entsprechend spät.

Als ich endlich die Tür aufzog, sah ich den Arzt und Shane in Schweigen vertieft. Als Shane mich sah, meinte ich, ein Lächeln auf seinem Gesicht erahnen zu können. Oder war das nur ein Wunschtraum? Ich beherrschte mich, damit ich nicht den Kopf schüttelte, und begrüßte die beiden und entschuldigte mich für die Verspätung.

Shane begann nicht von sich aus zu erzählen – das war ja klar. Der Therapeut begann also, nach seiner Familie zu fragen. Seine Fragen wurden kurz angebunden beantwortet. Auch klar. Ich hatte gehofft, dass wir am Ende der letzten Sitzung anknüpfen würden, doch das war natürlich nicht der Fall. Shane erzählte einige Dinge, die mir neu waren, aber nichts wirklich Spannendes. Und so vergleichsweise leicht, wie er es aussprach, war auch nichts Wichtiges dabei.

»Warum tun Sie das ständig, Mr. Morrow?« Die Stimme des Arztes riss mich aus meinen Gedanken.

»Was?«, fragte Shane.

»Sie streichen sich ständig mit der Hand über den Kopf«, antwortete Dr. Lang. Schweigend beobachtete ich die beiden Männer, die sich taxierten.

»Meine Mutter hat das immer bei mir getan«, sagte Shane nach einer Weile leise. Mir war nicht klar, dass eine solch kleine Geste diese Erinnerungen in ihm weckte. Der Therapeut nickte und notierte sich etwas.

»Ich denke, wir sind für heute fertig. Danke, dass Sie da waren, Alina. Wir sehen uns am Freitag wieder.«

Ich nickte kurz und verabschiedete mich. Das hätte ich mir auch wirklich sparen können, denn mein Einsatz heute war kaum bis gar nicht nötig gewesen. Und jetzt musste ich mich auch wieder zu meinem Auto kämpfen, obwohl es schon fast dunkel war.

»Warte«, hörte ich Shane hinter mir sagen, als ich meinen Mantel anzog. Langsam drehte ich mich um. Er sah mich nur an, musterte meinen Mantel und meine Schuhe, die noch nass vom Schnee waren. »Ich bring dich zu deinem Auto.«

»Das ist nicht nötig, es ist nicht weit«, versuchte ich ihn davon abzuhalten. Ich war mir noch nicht sicher, ob ich alleine mit ihm sein wollte. Ohne seine Antwort abzuwarten, drehte ich mich zur Tür, doch er kam mir zuvor und öffnete sie für mich. Inständig hoffte ich, dass er es einfach hinnehmen würde, als ich die Treppen hinunterging und ihn direkt hinter mir hörte.

Als wir draußen ankamen, wollte ich mich verabschieden, aber er ließ mich nicht zu Wort kommen.

»Alina, ich warne dich«, zischte er. Also zuckte ich mit den Schultern und machte mich auf den Weg zu der Straße, in der mein Auto stand. Ein paar Mal rutschte ich aus und wäre beinahe gefallen, wenn Shane mich nicht festgehalten hätte. Bis auf diese gelegentlichen Berührungen ließ nichts darauf schließen, dass wir etwas miteinander zu tun hatten. Er lief immer einen halben Schritt hinter mir und wir schwiegen beharrlich.

An meinem Auto angekommen, sagte er: »Du solltest nicht mehr fahren.«

»Ach ja? Und was soll ich sonst deiner Meinung nach tun? Laufen?«, zickte ich ihn an. Es ging mir irgendwie auf die Nerven, dass er mich bevormundete. Aber es war auch ein bisschen süß, dass er sich sorgte. Diesen Gedanken verbannte ich augenblicklich aus meinem Gehirn. Ich sah Shane in die Augen und funkelte ihn an. Wahrscheinlich konnte er es nicht sehen, weil es so dunkel war.

Er holte tief Luft, um etwas zu sagen, aber er tat es nicht, sondern atmete nur wieder aus. Also drehte ich mich um und öffnete die Fahrertür.

»Sei vorsichtig«, sagte er jetzt kaum hörbar hinter mir. Kurz sah ich ihn an und nickte dann. Um weitere Belehrungen seinerseits zu vermeiden, stieg ich ein und fuhr mit zitternden Händen los. Im Rückspiegel konnte ich sehen, wie er dort stand, wo gerade noch mein Auto geparkt gewesen war.

Auf der Fahrt nach Hause, die ungefähr doppelt so lange dauerte wie üblich, hatte ich ausreichend Zeit, nachzudenken. Normalerweise gab ich mir diese Zeit nicht, sondern füllte freie Minuten damit, zu telefonieren oder Hörbücher zu hören. Eben damit meine Gedanken nicht in die falsche Richtung wanderten.

Jemand hatte unsere Einfahrt und den Hof von Schnee befreit und geräumt, worüber ich wirklich froh war. Ich stellte mein Auto ab und ging in meine

Wohnung. Auf der Treppe vibrierte mein Handy. Eine Nachricht von Shane. »Bist du zu Hause?« Ein Lächeln schlich sich auf meine Lippen und ich konnte es nicht unterdrücken. »Ja« schrieb ich zurück. Ich sah, dass er es gelesen hatte, aber er antwortete nicht mehr.

Shane

Während ich zum Tattoostudio ging, schaute ich ständig auf die Uhr. Der Weg zu ihrem Haus war relativ weit und hoffentlich geräumt. Nach einer Dreiviertelstunde hielt ich es nicht mehr aus und fragte, ob sie zu Hause angekommen war. Fast sofort kam ihre Antwort und mir fiel ein Stein vom Herzen. Verrückt, wie wichtig es mir war, einfach nur sicher zu sein, dass es ihr gut ging. Ich musste das wieder abstellen. Das sonore Summen der Nadel schläferte mich beinahe ein, aber ich hatte heute genügend Dinge, über die ich nachdenken konnte. Zum Beispiel, ob ich dem Psychotyp, der mir inzwischen recht sympathisch war, all das erzählen würde, wenn Alina nicht daneben sitzen würde.

Im Grunde kannte ich die Antwort, doch ich wollte sie mir nicht eingestehen. Sie war dafür verantwortlich, dass ich überhaupt etwas sagte. Und der Typ wusste das auch genau. Alina war nicht anwesend, um meine Gesten zu deuten, sondern um mich zu unterstützen. Wenn nicht gerade jemand Tinte in meinen Rücken jagen würde, hätte ich mir mit der flachen Hand gegen die Stirn gehauen. Anfangs dachte ich, dass er mir unsympathisch war, weil ich das Gefühl gehabt hatte, dass er mit Alina flirtete. Aber so war es nicht. Ich kam nicht damit klar, dass er mich schon nach einer halben Stunde durchschaut hatte.

Am meisten aber ging es mir gegen den Strich, wie sehr es mir missfiel, dass sie alleine nach Hause fuhr.

Oder auch nur bis zu ihrem Auto lief. Immerhin war sie auf dem Weg dorthin viermal gestrauchelt und wäre beinahe hingefallen. Während ich hinter ihr gegangen war, hatte ich ihre Anwesenheit genossen. Und erst recht, dass ich sie berühren konnte, wenn ich sie auffing. Ich hatte sie bitten wollen, nicht zu fahren, sondern mit zu mir zu kommen. Oder von mir aus auch zu Lara und Travis zu gehen. Nur sollte sie nicht in ihren Wagen steigen und den Weg raus zum Anwesen ihrer Familie fahren. Leider kannte ich sie gut genug, um zu wissen, dass sie meine Bitte nicht aufhalten, sondern eher anstacheln würde. Und der Wunsch, sie nicht in Gefahr zu bringen, war stärker als der, sie einfach mit zu mir nach Hause zu schleifen.

Die Nadel stoppte und mein Hirn stellte sich allmählich wieder richtig ein. Es war falsch, sich so viele Gedanken darüber zu machen, denn es würde so oder so nichts ändern. Sie kannte noch nicht die ganze Geschichte, doch es war nur eine Frage der Zeit. Und dann war ihr sicherlich klar, dass sie mich nicht wollen würde. Und dass es gefährlich wäre, mit mir zusammen zu sein. Keine Ahnung, was ihre Familie über mich denken würde.

Langsam rappelte ich mich von der Liege auf, nachdem die Folie auf dem großflächigen Motiv klebte. Ich zog mir Shirt und Hoodie an, verabschiedete mich von allen und ging dann zu meinem Wagen. Als ich ihn nach ein paar Minuten erreicht hatte, hatte die kalte Luft meine Gedanken wieder in die richtige Richtung gelenkt. Ich würde einfach die verbleibenden vier Sitzungen mit Alina überstehen, von mir aus auch dem Therapeuten mein Herz ausschütten und dann wieder meinen Einsiedlerweg gehen. Wie schon zuvor. Die letzten 14 Jahre lang.

Alina

So aufschlussreich die eine Sitzung mit Dr. Lang gewesen war, umso langweiliger waren die folgenden Stunden. Shane ließ sich nicht in die Karten blicken, erzählte belangloses Zeug und ich saß daneben und sagte gar nichts. Zwar hatte ich anfangs gedacht, dass es gut war, wenn ich hier war, doch nach und nach fühlte ich mich immer überflüssiger.

Beim vorletzten Termin saß ich in demselben schwarzen Ledersessel wie immer. Mein linker Fuß trommelte einen konstanten Rhythmus auf den Boden, während wir zu dritt um den Schreibtisch herum versammelt waren und uns anschwiegen. Nach zehn Minuten hatte ich einfach keine Lust mehr.

»Herrgott, Shane. Soll ich jetzt weiter meine Zeit hier verschwenden? Entweder du bist jetzt mal kooperativ, oder ich gehe. Die letzte Sitzung bekommst du ja wohl auch allein hin«, herrschte ich ihn an. Seine Miene war unergründlich und ich wartete in etwa zwei Minuten. In diesem Zeitraum sah ich, wie sein Verstand arbeitete, aber er sagte nichts. Rein gar nichts. Ich legte meine Hände auf die Armlehnen, um mich beim Aufstehen abzustützen. Mir tat alles weh, denn ich war am Vortag von einem biestigen Pferd gefallen. Und ich konnte mir wirklich Besseres vorstellen, als hier herumzusitzen. Die Sessel waren nämlich nur halb so bequem, wie sie aussahen.

»Was willst du wissen?«, fragte er leise einen Bruchteil einer Sekunde, bevor ich aufgestanden wäre.

Ich sah ihm in die Augen und erkannte, dass er es wirklich loswerden wollte. Dass er mich nicht weiter an der Nase herumführen wollte, sondern bereit war, seine Geschichte zu erzählen.

Etwas umständlich drehte ich meinen Sessel so herum, dass ich ihm gegenübersaß. Ich wollte, dass er mit mir sprach, nicht mit dem Therapeuten.

»Sag mir, was damals geschehen ist. Nachdem sie Sarah mitgenommen hatten«, bat ich ihn. Wie von selbst nahm er meine Hand und senkte den Kopf. Er würde mich dabei nicht ansehen, aber das war mir egal. Dreimal atmete er nun tief ein und aus. Er begann so leise, dass ich bezweifelte, dass Dr. Lang alles hören konnte.

»Es gab eine Lösegeldforderung. Meine Eltern waren steinreich, das wusste jeder. Sie wollten nicht zur Polizei, versuchten, alles vor mir geheimzuhalten. Ich wollte nicht, dass sie dorthin gingen, bekam aber alles nur mit, wenn ich sie heimlich belauschte. Um kurz vor Mitternacht brachen sie auf. Ich glaube, sie wussten nicht, dass ich noch wach war.« Er brach ab und sah mich an. Shane konnte viel mit Blicken sagen, doch Tränen hatte ich noch nie in seinen Augen gesehen. Bis jetzt. Ich schluckte und drückte seine Hand, strich mit dem Daumen beruhigend über seinen Handrücken.

»Ich … rief die Polizei an. Schilderte die Situation. Zuerst wollten sie mir nicht glauben, schickten dann aber einen Streifenwagen hin. Ich nahm den Wagen von Mom, um auch dorthin zu fahren. Die

Bullen waren kurz vor mir angekommen. Auch die Entführer hatten sie bemerkt.« Mein Herz schlug unregelmäßig, als ob es sich nicht entscheiden konnte, stehen zu bleiben oder schneller zu schlagen. »Sie brüllten herum, fuchtelten mit ihren Waffen. Die Polizisten gaben den ersten Schuss ab. Es folgten drei der Entführer. Der erste traf meinen Dad. Dann meine Mom. Als Letztes erschossen sie Sarah. Die Bullen durchsiebten sie mit Kugeln, aber es half nichts mehr.« Eine seiner Tränen fiel auf unsere verschränkten Finger. »Ich hab gesehen, wie meine Familie gestorben ist. Und die Bullen hakten das darunter ab, dass es ein missglückter Einsatz war. Wenn ich sie nicht angerufen hätte …«

Ich ließ seine Worte auf mich wirken, verstand plötzlich so viel, aber irgendwie auch gar nichts. Mein Hirn fand keine Worte dafür, nichts um ihn zu trösten oder ihm Mut zuzusprechen. Meine Kehle fühlte sich an wie Sandpapier, aber ich spürte auch die Tränen, die sich ihren Weg bahnen wollten. Ich verbat sie mir, denn jetzt war Shane derjenige, der mich brauchte.

»Gott, Shane, das tut mir so leid«, hauchte ich, während ich ihn an mich zog. Er legte seinen Kopf in meine Halsbeuge und verharrte so, ohne etwas zu tun oder zu sagen. Aus dem Augenwinkel sah ich, wie Dr. Lang sein eigenes Büro verließ.

»Siehst du es immer noch in deinen Träumen?«, fragte ich irgendwann leise. Ich hatte das Bedürfnis zu flüstern, obwohl es absolut unsinnig war. Shane nickte an meinem Hals.

»Im Traum stehe ich neben ihr und kann sie zur Seite stoßen. Aber wenn ich sie ansehe, ist immer das Loch in ihrer Stirn.« Ich schluchzte leise, weil er sich Nacht für Nacht quälte, den Tod seiner Familie wieder und wieder mit ansehen musste. Es war kaum vorstellbar, was er durchgemacht hatte. Irgendwann merkte ich, dass ich heulte wie ein Schlosshund und er derjenige war, der mich hielt.

»Verstehst du es jetzt?«, fragte er, nachdem ich mich wieder ein bisschen beruhigt hatte.

»Was genau?«, fragte ich nach, weil mir so viele Gedanken durch den Kopf tanzten.

»Warum du nicht mit mir zusammen sein kannst«, presste er hervor. Er nahm sich nur mit Mühe und Not zusammen.

»Nein«, sagte ich mit fester Stimme. Natürlich war mir bewusst, warum er das dachte, aber es war schlichtweg Blödsinn.

»Es ist zu gefährlich, Alina!«

»Ich bin nicht Sarah«, sagte ich, obwohl ich wusste, dass ich es bereuen würde. Shane machte sich von mir los und stand auf. Sein Blick sollte kalt sein, aber er schaffte es nicht ganz.

»Nein, das bist du nicht. Aber du bist mir genauso wichtig«, sagte er, bevor er einfach ging.

Es war jetzt an mir, Dr. Lang zu informieren, was er noch gesagt hatte. Wir besprachen, dass ich an der letzten Sitzung trotzdem teilnehmen würde. Vielleicht hatte sich Shane bis dahin beruhigt und wir konnten wie zwei Erwachsene darüber reden.

Kapitel 21

Shane

Zitternd saß ich in meiner Wohnung auf dem Boden und dachte darüber nach, was ich Alina vor einer Stunde gesagt hatte. Ich hatte ihr die gesamte Geschichte erzählt, und noch mehr. Im Affekt hatte ich zugegeben, wie wichtig sie mir war. Noch nie hatte ich mit jemandem über diese Nacht gesprochen. Die anderen wussten zwar Bescheid, aber nicht von mir, sondern aus den Zeitungen. Keiner hatte mich jemals direkt gefragt, was damals passiert war.

Mir war klar, dass ich auf normalem Weg keine Lösung für das Problem fand, dass Alina immer noch nicht verstehen wollte, warum eine Beziehung zwischen uns nicht möglich war. Also rief ich John an. Er kannte mich schon immer und war der schlauste Mensch, den ich je erlebt hatte.

»Kannst du vorbeikommen?«, fragte ich einfach, als er das Gespräch angenommen hatte.

»Ich bin gleich da«, antwortete mein Cousin. Er war aus unerfindlichen Gründen immer noch hier und hatte sich ein kleines Appartement nicht weit von mir gesucht.

Fünf Minuten später klingelte es. Nachdem ich geöffnet hatte, hörte ich, wie er die Treppen hinaufsprintete. Er war noch nicht einmal außer Atem, obwohl es drei Stockwerke waren. Seltsam für ihn, der eigentlich nur vor Büchern oder vor dem

Computer hing. Ich stoppte die abstrusen Gedanken, die mein Gehirn produzierte, und bedeutete ihm, reinzukommen.

»Was ist los?«, fragte er. Noch nie hatte ich ihn einfach so angerufen.

»Sie weiß Bescheid«, sagte ich. Sollte sein unfassbar schneller Verstand jetzt daraus schließen, was er wollte.

»Und jetzt hat sie dich abserviert?«, fragte er.

»Nein. Sie versteht es nicht.«

»Sie versteht was nicht? Sie wirkte eigentlich ganz clever auf mich«, erwiderte er, als er sich auf mein Sofa setzte.

»Ist sie auch. Sie versteht nicht, warum wir keine Beziehung führen können«, klärte ich ihn auf. Offenbar war er doch nicht so schlau, wie ich dachte. Zumindest in diesem Fall.

»Warum denkst du das?« Warum stellte er denn diese Frage? Es lag doch auf der Hand!

»Ich bringe sie in Gefahr! Was ist, wenn genau das Gleiche passiert … oder irgendwas anderes … völlig egal! Es geht nicht!«

»Shane, jetzt komm mal wieder runter. Es ist tragisch, was damals passiert ist. Natürlich. Du weißt, dass du mein aufrichtiges Mitgefühl hast. Aber es muss sich nicht wiederholen. Die Wahrscheinlichkeit, dass ihr etwas zustößt, ist …« Ich sah, wie er im Kopf rechnete, und schlug ihm gegen die Schulter. »Verdammt klein. Winzig. Eigentlich nicht vorhanden«, schloss er schließlich.

»Aber … wenn doch?«

»Liebst du sie?« Schon wieder diese Frage. Ich hatte mir verboten, darüber nachzudenken, und es auch fast geschafft. Nur in den letzten Tagen, als ich es fast schon zu sehr genossen hatte, wie sie einfach neben mir saß, hatte mein Verstand wieder begonnen, sich damit zu beschäftigen.

»Ich kann das Risiko nicht eingehen, dass ihr etwas passiert«, sagte ich schließlich mit vermeintlich fester Stimme.

»Und das letzte Mal, als du das beschlossen hattest, hat das ja auch wunderbar funktioniert.« Sein Sarkasmus war anstrengend. »Shane, du wärst beinahe draufgegangen. Du hast nur ihr zu verdanken, dass du heute noch hier sitzt.« Als ob mir das nicht selbst klar war. Aber in genau solche Situationen sollte sie nicht geraten. Nicht wegen mir. Ich wollte, dass sie sicher war. Sicher und glücklich.

»Du kannst nicht beides haben, Shane. Sie liebt dich und du stößt sie von dir weg. Dann stirbst du fast an einer Überdosis und schickst sie wieder weg. Jetzt hat sie dir geholfen, endlich darüber zu reden. Du kannst froh sein, dass sie dazu überhaupt bereit war. Es hat uns viele Überredungskünste gekostet.« Mein Kopf schnellte nach oben.

»Du …?! Was hast du damit zu tun?«, fragte ich ihn aggressiver als beabsichtigt. John zuckte nur mit den Schultern.

»Es lag auf der Hand, dass sie die eine für dich ist. Wann siehst du das endlich ein?«

»Es geht aber nicht!« Ich untermauerte meine Worte damit, dass ich meine Arme vor der Brust verschränkte. John, der Arsch, lachte.

»Du führst dich auf wie ein Fünfjähriger. Gib dem wenigstens eine Chance. Versuch es mit ihr. Zieh dich von mir aus aus der Öffentlichkeit zurück. Obwohl das eine Verschwendung deines Talents wäre. Denk drüber nach, was dir wichtiger ist.«

Er hatte leicht reden. Was war das denn für eine beschissene Entscheidung?

Alina

Der Schnee ging mir auf die Nerven, obwohl ich ihn normalerweise mochte. Die Uni nervte mich, obwohl ich die Vorlesungen in den letzten Monaten als willkommene Abwechslung gesehen hatte. Den fröhlichen Menschen ging ich aus dem Weg, weil ich keine Lust auf Weihnachten hatte. Es war also ganz und gar nicht meine Art, dass ich mich die nächsten drei Tage in meiner Wohnung verbarrikadierte und sämtliche Paketdienste damit nervte, dass sie bis zu unserem Haus fahren mussten, um Weihnachtsgeschenke zu bringen. Die moderne Technik hatte durchaus den Vorteil, dass man nicht mehr die Wohnung verlassen musste, um sich alles Mögliche zu kaufen.

Ich versuchte also, mich mit Shopping davon abzuhalten, über die letzte Sitzung mit Shane und seinem Therapeuten nachzudenken. Natürlich war sein Verhalten völlig bescheuert, weil er aus irgendeinem verrückten Grund glaubte, er wäre verflucht oder so. Immerhin hatte er zugegeben, dass ich ihm wichtig war. Aber offenbar nicht wichtig genug, um wirklich realistisch von seinen abstrusen Vorstellungen abzuweichen. Schon seit Monaten war klar, dass er es nicht besonders mochte, im Rampenlicht zu stehen, und sich eher im Hintergrund hielt. Ich schmunzelte, als ich daran dachte, wie wir die PR-Termine geschwänzt hatten, um heimliche Ausflüge zu unternehmen. Dass mir das nicht genug war, hatte er realisiert. Obwohl ich versucht hatte, es so wenig wie möglich zu zeigen.

In den letzten Tagen war mir klar geworden, dass der ausschlaggebende Punkt für unsere Trennung die Pressekonferenz gewesen war, auf die ich ohne sein Einverständnis gegangen war. Und zwar nicht, weil er es nicht gewollt hatte, sondern weil er dachte, dass er mich damit in Gefahr gebracht hatte.

So viele Dinge machten plötzlich Sinn, dennoch waren sie für mich immer noch schwer einzuordnen. Konnte er von diesem Schema abweichen? Vielleicht. Wollte er es überhaupt? Und wann war ich zu dem Punkt gelangt, dass ich mir in diese Richtung wieder Hoffnungen machte?

Diese Frage konnte ich mir erst in ein paar Stunden beantworten, wenn die Party bei Ben zu Ende war. Vorher würden wir diese Sitzung hinter uns bringen.

Während ich mein Auto vom immer noch fallenden Schnee befreit hatte, weil ich zu faul gewesen war, es in die Garage zu fahren, begann mein Herz schon schneller zu schlagen. In den letzten Monaten hatte ich versucht, meine Gefühle für Shane zu unterdrücken, aber sie waren noch da.

Ich fluchte leise, weil das biestige weiße Zeug an der Scheibe festgefroren war. Also setzte ich mich ins Auto, ließ es an und wartete, bis die Heizung den Rest erledigte. Als ich meine Hände immer wieder aneinanderrieb, damit sie wieder auftauten, fragte ich mich die gleiche Frage wie seit der letzten Sitzung. War ich ihm so wichtig wie seine Schwester im Sinne von: Ich hab dich als Schwester gern, oder ich liebe dich als Frau? Oder hatte er es nur so gesagt und nicht so gemeint? Schließlich hatte er ja schon gemeinere Sachen zu mir gesagt, die er nicht so empfand.

Endlich konnte ich nach draußen sehen und fuhr los. Endlos langsam kroch ich über die Landstraße, die mehr schlecht als recht geräumt war. Die zusätzliche Zeit hatte ich diesmal eingeplant, sodass ich trotzdem pünktlich in der Stadt ankam. Und ich fand sogar direkt einen Parkplatz. Wenigstens heute hatte ich mal Glück.

Shane saß schon im Wartebereich, als ich zehn Minuten vor dem Termin in die Praxis trat. Er hatte seinen Blick auf sein Handy gerichtet und sah hochkonzentriert aus. Ich erlaubte mir ein paar Sekunden, ihn anzusehen. Er sah wieder fast so fit aus wie vor seinem Zusammenbruch. Seine Haare würden noch eine Weile brauchen, bis sie wieder ihre alte Länge hatten, aber das war ja das Geringste. Alles in allem sah er sehr gesund aus. Natürlich erfreute das mein Herz, das schon die ganze Fahrt hierher aufgeregt geklopft hatte.

Er sah auf und ein Lächeln lag auf seinen Lippen und in seinen Augen, als er mich sah.

»Hi«, sagte er. Ich ging zu den Stühlen und setzte mich neben ihn.

»Hey«, sagte ich schließlich auch und wusste nicht, warum ich plötzlich verlegen war.

»Kommst du nachher auch zu Ben?« Seit wann stellte er einfach so Fragen? Small Talk war normalerweise gar nicht sein Ding.

»Ja, Josh hat mich eingeladen.« Als ich Josh erwähnte, zogen sich seine Augenbrauen ein winziges Stück zusammen. »Wir sind ja schon ewig Kumpels«, fügte ich hinzu und er entspannte sich wieder.

»Wird bestimmt lustig«, meinte Shane. Lustig? In der Ecke herumsitzen, wie es seine Art war?

»Ja, bestimmt«, erwiderte ich nur lahm.

Zum Glück rettete uns die Sprechstundenhilfe, indem sie uns bat, in Dr. Langs Büro zu gehen. Der saß so ruhig wie immer an seinem Schreibtisch und blätterte in Notizen herum. Als wir uns gesetzt hatten, blickte er auf und nahm seine Brille ab.

»Hallo Alina, hallo Shane. Schade, dass wir uns heute zum letzten Mal sehen!«, begrüßte er uns. Irgendwie fand ich es nicht sehr schade, obwohl der Arzt mir sympathisch war. Ich tat es also Shane gleich und nickte nur. »Also, Shane. Ich habe nur eine Frage an Sie: Was haben Sie jetzt vor?«

Das war alles? Die Frage hätte ich auch stellen können. Shane schien genauso verblüfft zu sein wie ich, denn er sagte erst einmal gar nichts. Okay, das war nichts Neues, aber nach geschlagenen fünf Minuten hatte er immer noch nichts von sich gegeben. Die Uhr, die gegenüber an der Wand hing, tickte munter vor sich hin und machte mich wahnsinnig. Wieder einmal wusste ich nicht, was ich hier sollte, denn ich fühlte mich so fehl am Platz wie noch nie.

»Alina, würden Sie uns eine Viertelstunde Zeit geben? Meine Assistentin macht Ihnen gerne einen Kaffee«, fragte der Arzt irgendwann. Ich nickte wieder, ging hinaus und schloss die Tür leise hinter mir. Als ich auf einem der Stühle im Wartebereich saß, entspannte ich mich ein wenig. Dennoch überlegte ich, einfach zu gehen. Was sollte eine Viertelstunde jetzt bringen? Shane hatte keinen Plan, was er machen wollte, und offenbar wollte er es mir auch nicht sagen.

Die Sprechstundenhilfe stellte neben mir Kaffee, Milch und Zucker ab und lächelte mich aufmunternd an. Da ich sowieso nichts Besseres zu tun hatte, nahm ich das Angebot an und trank die Tasse in kleinen Schlucken. Nach deutlich mehr als 15 Minuten öffnete sich die Tür und Shane kam alleine raus. Er blieb vor mir stehen, rieb sich über seinen Kopf und sah mich mit leicht gequältem Gesichtsausdruck an. Das war der Moment – jetzt würde er mir sagen, dass ich aus seinem Leben verschwinden sollte, dass ich ihm genug geholfen hatte und dass er mir nie geben würde, was ich mir wünschte. Mein Herz setzte mehrere Schläge hintereinander aus, als ich darauf wartete, dass er etwas sagte. Er tat es nicht.

Geräuschvoll stellte ich meine Tasse ab, nahm Mantel und Handtasche und ging in Richtung Tür.

»Alina, warte bitte«, sagte er jetzt leise. Sein Tonfall war bittend und erinnerte mich an eine Situation, die ich gerade nicht einordnen konnte. Ohne mich umzudrehen, hielt ich inne und wartete auf die Worte, die mir zum dritten Mal mein Herz brechen würden. Ich wusste nicht, ob ich es noch einmal verkraften würde, aber ihm zuliebe musste ich diesen Abschied überstehen.

Ich atmete tief ein und … »Möchtest du meine neue Wohnung sehen?«

»Wie bitte?«, fragte ich sicherheitshalber nach. Ich war mir sicher, dass ich mich verhört haben musste.

»Ich bin vor ein paar Wochen umgezogen … Keine Ahnung, ist vielleicht eine blöde Idee?«

Zögernd wandte ich mich zu ihm um, damit ich seinen Gesichtsausdruck studieren konnte. Vielleicht verarschte er mich auch einfach. Er wirkte etwas nervös, aber nicht so, als ob er mich aufziehen wollte.

»Ähm … okay?« Ein Lächeln erhellte sein Gesicht und wärmte gleichzeitig mein Herz.

»Fährst du hinter mir her? Es ist nicht weit.«

»Ja … ja, klar«, stotterte ich. Wann war das passiert? Was hatte Dr. Lang mit ihm gemacht? Vielleicht sollte ich noch einmal einen Termin mit ihm ausmachen.

Shane fuhr langsam und ich folgte ihm mit dem nötigen Sicherheitsabstand. Meine Finger krampften sich um das Lenkrad und ich musste immer wieder abwechselnd die Handflächen an meinem Mantel abwischen, weil sie ganz schwitzig waren. Nach ein paar Kilometern bog Shanes Wagen in eine Tiefgarage und er bedeutete mir, ihm zu folgen. Direkt neben seinem Auto war ein freier Stellplatz und ich parkte dort ein. Ich hoffte, dass das in Ordnung war, aber Shane sagte nichts dagegen, als wir beide ausgestiegen waren. Schweigend gingen wir zum Aufzug. Shane drückte den Knopf und wir warteten gefühlte Stunden.

Als die Türen sich endlich öffneten, ließ er mir den Vortritt und wählte dann die dritte Etage aus. Noch nie war mir seine Anwesenheit so bewusst gewesen wie gerade. Seit Monaten war ich nicht mehr alleine mit ihm in einem Raum gewesen, schon gar nicht in so einem kleinen. Die Fahrt dauerte Ewigkeiten, dennoch erschrak ich bei dem kleinen »Pling«, das ankündigte, dass wir den dritten Stock erreicht hatten.

Wieder ging ich vor, doch diesmal war Shane direkt neben mir und legte eine Hand auf meinen Rücken. Es war eiskalt draußen, also hatte ich einen dicken Mantel und einen flauschigen Wollpullover an, aber dennoch fühlte es sich an, als ob er meine nackte Haut berührte. Ich konnte fast jeden einzelnen Finger erahnen, so intensiv spürte ich seine Wärme. Als wir die paar Meter über den Flur gingen, erlaubte ich mir, tief einzuatmen und seinen vertrauten Duft in mich aufzusaugen. Es fühlte sich an, als ob ich nach Monaten, die ich alleine auf dem offenen Meer getrieben hatte, endlich wieder nach Hause käme.

Shane dirigierte mich zu einer weißen Holztür, schloss sie auf und schob mich in die Wohnung. Sofort vermisste ich seine Berührung, doch er streifte mir nur den Mantel von den Schultern, um ihn dann an einen Haken an der Garderobe zu hängen. Seine geliebte Lederjacke platzierte er daneben und nickte dann mit dem Kopf, als wollte er mich ermuntern, hineinzugehen. Nach ein paar Schritten stand ich in einem großen Wohnzimmer mit ebenso großen Fenstern. Die hohen Decken und die alten, aufbereiteten Dielen waren typisch für Altbauwohnungen. Der Raum wurde von einer riesigen schwarzen Ledercouch beherrscht, die wirklich gut zu Shane passte.

»Möchtest du was trinken?«, fragte er nah hinter mir.

»Gern. Ein Wasser?«

Er nickte nur und ging in die offene Küche, deren Fronten weiß waren und sauber glänzten. Offenbar hatte er einen gut gefüllten Kühlschrank, nach dem, was ich sehen konnte. Ich stand mitten im Wohnzimmer und sah mich um. Irgendwie brachte ich meinen Shane nicht mit einer eigenen Wohnung zusammen. Trotzdem bewegte er sich ganz natürlich hier, als ob er nie etwas anderes getan hätte und das kein bisschen seltsam fand.

Als er mit einem Glas auf mich zukam, grinste er mich an.

»Dr. Lang hielt es für sinnvoll«, meinte er nur, als er mir das Wasser in die Hand drückte. Mit einem langsamen Nicken sah ich mich weiter um. Ja, das entsprach den Methoden des Therapeuten. Außerdem wurde es wirklich Zeit, dass er selbstständiger wurde.

»Ich gehe schnell duschen, dann können wir zu Ben. Du kannst dir ruhig alles anschauen.«

»Ja … sicher«, meinte ich unsicher. Ich kam immer noch nicht so richtig mit der Situation klar. Shane ließ mich einfach stehen und verließ das Zimmer wieder. Ohne einen Schluck getrunken zu haben, stellte ich mein Glas wieder auf der Arbeitsplatte in der Küche ab und ging in die entgegengesetzte Richtung. Hier gab es nur noch eine Tür und ich öffnete sie langsam.

Die Wände waren wahrscheinlich tapeziert und gestrichen, doch man sah fast nichts von ihnen. Jede freie Fläche war mit Blättern behängt. An einer hingen Notenblätter, an der danebenliegenden Texte. Ab und zu waren sie mit Fäden verbunden. Ich vollführte eine halbe Drehung und schluckte. Hier hingen Zeichnungen, die unfassbar gut waren. Als ich sie mir näher ansah, begriff ich, dass jede Reihe eine Geschichte darstellte. Manche Motive wiederholten sich, nur kleine Details unterschieden sich. Auf den meisten waren Gegenstände, Landschaften und Hände zu sehen. Nur auf einigen waren Gesichter zu erkennen. Aber dort war es immer das Gleiche: meines. Ich brauchte noch einen

Moment, um alles in Einklang zu bringen. Das mussten die Zeichnungen zu ihrem letzten Album sein – die Geschichten passten haargenau zu den Texten. Shane hatte es dennoch geschafft, auch die Melodien und die Gefühle, die die Songs weckten, zu Papier zu bringen. Es war nicht greifbar, aber trotzdem da.

An der letzten Wand neben der Tür hingen Fotos. Manche waren Abzüge der Albumcover, manche Schnappschüsse von der Tour. Die meisten jedoch Selfies von Shane und mir.

Wie in Trance verließ ich das Arbeitszimmer und ging den Flur entlang. Das, was ich gerade gesehen hatte, musste ich erst einmal verarbeiten. An einer angelehnten Tür hielt ich inne und überlegte kurz, ob ich sie öffnen sollte. Ich hörte ein Geräusch, das mich zusammenzucken ließ, und beschloss, es einfach zu riskieren.

Das Geräusch, das mich erschreckt hatte, musste von Shanes Feuerzeug gestammt haben, denn er hatte sich offensichtlich gerade eine Zigarette angezündet. Ich stand in seinem Schlafzimmer und er mir direkt gegenüber – nur mit einer Jeans bekleidet.

»Sorry, ich wollte nicht …«, begann ich, doch Shane winkte ab.

»Schon okay«, meinte er nur und drehte sich zum offenen Fenster.

»Shane!«, rief ich, als er mit dem Rücken zu mir stand.

»Was ist?«, fragte er in diesem leicht genervten Tonfall, der verriet, dass er über etwas nicht sprechen wollte.

»Auf deinem Rücken … da …«

»Ist ein neues Tattoo. Ja, ich weiß«, unterbrach er mich. Er drehte sich immer noch nicht um. »Es hat ein paar Sitzungen gebraucht.«

»Es ist … wow … Es ist wunderschön.« Endlich wirbelte er herum und überbrückte die paar Meter zwischen uns. »Es ist der Phoenix, den du aus mir gemacht hast, Prinzessin. Ohne dich wäre ich immer noch nichts weiter als Asche.« Sein Blick lag gleichzeitig liebevoll und schüchtern auf mir. Einige Sekunden sah er mir nur in die Augen. Dann umspannte er mein Gesicht mit seinen großen Händen und küsste mich. Endlich. Gefühlte Stunden holten wir das nach, was wir so lange entbehren mussten. Sein Kuss war so zärtlich, gemächlich und gefühlvoll, wie nur er es fertigbrachte.

Als wir uns voneinander gelöst hatten, forderte ich: »Dreh dich um, ich will es noch mal sehen!« Shane lachte leise, fügte sich aber meinem Wunsch. Mit der Fingerspitze strich ich über die zarten Konturen der Flügel. Das Motiv war detailreich gezeichnet und fast ausschließlich in rot und schwarz gestochen worden. Ich betrachtete jede Linie und Schattierung sehr genau, um die Arbeit wertzuschätzen. Als mein Finger die Krallen erreichte, entfuhr mir ein erschrockener Laut. Der Phoenix hielt eine kleine Krone in den Klauen und drückte sie an die Brust.

»Es ist für dich, Alina. Deswegen das Diadem.« Oh. Mein. Gott. So etwas hatte noch nie jemand für mich getan.

»Aber, aber …« Ich wusste nicht, was ich dazu sagen sollte. Er drehte sich wieder um und schloss mich in seine Arme. Wie früher legte Shane seine

Wange auf meinem Kopf ab. Ich spürte, dass auch er schlucken musste.

»Du bist der einzige Mensch auf der Welt, der das geschafft hätte. Kein anderer kam an mich heran. Weder meine Familie noch meine Freunde, die ich seit Jahren kenne. Du bist diejenige, die das wichtigste Tattoo wert ist. Die es schafft, mich aus den dunkelsten Löchern zu holen. Und das nur, weil du du selbst bist.«

Noch mehr Tränen traten mir in die Augen und liefen meine Wangen hinab. Meine Stirn lag in seiner Halsbeuge, sodass meine Tränen in ungleichmäßigen Abständen auf seine Brust tropften.

»Shane, ich …« Der Kloß in meiner Kehle war so groß, dass ich nicht weitersprechen konnte. Ich hörte das Grinsen in seiner dunklen Stimme, als er sprach. »Dass meine vorlaute Prinzessin irgendwann einmal sprachlos ist … darauf habe ich lange gewartet.«

Eine Weile standen wir einfach so da und genossen die Wärme des Anderen. Irgendwann fragte Shane leise: »Begleitest du mich zu der Party? «

»Du weißt doch, dass ich hingehe«, antwortete ich, weil wir das ja schon vorher besprochen hatten.

»Als meine Freundin? « Der Kloß in meinem Hals war wieder da, deshalb nickte ich nur leicht.

Shane

Das Déjà-vu war fast greifbar, so sehr glich diese Situation derjenigen von vor einigen Monaten. Wieder waren wir bei Ben eingeladen. Wieder kam ich zusammen mit Alina. Aber heute saß ich nicht in der Ecke und beobachtete das Treiben, sondern stand in einer Gruppe mit Lara, Travis und Josh und hatte den Arm um meine Freundin gelegt. Es fühlte sich seltsam an, nach all den Ereignissen wieder »Freundin« zu ihr oder über sie zu sagen, aber auf eine seltsame Art gut.

»Tust du mir einen Gefallen?«, fragte ich sie leise, als nur noch ein paar Leute da waren.

»Welchen?«, erwiderte Alina und lächelte mich an.

»Bleib heute Nacht bei mir«, bat ich sie. Schon den ganzen Abend hatte ich mich gefragt, wie ich sie dazu bringen sollte, bei mir zu schlafen.

»Klar«, sagte sie und grinste mich an. Sie schmiegte sich etwas näher an mich und ich spürte, wie mein Puls sich wieder beruhigte. Dr. Lang hatte vielleicht recht gehabt, als er meinte, dass ich das tun sollte, was auf der Hand lag. Ich grübelte zu viel. Seit ich sein Büro verlassen hatte, war alles gut gegangen, was ich gesagt oder getan hatte.

Lara stand mir gegenüber und zwinkerte mir zu. Die winzige Frau wusste offenbar auch immer, was zu tun war. Plötzlich spürte ich, wie sich ein Arm um meine Mitte legte, und kalte Finger, die sich unter mein T-Shirt schoben. Als ich meinen Blick zu meiner

Prinzessin wandte, lächelte sie mich entschuldigend an. Ich drehte mich so, dass sie auch die zweite Hand an mir aufwärmen konnte. Das Gefühl war einfach grandios.

Alina

Meine Hände waren längst wieder warm, doch seitdem ich sie auf der Party auf Shanes Haut gelegt hatte, hatte wenigstens eine ihn immer berührt. Weder als wir uns verabschiedet hatten, noch als wir vor dem Haus auf ein Taxi gewartet hatten, hatte er mich losgelassen. Jetzt krallte ich sie in seinen Nacken, während er mich im Aufzug schwindelig küsste. Seine Finger lagen um meinen Hintern und drückten mich an ihn, sodass ich die riesige Wölbung in seinen Jeans sehr deutlich spüren konnte. Er entließ meine Lippen, die sicherlich rot und geschwollen waren, und biss leicht in meinen Hals.

»Shane, ich will dich«, hauchte ich, während er mit seinen Lippen eine Spur bis hinter mein Ohr zog.

Abrupt löste er sich von mir, als sich die Türen öffneten. Natürlich genau im falschen Moment, aber umso schneller kamen wir in seine Wohnung. Er nahm mich wieder an der Hand und zog mich zu seiner Tür. Ich konnte sehen, dass auch er ungeduldig war, denn er ließ fast seinen Schlüssel fallen. Als er es endlich geschafft hatte, aufzuschließen, schob er mich hinein und warf die Tür ins Schloss, kaum dass er drin war. Er nahm meine Handgelenke über meinem Kopf zusammen und presste mich mit seinem Körper gegen das Holz.

»Hattest du einen anderen?«, fragte er und sah mir dabei eindringlich in die Augen. Schnell schüttelte ich den Kopf und legte meine Lippen auf seine. Erst nach ein paar Sekunden erwiderte er den Kuss und drückte sich noch näher an mich. Er ließ meine Hände los und legte seine wieder um meinen Po. Ruckartig hob er mich hoch, sodass ich die Beine um ihn schlingen musste. Ich konnte nicht sehen, wohin er sich mit mir bewegte, und es war mir auch absolut egal, wo er mich vögeln würde.

Schließlich setzte er mich auf einer harten Fläche ab und öffnete meine Hose. Ich half ihm, sie mitsamt meines Höschens und den Schuhen abzustreifen, und spreizte dann meine Beine. Er stellte sich dazwischen und küsste mich wieder, während ich versuchte, seinen Pullover auszuziehen. Es gelang mir nicht, denn er verhielt sich nicht sehr kooperativ, sodass ich irgendwann frustriert aufstöhnte.

»Shane, hilf mir mal!«, forderte ich ihn auf. Er fixierte meinen Blick und grinste.

»Bist du so ungeduldig?«, fragte er, während er außen über meine Oberschenkel strich.

Schnaubend zog ich mir meinen Pullover über den Kopf und saß so nur noch mit meinem BH bekleidet vor ihm.

»Du etwa nicht?«, fragte ich, ebenso diabolisch grinsend.

Gemächlich beugte er sich vor, schnippte den Verschluss meines letzten Kleidungsstückes auf und warf es beiseite. Er ließ den Blick über meinen Körper schweifen und ich sah, dass er es eigentlich ebenso eilig hatte wie ich.

Endlich hatte er scheinbar genug gesehen und zog sich quälend langsam aus. Ich grub die Zähne in meine Unterlippe, als sein Oberkörper nackt war und er langsam die Jeans nach unten schob. Sein harter Schaft sprang mir förmlich entgegen, sodass ich einfach wieder meine Beine um ihn legte und ihn an mich heranzog, noch bevor er sich vollständig ausgezogen hatte. Meine Nägel krallten sich in seinen Rücken und ich würde sicher morgen noch Spuren davon entdecken können.

»Fick mich endlich, Shane«, flüsterte ich in sein Ohr.

Mit einer geschmeidigen Bewegung war er in mir und füllte mich aus. Wir stöhnten synchron auf, als hätten wir Jahre darauf gewartet.

»Du fühlst dich so gut an, Princess«, keuchte er, als er begann, sich in einem langsamen Rhythmus zu bewegen. Mein Becken kam ihm ruckartig entgegen, während ich meine Lippen auf seine presste. Der Kuss wurde mit seinen Stößen immer intensiver, unsere Zungen tanzten im selben Takt miteinander, wie er mich vögelte. Jedes Mal, wenn er sich in mir versenkte, traf er mit seiner Haut meinen Kitzler und schickte heiße Wellen durch meinen Körper.

»Mehr«, keuchte ich irgendwann und unterbrach den Kuss damit. Shanes Hand glitt zwischen unsere Körper und massierte meine Klit mit genau dem richtigen Druck, als er immer tiefer in mich eindrang und immer schneller wurde. Ich spürte, wie sich mein Orgasmus allmählich aufbaute und ich wimmerte, als Shane wieder langsamer wurde und aufhörte, mich zu streicheln. Sein Blick fand meinen, er war verschleiert vor Lust. Warum hörte er auf?

»Wir können später noch alles nachholen«, sagte ich atemlos. Wie als ob er das hören musste, begann er wieder heftig in mich zu stoßen. Schon nach Sekunden war ich wieder kurz vor dem Höhepunkt und spürte seinen Schwanz in mir pulsieren. Shane drückte fest auf meine Perle und stieß noch zweimal in mich, bevor ich mit seinem Namen auf den Lippen kam. Meine inneren Muskeln zogen sich rhythmisch um seinen Schwanz zusammen, als er sich in mir ergoss. Sein Kopf fiel auf meine Schulter und ich spürte den leichten Schweißfilm auf seiner Stirn. Mit den Fingerspitzen fuhr ich sanft über seinen Kopf und lehnte mich ihm entgegen.

Eine gefühlte Ewigkeit saßen wir nur so da, ohne etwas zu sagen oder uns zu bewegen. Ich hatte keine Ahnung, was Shane dachte oder tun wollte und wollte auch nicht darüber nachdenken. Dieser Moment war so perfekt, so intensiv, viel besser, als alles, was ich bisher erlebt hatte. Dachte ich.

Shane löste sich von mir und sah mir in die Augen. Anders als sonst. Anders als immer.

»Ich liebe dich, Alina«, sagte er leise, aber mit fester Stimme. Wie schon so oft an diesem Tag setzte mein Herz einen Moment aus und begann dann heftig zu schlagen, als wollte es selbst antworten. Shanes Blick veränderte sich, ich meinte, ein kleines bisschen Traurigkeit erkennen zu können.

»Ich liebe dich auch, Shane«, antwortete ich endlich, als ich meine Sprache wiedergefunden hatte. Seine Augen blitzten mich fröhlich an und auch seine Mundwinkel hoben sich zu einem Lächeln.

»Du hast mich ganz schön lange zappeln lassen«, sagte er schmunzelnd. Ich schnappte nach Luft, das war ja wohl nicht sein Ernst!

»Ich?! Du …«, begann ich mich aufzuregen, doch bevor ich fuchsteufelswild werden konnte, küsste er mich wieder voller Zärtlichkeit. Als er sich von mir gelöst hatte, holte ich tief Luft, um etwas zu sagen, doch er streifte sich nur schnell Hose und Schuhe von den Beinen und hob mich wieder hoch.

»Ich will dich in meinem Bett, Princess«, raunte er in mein Ohr, als er mich in sein Schlafzimmer trug.

Kapitel 22

Alina

Mitten in der Nacht wachte ich auf. Ich brauchte ein paar Sekunden, um mich zu orientieren, bis mir wieder einfiel, wo ich war. In Shanes Wohnung. In seinem Bett. In seinen Armen. Seine Fingerspitzen strichen hauchzart über mein Schlüsselbein und sein Atem kitzelte meinen Hals.

»Warum schläfst du nicht?«, fragte ich ihn schließlich.

»Ich will dich ansehen«, erwiderte er leise.

»Es ist stockdunkel hier«, machte ich ihn auf den Umstand aufmerksam, dass es mitten in der Nacht war. Er lachte leise und wärmte damit mein Herz.

»Okay, du hast recht. Ich kann nicht schlafen«, meinte er und streichelte weiter hoch zu meiner Schulter. Ich wollte mich in seinen Armen drehen, doch er ließ mich nicht.

»Hattest du deinen Albtraum?«, fragte ich deshalb, ohne seinen Blick deuten zu können.

»Nein«, sagte er schlicht. »Ich kann nur nicht glauben, dass du wirklich hier bist.«

»Ich werde morgen früh immer noch hier sein. Du kannst also ruhig einschlafen.«

»Mmhh. Versprichst du es mir?«

»Indianerehrenwort! Aber ich muss jetzt wieder schlafen, weil ich mich von großartigem Sex erholen muss«, erklärte ich. Shane lachte wieder und küsste mich leicht auf die Schläfe.

»Ich liebe dich«, sagte er. Daran konnte ich mich gewöhnen.

»Ich dich auch«, antwortete ich ehrlich und kuschelte mich fester an ihn.

Gefühlte fünf Minuten später wurde ich wieder wach. Diesmal jedoch nicht von sanften Streicheleinheiten, sondern weil Shane über meinen Nippel strich. Langsam öffnete ich die Augen und musste gegen das diffuse Licht anblinzeln. Meine Augen gewöhnten sich nur langsam daran, was auch daran liegen konnte, dass meine Aufmerksamkeit mehr auf das herrliche Prickeln ausgerichtet war, das Shane mit seinen Fingern erzeugte. Als ob er gemerkt hätte, dass ich wach war, schob er seine Hand unter die Decke und legte sie auf meinen Bauch. Ich drängte mich an ihn und spürte, wie hart er bereits war. Seine Lippen wanderten über meinen Hals, küssten, leckten und saugten an meiner Haut, während seine Finger langsam immer tiefer wanderten. Meine Hüften konnten sich nicht entscheiden, ob sie weiter gegen seinen Schwanz kreisen oder sich seinen Fingern entgegendrücken wollten. Shane nahm mir die Entscheidung ab und drang schnell mit zwei Fingern in mich ein. Sein Handballen lag auf meiner Klit und massierte sie in langsamen Kreisen.

Ich wimmerte leise aus Protest, als er sich wieder aus mir zurückzog und auch hinter meinem Rücken verschwand. Doch er lockte mir ein Grinsen auf die Lippen, als er meine Beine auseinanderschob und sich dazwischen legte. Er lächelte mich an und küsste mich hauchzart. Erst auf die Lippen, dann meinen Kiefer, meinen Hals. Mmmhhh … wie Schmetterlingsflügel glitten seine Lippen über meine nackte Haut und jagten mir einen Schauer nach dem anderen über den Rücken. An besonders markanten Stellen hielt er sich länger auf. Er sog an meinen Brustspitzen, bis sie sich ihm hart entgegenreckten, leckte über die Unterseite meiner Brüste und umkreiste mit der Zunge meinen Bauchnabel. Meinem Mund entwichen je nach Liebkosung leise Seufzer oder unmutige Töne, wenn er wieder weiterzog. Meine Klit konnte es kaum erwarten, bis er sich ihr widmen würde, denn sie pochte schon ungeduldig. Shane schien das zu merken, denn er ließ sich immer mehr Zeit. Ich krallte meine Hände in seine Haare, als er kleine Bisse auf meinem Venushügel verteilte.

»Shane, bitte«, jammerte ich. Er sah weder auf, noch beschleunigte er sein Vorgehen. »Bitte«, wimmerte ich wieder.

Und endlich strich er mit der Zunge über meinen Kitzler. Als er ihn mit seinen Lippen umschloss und daran sog, explodierte ich beinahe, doch er wusste, wie er mich auf die Folter spannen konnte. Er ließ seine Zunge um meinen empfindlichsten Punkt kreisen, bis ich mich wieder beruhigt hatte, nur um dann wieder von vorne zu beginnen. Die Worte, die meinem Mund entkamen, waren unartikuliert und ergaben wahrscheinlich keinen Sinn, so vernebelt war mein Hirn vor Lust. Nach endlosem Necken löste er seine Zunge von mir und schob sich über mich. Seine Fingerspitzen setzten seine süße Folter fort. Mit einem schnellen Stoß drang er in mich ein und drückte meine Klit zwischen Daumen und Zeigefinger.

Ich kam mit einem lauten Stöhnen, ohne dass er sich auch nur einmal in mir bewegt hatte. Shane verlängerte meinen Höhepunkt, in dem er leicht in mich hineinstieß, während er mir in die Augen sah. »Gott, Shane, hör nicht auf«, flehte ich ihn an. Sein Gesicht zierte ein laszives Lächeln, während ich immer noch um ihn herum zuckte. Er unterbrach den Blickkontakt, um meinen linken Nippel in den Mund zu saugen, und ich explodierte wieder. Das Gleiche wiederholte er mit dem rechten und löste einen weiteren Funkenregen in meinem Unterleib aus. Bis ich wieder im Hier und Jetzt war, verharrte er in mir und sah mich nur an. Dann drehte er uns in einer einzigen Bewegung herum, sodass ich auf ihm saß.

Ich stützte meine Hände rechts und links neben seinem Kopf ab und begann, langsam meine Hüften kreisen zu lassen. Sein Becken drückte sich mir entgegen, doch ich wollte ihn genauso zappeln lassen wie er mich. Ganz gemächlich schob ich mein Becken vor und zurück, und begann erst nach einigen Minuten, mich auf und ab zu bewegen. Die Anstrengung, sich zu beherrschen, war Shane anzusehen, und ich fragte mich, wie lange er es aushalten würde.

Er umschloss meine Brüste mit seinen Händen und knetete sie fest. Er wusste ganz genau, wie er mich zum Stöhnen bringen konnte. Immer wieder strichen seine Finger über meine Brustwarzen, die immer noch empfindlich waren, bis sie so hart wie nie wurden. So war es ein leichtes, sie auch noch mit seiner Zunge zu verwöhnen. Er leckte abwechselnd darüber und machte mich so nur noch schärfer. Meine Bewegungen wurden immer hektischer, sodass ich schnell spürte, dass er kurz davor war zu kommen. Mein Plan war, ihn auf die Folter zu spannen, doch ich konnte nicht mehr aufhören.

Bei jedem Stoß, den er mir entgegenkam, berührte er den Punkt in mir, der mich keuchen ließ. Dass er in meinen Nippel biss, brachte das Fass zum Überlaufen. Ich kam schnell und hart, spürte, dass er mir direkt folgte, und konnte mich nicht länger aufrecht halten. Geschwächt sank ich auf seine Brust und legte den Kopf an seine Schulter. Meine Atmung beruhigte sich so langsam wie seine.

Shane

Langsam strich ich über Alinas nackten Rücken. Mein Schwanz war immer noch in ihr und sie drückte ihre Brüste gegen meine Haut. Sie roch nach Sex und nach sich selbst. Es war der beste Duft, den es auf der Welt gab. Ich fühlte, dass sie wieder normal atmete, aber sie blieb genauso liegen. Meine Finger hörten nicht auf, sie zu streicheln, und ich wollte es auch nicht.

Ich ließ mir einen Moment Zeit, um in mich zu gehen und mich zu fragen, ob es das war, was ich wollte. Mit einer Frau in meinen Armen aufzuwachen, mit ihr den Tag zu beginnen. Mit ihr auszugehen und mit ihr zu leben. Das Risiko einzugehen, verletzt oder verlassen zu werden. Und zu riskieren, dass sie verletzt wurde. Es gab nur einen Fehler, den ich bei dieser Fragestellung fand: Es ging nicht um eine Frau, sondern um genau diese Frau. Um Alina, die Prinzessin – meine Prinzessin, die mich liebte und die ich noch tausend Mal mehr liebte, weil sie einfach perfekt für mich war.

Als ob sie meine Gedanken gelesen hätte, hob sie ihren Kopf und sah mir in die Augen. Unsere Blicke verhakten sich ineinander und wollten sich nicht voneinander lösen. Um keinen Preis. Bis sie sich herunterbeugte und ihre Lippen auf meine legte.

»Ich liebe dich, Shane«, hauchte sie dagegen und ich schloss meine Arme fest um sie.

»Ich liebe dich auch, Princess.«

»Ich hab dich so vermisst«, flüsterte sie, als sie

ihre Wange wieder auf meine Schulter gelegt hatte. Ich spürte, dass ihr eine Träne aus dem Augenwinkel tropfte, denn sie brannte sich förmlich in meine Haut.

»Ich …« Was sollte ich dazu sagen? »Ich kann das alles nicht ohne dich«, gab ich schließlich zu. Das alles meinte ich wörtlich. Noch mehr Tränen perlten auf meine Schulter und ich versuchte, mich aufzurichten. Es war nicht ganz einfach, weil Alina es offenbar nicht wollte, aber ich schaffte es. Als sie schließlich auf meinem Schoß saß, verbarg sie immer noch ihr Gesicht vor mir.

»Alina, sieh mich an«, bat ich sie. Sie schüttelte nur den Kopf. »Bitte, tu mir das nicht an«, flüsterte ich.

»Was?«, schniefte sie.

»Ich hab dich so sehr verletzt, ich kann dich nicht weinen sehen. Bitte.«

»Du siehst mich nicht«, sagte sie, ihre Stimme klang immer noch erstickt. Sie war so süß.

»Princess, zeig mir dein schönes Gesicht, bitte.« Ganz langsam hob sie den Kopf und sah mich an. Mit den Fingerspitzen wischte ich die Tränen weg und fing eine letzte auf, die sich von ihren Wimpern löste. »Was hab ich falsch gemacht?«, fragte ich schließlich. Es musste ja einen Grund haben, warum sie weinte.

»Nichts«, entgegnete sie. »Es ist nur gerade alles ein bisschen … zu intensiv, denke ich.« Ihr Gesicht hellte sich auf.

»Was kann ich tun?«, fragte ich. Es war einfach nicht richtig, dass sie traurig war.

»Gar nichts. Ich bin nur so … erleichtert. Und glücklich. Und ich weiß nicht, wie es jetzt weitergeht. Keine Ahnung«, meinte sie.

»Was meinst du, mit ›wie es jetzt weiter geht‹?« Ich

wusste, dass ich lauter dämliche Fragen stellte, aber ich hatte keine Übung in solchen Sachen. Alina zuckte nur mit den Schultern und schob die Unterlippe vor.

»Mir hat so ein Typ gestern gesagt, ich solle einfach das tun, was auf der Hand liegt. Also fangen wir damit an«, sagte ich und küsste sie dann. Ohne zu zögern, stieg sie darauf ein und erwiderte es. »Und dann mache ich Frühstück. Und dann überlegen wir, was wir den ganzen Tag machen wollen. Und dann …« Sie ließ mich nicht ausreden, sondern küsste mich wieder.

»Spinner«, lachte sie, als sie sich von mir gelöst hatte.

Alina

Es fühlte sich unwirklich an, mit Shane an seiner Küchentheke zu sitzen (auf der wir in der letzten Nacht noch Sex gehabt hatten) und Kaffee zu trinken. Er hatte tatsächlich Frühstück gemacht, mich von vorne bis hinten bedient und mich nicht helfen lassen.

Als ich zum wiederholten Mal gähnte, weil ich nicht allzu viel Schlaf bekommen hatte, zogen wir auf die Couch um. Mein Kopf lag auf seiner Brust und er kämmte mit seinen Fingern durch meine Haare. Wir sahen uns irgendeine Show im Fernsehen an, aber ich dämmerte immer wieder weg.

»Können wir heute einfach hier rumliegen?«, fragte ich irgendwann. Ich wollte mich schlicht nicht bewegen.

»Klar, wie du willst«, antwortete Shane und lächelte mich an.

»Und morgen auch?«, fragte ich nach. Im Moment konnte ich mir nichts Besseres vorstellen.

»Ich weiß nicht …«, sagte er und wich plötzlich meinem Blick aus.

»Warum nicht?« Ich richtete mich langsam auf.

»Na ja, morgen ist Heiligabend …« Oh stimmt, da war ja was. »Ich dachte, du willst vielleicht mit deiner Familie feiern …« Noch immer sah er mich nicht an.

»Shane?«

»Mhhh?«

»Willst du mit zu meiner Mom? Mein Bruder, seine Frau und die Kinder kommen auch.« Sein Kopf schnellte zu mir herum, seine Augen waren weit aufgerissen.

»Alina … hältst du das für eine gute Idee?« Mein Herz zog sich bei seinem gequälten Tonfall zusammen. Meine Hände verschränkten sich in seinem Nacken.

»Ich will meiner Familie den Mann vorstellen, den ich liebe«, sagte ich, weil ich es wirklich wollte. Sein Blick wurde fragend, er fiel wieder in sein altes Kommunikationsmuster. »Shane. Bitte komm mit mir.«

Langsam hellte sich seine Miene auf. »Okay, Princess, ich komm mit«, meinte er gespielt unwillig. Ich drückte ihm einen Kuss auf die Lippen. Mir fiel ein, dass ich noch alle Geschenke einpacken musste … Verdammt! Shane merkte, wie meine Stimmung sich verdüsterte.

»Was ist los?«, fragte mein Freund besorgt.

»Ich … hab kein Geschenk für dich«, sagte ich leise. Obwohl wir in den letzten Wochen einige Zeit miteinander verbracht hatten, hatte ich nicht erwartet, dass wir uns an Weihnachten sehen würden. Wie schnell man sich täuschen konnte. Shane hob mein Kinn mit einer Hand an, sodass er mir in die Augen sehen konnte.

»Alina, du brauchst mir nichts schenken. Du bist das beste Geschenk der Welt.« Und schon wieder schmolz ich dahin, weil er die richtigen Sachen sagte. Unsere Lippen fanden sich und konnten nicht genug voneinander bekommen. Seine Zunge stieß gegen meine Unterlippe und ich öffnete den Mund, um sie einzulassen. Wir küssten uns gemächlich, zärtlich, sinnlich. Das war das beste Geschenk der Welt!

Shane kannte den Weg zu unserem Haus immer noch und fuhr uns souverän durch den festgefrorenen Schnee. Vor der Treppe hielt er und ließ mich aussteigen, damit ich nicht von der Garage zum Haus laufen musste. Den Öffner für das Tor hatte ich aus meinem Auto mitgenommen, sodass er jetzt seinen riesigen Wagen neben den anderen abstellen konnten.

Als er zurückschlenderte, hielt ich ihm die Hand entgegen, die er, ohne zu zögern, ergriff. Wir verschränkten unsere Finger miteinander und gingen in meine Wohnung. Die anderen würden erst zum Abendessen kommen, sodass wir noch ein bisschen Zeit hatten.

Ich zog mich zuerst um, dann packte ich meine Geschenke ein. Shane betrachtete kritisch, wie ich alle Päckchen sorgfältig einwickelte, mit Schleifen versah und kleine Accessoires dranklebte. Ab und zu lieh er mir seinen Zeigefinger, damit die Schleifchen hübscher wurden, oder reichte mir geduldig Schere und Kleber. Als ich auch noch in Schönschrift die Namen der Empfänger auf die Anhänger schrieb, begann er zu lachen.

»Was ist?«, zischte ich ihn an.

»Ich hab noch nie gesehen, dass sich jemand so viel Mühe damit gibt«, erwiderte er immer noch grinsend. »Aber bei dir hätte ich es mir denken können.« Ich war nicht sicher, ob ich das als Kompliment aufnehmen sollte, also streckte ich ihm nur die Zunge heraus. In dem Moment klopfte es an meiner Wohnungstür. Schnell sprang ich auf und öffnete sie.

»Hey, Schwesterherz. Neues Auto?«, fragte Aaron.

»Ähm, nein. Es ist Shanes Wagen«, sagte ich leicht nervös. Aaron war zwar der Meinung, dass ich für meine Liebe kämpfen sollte, aber er kannte Shane ja noch gar nicht. Er war in solchen Dingen vielleicht ein bisschen … überfürsorglich.

»Der Shane?«, fragte er jetzt.

»Hast du noch einen anderen Shane?«, hörte ich jetzt hinter mir die Stimme meines Freundes. Er kam noch drei Schritte auf mich zu und legte dann besitzergreifend einen Arm um mich.

»Shane – Aaron – Freund – Bruder«, versuchte ich die Vorstellung in vereinfachter Form. Die beiden musterten sich kritisch und sagten erst kein Wort.

»Hi, schön, dich endlich kennenzulernen«, sagte mein großer Bruder und hielt ihm die Hand hin. Okay, das war einfach gewesen.

»Gleichfalls«, meinte Shane und gab ihm unwillig die Hand, weil er mich dafür loslassen musste.

»Wo sind die anderen?«, fragte ich. Ich hatte Louisa und die Zwillinge schon ewig nicht gesehen.

»Hannah wollte die Pferde sehen, sie kommen nachher hoch«, sagte Aaron. Er hatte noch nie wirklich viel mit den Tieren anfangen können.

»Okay, dann komm erst mal rein.« Er ging an uns vorbei ins Wohnzimmer. Auch er lachte, als er meine mühevoll eingepackten Geschenke sah.

»Du machst das immer noch? Ich dachte, wir hätten dich letztes Jahr genug damit aufgezogen«, schmunzelte er. Ich kniff ihn in die Seite und er wollte mir die Gemeinheit direkt heimzahlen. Doch Shane warf ihm seinen Ich-froste-dich-gleich-mit-den-Augen-Blick zu und er ließ es bleiben. Sehr hilfreich.

Während ich meine Päckchen fertig beschriftete, machten sich mein Freund und mein Bruder gemeinsam darüber lustig. Ich überhörte sie geflissentlich – wenigstens hatten sie direkt ein Gesprächsthema gefunden. Insgeheim freute ich mich, dass die beiden sich verstanden. Obwohl Aaron der coolste Bruder der Welt war, hatte ich Bedenken gehabt, was er über Shane denken würde. Sein Aussehen war etwas unkonventionell, aber ich liebte es, dass jedes Motiv auf seiner Haut eine Bedeutung hatte. Es gehörte einfach so zu ihm. Und Aaron war auf keinen Fall spießig, aber man konnte ja immer noch ein bisschen nervös sein, wenn man seinen Freund dem großen Bruder vorstellte.

Ich grinste in mich hinein, weil meine Bedenken absolut unnötig gewesen waren. Inzwischen redeten sie über Musik, denn Aaron war ein Fan. Das war irgendwie … süß.

»Princess, lachst du uns aus?«, fragte Shane, als er es bemerkte.

»Das würde ich nie tun!«, schwor ich und zwinkerte ihm zu. Glücklicherweise erlöste mich Louisa, als sie an der Tür klopfte. Ich umarmte sie, während die Zwerge schon in mein Wohnzimmer stürmten. Henry blieb wie gebannt stehen und betrachtete den neuen Mann auf der Couch kritisch. Shane konnte es gar nicht wahrnehmen, denn Hannah hatte ihn schon in Beschlag genommen. Sie drückte ihr kleines Patschehändchen auf die Tattoos auf seiner Hand.

»Plume«, sagte sie in ihrer niedlichen Kleinkindsprache.

»Ja, da ist noch eine«, sagte mein Freund und deutete auf die andere Hand. Hannah riss die Augen auf und betastete das Motiv vorsichtig. Shane schob seinen Ärmel nach oben, damit die Kleine noch mehr sehen konnte.

Louisa lächelte glücklich, als sie das Bild betrachtete, das ihr Kind und mein Freund boten. Wie schon bei Aaron stellte ich ihr Shane vor und auch sie war begeistert, dass er hier war. Auch Henry traute sich langsam heran und war genauso neugierig. Wir ließen die vier alleine und gingen in die Küche, um einen Teil des Essens vorzubereiten.

»Ich bin überrascht«, sagte sie irgendwann.

»Ich auch«, meinte ich und lächelte zufrieden.

»Erzählst du mir irgendwann, wie es dazu kam?«, fragte sie, während sie begann, die Kartoffeln zu schälen.

»Klar, wir müssen unbedingt mal wieder Mittagessen gehen. Dein besitzergreifender Ehemann lässt dich immer noch nicht arbeiten gehen, oder?« Das Thema war von Anfang an ein Streitpunkt bei den beiden gewesen.

»Ich gehe ab Januar wieder, dann können wir ihn wie damals damit ärgern«, meinte sie und zwinkerte mir zu. Aaron mochte es nicht, wenn ich mir seine Frau zum Mittagessen ausborgte, deshalb hatten wir uns angewöhnt, extra oft mittags zusammen eine Stunde zu verbringen, bevor Louisa die Zwillinge bekommen hatte. Auch wenn wir manchmal nur durch die Straßen schlenderten, genoss ich es, dass Aaron ein bisschen eifersüchtig war. Und Louisa genoss, glaube ich, am meisten das Wiedersehen, aber das wollte ich mir nicht so genau vorstellen.

Nachdem wir alles geschnippelt, gekocht und vorbereitet hatten, gingen wir mit einer Flasche Wein und vier Gläsern wieder zu unseren Männern zurück.

Shane saß ohne Shirt auf dem Boden und ließ Henry und Hannah seine Tattoos mit Wachsmalstiften ausmalen. Ich prustete vor Lachen, was mir einen bösen Blick von Henry und einen belustigten von Aaron einbrachte. Shane wirkte nur ein bisschen gequält. Er legte den Kopf in den Nacken, als ich hinter ihm stand, und formte mit den Lippen »Rette mich«. Ich schüttelte grinsend den Kopf und küsste kurz seine Lippen.

Die Kinder besaßen eine Engelsgeduld beim Malen und wir unterhielten uns über andere Dinge. Ab und zu reichte ich Shane sein Glas, denn er durfte sich unter keinen Umständen bewegen. Es war einfach zu komisch. Als es Zeit war, nach unten zu meiner Mom zu gehen, gab es ein bisschen Gequengel, weil Hannah steif und fest behauptete, sie wäre noch nicht fertig mit Malen. Shane kniete sich vor sie und versprach ihr, dass sie am nächsten Tag weitermalen durfte. Und auch am übernächsten.

Meine Mutter begrüßte Shane fröhlich und drückte ihn an sich. Er warf mir einen verwunderten Blick über ihre Schulter zu, doch ich zuckte nur mit den Achseln. So war sie eben. Die beiden kannten sich schon flüchtig, aber es bedeutete ihr viel, dass er jetzt hier war. Ich musste nichts erklären, es war einfach so, wie es war.

Das Weihnachtsessen lief bei uns schon immer relativ ungezwungen ab. Shane schien sich auch wohlzufühlen und ich genoss es, dass er immer einen Arm um mich legte oder meine Hand hielt. Sollte es so einfach sein? War es das, was auf der Hand lag? Es war wohl keine Lösung für immer, denn wir hatten nicht über die Zukunft gesprochen, dennoch war alles so leicht, wenn ich in seiner Nähe war. Auch meiner Mom sah ich an, dass sie sich weniger Sorgen um mich machte als noch vor ein paar Wochen.

Wir aßen und lachten, hatten einfach einen entspannten Abend. Auch die Zwerge freuten sich, wenn Shane mit ihnen herumalberte. Immer wieder musste ich ihm liebevolle Blicke zuwerfen und meine Hand auf sein Bein legen, weil es zu süß war. Keiner, der ihn nur flüchtig kannte, hätte mir geglaubt, wie er mit den Kindern umging. Es bedeutete mir viel, dass er sich so nahtlos integrierte, denn es waren fast alle Menschen versammelt, die mir wichtig waren. Natürlich fehlten Lara und Travis, aber dass die beiden ihn mochten, wusste ich ja bereits.

Als wir nach dem Essen ins Wohnzimmer übersiedelten, um Geschenke zu verteilen, überkam mich wieder mein schlechtes Gewissen. Jeder hier bekam eine Kleinigkeit (okay, die Zwillinge auch etwas Größeres), nur Shane ging leer aus. Klar, es war etwas spontan, dass er hier war, aber es machte mich dennoch traurig.

Hannah und Henry packten gerade ihre neuen Dreiräder aus, die ich ihnen gekauft hatte, als ich Shanes Schmunzeln bemerkte. Ich sah ihn fragend an.

»Du hast die zehnmal so lang eingepackt, wie sie gebraucht haben, um das Papier abzureißen«, meinte er leise.

»Mmmh. Stimmt«, antwortete ich nur.

»Es ist toll, dass du dir so viel Mühe gibst«, flüsterte er in mein Ohr, bevor er meine Schläfe küsste. Meine Mom betrachtete wohlwollend mein debiles Grinsen. War es wirklich möglich, dass er mir mit so banalen Worten eine so große Freude machen konnte?

Ich lehnte mich an meinen Freund und genoss seine Wärme. seine Fingerspitzen strichen über meinen Unterarm und verursachten eine kleine Gänsehaut.

Die nächste Stunde verbrachten wir damit, unsere Präsente auszupacken. Wir schenkten uns nichts Verrücktes, einfach nur eine kleine Aufmerksamkeit. Als es schließlich Zeit für Aaron und Louisa war, nach Hause zu fahren, weil die Zwillinge schon beinahe auf ihren Dreirädern einschliefen, gingen auch Shane und ich nach oben.

Als Shane ins Schlafzimmer kam, lag ich im Bett und starrte aus meinem Fenster. Ich hörte seine Schritte und spürte, wie sich die Bettdecke hob. Er rückte ganz nah an mich heran und umschlang mich fest.

»Danke, Alina«, flüsterte er.

»Wofür? Du warst der Einzige, der leer ausgegangen ist. Ich …«

»Ich habe seit 14Jahren kein Weihnachten mehr gefeiert. Es war das schönste Geschenk, das du mir machen konntest.«

»Was? Seit … damals? Aber … Weihnachten!« Shane lachte leise über mein Gestotter. Für mich war es unvorstellbar, Weihnachten nicht zu feiern. Ich liebte es, auch wenn die Stimmung mir in den letzten Tagen auf den Keks gegangen war.

»Ich hab noch was für dich«, sagte er schließlich und stand noch einmal auf. Er knipste die Nachttischlampe an, sodass ich ihn beobachten konnte. Aus seiner Reisetasche zog er ein großformatiges Buch mit schwarzem Einband. Es war weder eingepackt oder sonst irgendwie geschmückt, aber es wirkte sehr edel. Shane krabbelte wieder zu mir und übergab mir das Buch.

»Es … ich hätte es dir sowieso irgendwann geschenkt.« Er grinste ein bisschen schüchtern, was mich neugieriger werden ließ.

Als ich die erste Seite aufschlug, las ich eine Widmung, die mir wieder die Tränen in die Augen schießen ließ.

»Prinzessin, du bist meine Inspiration, meine Muse, der Grund für alles«, las ich in seiner Handschrift. Meine Fingerspitze glitt ehrfürchtig über den Text. Shane positionierte sich hinter mir, sodass ich zwischen seinen Knien saß und blätterte weiter. Auf der rechten Seite stand der Titel des ersten Tracks des neuen Albums. Die Doppelseite, die folgte, war gefüllt von feinen Bleistiftzeichnungen, die ich schon als Originale aus seinem Arbeitszimmer kannte.

»Das habe ich gezeichnet, als wir von Bens Party wiedergekommen waren. Du weißt schon, als ich eifersüchtig auf Josh war …«, erklärte er mir und fuhr über ein Bild, auf dem eine junge Frau in einem zerwühlten Bett lag. Auf dem Bauch. Mit langem, zerzaustem Haar. Er zeigte auf die nächste Zeichnung. »Das hier beschreibt den Refrain. Dieses Gefühl, das ich hatte, als du zum ersten Mal in meinem Bett lagst.«

Ich begann langsam, mich zu entspannen. Die Zeichnungen waren unfassbar gut und ich erkannte mich auf einigen wieder, doch nur, weil ich die Situationen kannte. Die halbe Nacht interpretierte er für mich die Bilder, die er gezeichnet hatte, als wir zusammengewesen waren. Mehr als einmal standen mir die Tränen in den Augen und ein oder zweimal liefen sie mir auch über die Wangen. Shane küsste sie jedes Mal weg.

Shane

Alina war irgendwann in meinen Armen eingeschlafen. Ich wollte mich nicht bewegen, sie nicht wecken, also legte ich vorsichtig das Buch zur Seite und löschte das Licht. Anfangs hatte ich nicht gewusst, wie sie darauf reagieren würde – schließlich waren die Illustrationen öffentlich ausgestellt und die Drucke auch käuflich. Aber ich hatte darauf geachtet, dass sie auf den Bildern nicht eindeutig zu erkennen war.

Sie hatte meinen Erklärungen fast stumm zugehört. Ich glaubte, ich hatte noch nie so viel mit oder zu ihr gesprochen wie heute Nacht. Aber es schien mir nötig, ihr zu erklären, was in mir vorgegangen war. Während ich ihr meine Gefühle beschrieben hatte, war mir bewusst geworden, was ich fast verloren hatte: Nicht mein Leben, das ich aus Dummheit auf's Spiel gesetzt hatte, sondern ein Leben mit ihr. Nur wie sollte das jetzt aussehen?

Ich wollte sie nicht teilen, nicht ohne sie auf Tour gehen. Und sie sollte nicht von der Pressemeute verfolgt werden, nur weil ich Teil von »The Strange« war. Klar waren mir die Jungs wichtig und natürlich auch die Musik, die mich über weite Teile meines Lebens begleitete, aber zu welchem Preis? Dass ich mir für immer Sorgen machen musste und tausend Tode sterben würde, sobald sie nicht in meiner Nähe war?

Mit den Fingern fuhr ich durch ihr Haar, was ihr ein leises, wohliges Geräusch entlockte. Das war, was ich hören wollte.

Alina

»Bist du verrückt?«, fragte ich Shane schrill, als er mir von seiner bescheuerten Idee erzählte. Er saß mir seelenruhig gegenüber. »Das hatten wir doch schon mal! Du kannst nicht einfach aus der Band aussteigen! Deine Songs machen »The Strange« aus! Und außerdem …«

»Alina, beruhig dich«, versuchte er, mich zu unterbrechen.

»Nein! Du fängst jetzt nicht wieder mit deinen bescheuerten …« Shane hielt mir den Mund zu.

»Alina. Hör mir zu.« Er fixierte meinen Blick mit seinem. »Wirst du die Klappe halten, bis ich ausgeredet habe?« Da ich nichts sagen konnte, nickte ich einfach. Schließlich konnte ich mich auch danach weiter aufregen.

»Ich werde weiterhin ihre Songs und die für die anderen Künstler schreiben. Ich helfe ihnen, wenn sie mich bei den Aufnahmen brauchen. Aber ich werde nicht aktiv in der Band sein, keine Konzerte spielen und keine PR-Termine haben. Okay?« Das hörte sich gar nicht so bescheuert an. Er könnte weiter Musik machen, sein Talent ausschöpfen, musste aber genau das nicht tun, was er hasste. Sein Blick hatte sich nicht von meinem gelöst, und ich erkannte, dass er es ernst meinte.

»Okay«, grummelte ich. Ein bisschen angefressen war ich schon, weil ich nicht selbst auf die Idee gekommen war, als er das letzte Mal aussteigen wollte. Shane grinste mich nur an. »Hast du schon mit Ben gesprochen?« Er schüttelte den Kopf.

»Er ist in die Staaten geflogen. Mach ich, wenn die anderen auch alle wieder da sind.« Ich nickte langsam. Das war sicher besser, als ihn an den Feiertagen damit zu behelligen. »Kommst du mit?«, fragte er jetzt.

»Wohin?«

»Wenn ich mit Ben und den anderen spreche«, entgegnete er leise, so als wüsste er nicht, wie ich reagieren würde.

»Natürlich, wenn du willst!« Ich freute mich wie ein Schneekönig, weil er mich dabeihaben wollte. Schnell sprang ich auf und lief um meinen kleinen Tisch herum. Shane zog mich an sich und setzte mich auf seinen Schoß.

»Danke, Princess«, sagte er, bevor er mich küsste. Mit ihm würde ich überall hingehen.

Epilog

Shane

Ich hatte Alina nicht gehört, sondern spürte ihre warmen Hände, die sie jetzt auf meine kalte Haut legte. Ende März wurde es noch sehr kühl abends, aber hier draußen konnte ich mich am besten konzentrieren.

»Shane, du holst dir den Tod«, ermahnte mich meine Freundin. »Komm mit rein, ich hab Essen gemacht.« Sie wusste, dass ich sie gehört hatte, auch wenn ich noch einen Akkord notierte. Als ich zufrieden war, drehte ich mich zu ihr um und küsste sie sanft.

»Hast du die Pferde schon reingebracht?«, fragte ich sie, weil das eigentlich meine Aufgabe gewesen wäre, aber ich hatte die Zeit vergessen. Sie lächelte mich an und nickte nur. Nachdem ich meine Sachen zusammengeräumt hatte, verschränkte ich meine Finger mit ihren und wir gingen gemeinsam Richtung Haus.

Alinas Mutter Ines winkte uns zu, als wir durch die Eingangshalle liefen und die Treppen hochstiegen. Anfangs war ich mir dabei immer komisch vorgekommen, aber je länger ich hier wohnte, desto normaler wurde es für mich.

Ich warf meine Notizen, Stifte und mein Notebook auf das schwarze Ledersofa, das ich aus meiner Wohnung mitgebracht hatte. Das war das einzige neue Möbelstück, das nun diesen Raum zierte. Alles andere hatte ich John überlassen, der jetzt in meiner alten Wohnung wohnte.

Auf dem Esstisch standen Kerzen und Alina hatte ihn aufwendiger dekoriert als normalerweise. Ich schielte auf den Kalender, der hinter ihr hing, und schmunzelte. Sie hatte genauso daran gedacht wie ich. Die kleine Schachtel, die ich zwischen meinen Shirts versteckt hatte, würde ich erst später holen. Bevor sie sich setzen konnte, legte ich meine Arme um sie und meine Wange auf ihr Haar. Morgen war Bens Geburtstag, es war heute also genau ein Jahr her, seitdem ich ihr das Exklusivitätsversprechen abgenommen hatte – und sie mir. Ich hatte nicht vor, es jemals zu brechen.

Ende

Du möchtest die Geschichte von
Louisa und Aaron lesen?

June Herald

ADDICTIVE

Berauschende Begierde

Louisa hat ihr altes Leben satt: Sie will nicht mehr in einem langweiligen Kaff leben, deshalb zieht sie in die Stadt. Sie möchte nicht mehr in einer kleinen Agentur arbeiten, deshalb sucht sie sich einen neuen Job, in dem sie sich selbst verwirklichen kann. Eines gibt es, was sie nicht ändern möchte: Sie will keinen Mann im Leben, denn Männer enttäuschen – so gut wie immer.

Als gebildete und selbstbewusste Frau beginnt sie ein neues, eigenständiges Leben. Doch was passiert, wenn der Mann den sie durch Zufall kennenlernt, auch genau weiß was er will? Und sein Ziel ist, sie zu bekommen. Denn er bekommt was er will – immer.

ADDICTIVE ist ein sinnlicher Liebesroman voll Humor, Höhen, Tiefen und Überraschungen. Und natürlich expliziten erotischen Szenen.

Die Geschichte ist in sich abgeschlossen.

ADDICTIVE
Berauschende Begierde
JUNE
HERALD

Neugierig auf Alinas beste Freundin Lara?
Wie sie und Travis sich finden, kannst du hier lesen:

June Herald

INVOLVED

Befreiende Leidenschaft

Wie kann ein Wunsch in Erfüllung gehen, wenn man gar nicht weiß, dass man ihn hat?

Lara ist keine Frau für etwas Festes: viel zu viele Dinge lenken sie davon ab, eine ernsthafte Beziehung in Betracht zu ziehen. Sie will Spaß haben, feiern, ihr Studium beenden und ihren Hobbies nachgehen.

Als Hochschuldozent mit amerikanischen Wurzeln steht Travis mitten im Leben. In New York gilt er als begehrter Junggeselle, in Deutschland lebt er eher zurückgezogen. Nach einer enttäuschenden Beziehung ist er erst gar nicht auf der Suche nach einer Frau.

Was passiert, wenn zwei Menschen mit den unterschiedlichsten Persönlichkeiten aufeinandertreffen, und gesellschaftliche Konventionen gänzlich gegen sie sprechen?

Eine sinnliche Liebesgeschichte über zwei Kontinente, spannend, dramatisch, humorvoll und voller Leidenschaft. Das Buch enthält explizite erotische Szenen und ist in sich abgeschlossen.

INVOLVED
Befreiende Leidenschaft
JUNE
HERALD